L'IVOIRE DU MAGOHAMOTH

ARLESTON - TARQUIN

Lanfeust de Troy

L'IVOIRE DU MAGOHAMOTH

Texte de Chris & Pat

HACHETTE

Hachette Livre, 43, quai de Grenelle, 75015 Paris.

1

L'aventure, ça pouvait vous surprendre comme une soudaine envie de pisser. Et l'envie, le chevalier Or-Azur l'avait. Allongé sur un mauvais matelas d'auberge, il était incapable de trouver le sommeil. Qu'il se tournât sur le flanc droit ou le gauche n'y changeait rien. À chaque mouvement le sommier protestait d'un grincement strident. Une éducation noble et rigide avait appris au chevalier à ignorer ce genre de désagrément. Néanmoins, il était un point sur lequel aucun précepteur ne pouvait avoir d'influence : la maîtrise d'une vessie. Et celle d'Or-Azur émettait précisément ce discret signal qui, sans être impérieux, nuisait à son endormissement.

À contempler le confort tout relatif de sa chambre, le chevalier redoutait l'état des latrines de cette auberge vétuste. Le plancher couvert de sciure ménageait de nombreux espaces pour le passage des rongeurs. La chaise avait trois pieds, la table penchait dangereusement, et l'armoire n'avait plus de porte. Quant au broc de métal émaillé, il contenait une eau teintée par la rouille.

En vérité, l'unique avantage de l'établissement était d'exister encore. Il constituait le dernier refuge le long de cette partie du Chemin des Chaluts, une vieille chaussée envahie d'herbe qui cahotait d'est en ouest le long de la mer du Ponant.

Le Chemin avait connu son heure de gloire. Il était jadis emprunté par les convois des marchands les plus réputés. On y roulait des tonneaux de vin gris de Klostope, et l'on y convoyait des étoffes fines débarquées du lointain Darshan. Les fières bornes de pierre grise avaient vu filer de hauts carrosses damassés ornés de prestigieuses armoiries. Puis les années avaient passé et le vieux tracé était peu à peu tombé dans l'oubli.

À présent la chaussée émergeait avec peine des bassins boueux de la lointaine Dumbarr. Elle trottinait à travers la campagne jusqu'aux maisons prétentieuses des notables de Prèche, où elle prenait la pompeuse appellation de « Voie » – une véritable escroquerie, compte tenu des tarifs du péage et du nombre de pavés descellés.

Elle paradait ensuite tant bien que mal sous les remparts lézardés du bourg de Volture. Une ville qui comblait les amateurs de ruines et d'humour rural. On y brassait cette curieuse bière d'algue des marais qui provoquait rires, hoquets et flatulences incontrôlables. Pour être plus exact, c'est surtout aux touristes que la bière donnait des hoquets. Les habitants, eux, n'en buvaient pas, étant donné qu'ils étaient trop occupés à rire. Dans la campagne souarde, on sait s'amuser de peu.

La route décrivait plus loin de paresseux lacets et longeait les palissades vermoulues des marchés ovins de Gemman et les enclos à pétaures de Glinin, puis se perdait dans les flaques vertes du Delta Bilieux.

Le Chemin des Chaluts parcourait ainsi toute la côte sud de la Souardie.

Selon les autochtones, c'était une région paisible. Un endroit qui sentait bon le foin coupé et la bouse fraîche, la soupe au lard et la bergère d'élevage. Une contrée où les animaux dormaient, les conversations endormaient, et où la méfiance s'endormait.

Un pays de serfs, quoi, songea le chevalier sur sa couche. Pire même : un pays de serfs sans seigneurs ! Ils se contentaient de cultiver, d'élever, de se reproduire, dans la plus paisible des atmosphères. Quelle tristesse ! Où étaient donc les fiers guerriers dans leurs armures rutilantes ? Le choc des haches contre l'acier des épées ? Le rugissement des dracosaures pendant la charge ? Les râles apaisants des ennemis en train d'agoniser, berçant le sommeil des vainqueurs, le soir, sur le champ de bataille ?

Or-Azur soupira.

Dans son pays natal, les lointaines Baronnies d'Hédulie, on ne se couchait jamais sans avoir ferraillé. Ne serait-ce que pour débarrasser la contrée de quelques canailles et dresser leurs potences sur l'horizon. Ah, le charme des gibets dans le soleil couchant ! Ça produisait toujours un effet du tonnerre. Et puis ça décourageait les malandrins. Comme ça, ils allaient malandrer ailleurs.

Le chevalier se retourna sur son drap rêche et maudit la

chaleur de la nuit. Il tapa son oreiller de paille pour l'aplatir. Un brin rebelle perça la toile et vint lui titiller l'oreille. Malédiction ! Fallait-il qu'il s'acharne à trouver le sommeil ou bien qu'il se lève pour se rendre aux toilettes communes ?

Il se gratta le postérieur d'un air absent. Ce n'était pas très héroïque, mais ça soulageait.

L'heure était au choix.

Se lever impliquait de se rhabiller entièrement. Une tâche fastidieuse. Pourtant impossible d'y couper : un jeune homme de sa condition ne pouvait se permettre d'être surpris en vêtements de nuit. Fussent-ils brodés aux armes de son valeureux père, le Baron Or-Azur.

D'un autre côté, s'il ne soulageait pas sa vessie, il risquait de ne jamais trouver le sommeil.

Le chevalier songea avec amertume à ces gueux qui urinaient sans complexe au beau milieu de leur chemin, de leur masure ou parfois de leurs braies. Eux ne connaîtraient jamais le terrible dilemme de l'homme de noblesse, qui au cœur de la nuit, livre le plus solitaire des combats, seul contre sa vessie. Alors qu'il est si tentant de s'installer à la fenêtre et de laisser faire la nature...

Un son résonna dans la cour de l'auberge. Le chevalier alla observer la nuit claire à travers une lucarne. Les feuilles des arbres bruissaient dans l'air parfumé. Il scruta les pavés de la cour, sur lesquels les trois lunes de Troy déposaient un filigrane d'argent. N'avait-il pas aperçu deux yeux rouges, derrière un muret ?

Mais non.

L'ombre imposante qui arpentait l'enclos des montures

était bien celle de son dracosaure. La bête humait la terre et griffait sa barrière. C'était certainement elle qui avait grogné.

Le dracosaure ne parvenait pas non plus à s'endormir. La chaleur devait l'énerver. À moins que les trois volailles qu'il avait englouti tout à l'heure ne perturbent sa digestion ?

— Je n'allais tout de même pas les lui plumer ! maugréa Or-Azur.

Surtout qu'il avait fallu payer le paysan furieux du repas improvisé. Les dracosaures faisaient d'excellentes montures, mais elles consommaient beaucoup. Leur régime exclusivement carnivore revenait vite cher.

C'était peu après cet incident que le chevalier avait aperçu l'enseigne de l'auberge : *Au Logis de Zucry*.

Le jeune noble mâchonna un brin de paille et rejoignit sa couche. Il se mit à compter les nœuds de bois au plafond. Il en dénombra deux cent vingt-huit et recommença, pour vérifier. Peut-être qu'au bout d'un moment, ses paupières finiraient par tomber.

En y réfléchissant bien, le problème devait venir du vin. L'auberge était à première vue acceptable. L'accueil était correct et le patron, Zucry, avait le regard franc et honnête. En revanche, son vin l'était moins.

Après lui avoir servi de la confiture d'oignons, un plat de fèves et du pâté en croûte, l'aubergiste lui avait proposé une chope emplie d'un breuvage sirupeux. Le chevalier avait poliment accepté. Sous le regard fier et attentif de Zucry, il avait bu le vin en quelques longues gorgées. Après un ou deux toussotements, il s'était efforcé de produire un sourire courtois et même quelques compliments sur son arôme. Refusant un second verre avec civilité, il s'était dignement rendu dans la cour. Puis, sans même avoir besoin de se chatouiller l'intérieur de la gorge du bout des doigts, il avait soulagé son estomac contre le mur des communs.

Mais voilà que maintenant son bas-ventre lui causait du souci ! Un peu de ce poison s'était peut-être infiltré au plus profond de son organisme. Or-Azur craignait une inflammation des génitoires. Si le vin était aussi pénible à ressortir par le bas que par le haut, la nuit risquait d'être sinistre. Il descendit sa main et palpa l'objet de son appréhension à travers les replis de sa liquette. Tout semblait bien à sa place.

Il poussa un soupir de soulagement. Peut-être ne s'agissait-il que d'une banale envie d'uriner, après tout !

D'humeur soudain plus légère, il se décida à agir. Il sauta sur ses pieds et alluma une chandelle. Puis il enfila ses habits bleus, chaussa ses bottes de cuir et boucla son baudrier. Sur sa lancée, il tira son épée et déclama face à la porte :

— Par le sang des preux, me voici, de pied en cap, je fends l'azur,

Paré à vider ma vessie, un Or-Azur toujours assure !

— En attendant il est minuit ! Tu veux ma main dans la figure ? tambourina un ex-dormeur à travers la cloison.

Le chevalier sursauta.

— Hum, désolé, grommela-t-il. Son chapeau sur la tête, il tira prudemment le loquet de la porte. Chandelle à la main, après plusieurs détours, il atteignit la porte de l'aubergiste tout au fond d'un long corridor. Il se planta devant et frappa une série de coups un peu plus secs que nécessaire.

— Gnnmmouiii ? répondit une voix ensommeillée.

— C'est vous, Zucry l'aubergiste ? héla Or-Azur.

— C'est-à-dire qu'à cette heure-ci, je ne suis plus très sûr, ânonna la voix.

— Eh bien, tâchez de vous souvenir, mon brave. Ou bien

les émoluments que je vous dois resteront demain matin dans le fond de ma bourse.

— J'entends déjà mieux, fit Zucry parfaitement réveillé.

L'aubergiste entrebâilla sa porte.

— Que voulez-vous, chevalier ?

— J'ai besoin d'un renseignement à la fois urgent et précis. Je réclame donc toute votre attention. Où se trouvent vos meilleures latrines ?

— Je n'en ai ni de meilleures, ni de plus mauvaises. Elles sont uniques, en bas, et derrière l'escalier. Y a-t-il autre chose pour votre service ?

— Eh bien, non.

— Bonne nuit, chevalier !

Or-Azur repartit à travers le couloir. Le corridor décrivait maints crochets. À la lueur de sa chandelle, l'auberge était encore plus tortueuse qu'en plein jour. Où était donc ce fichu escalier ?

— Ah ! le voici, murmura Or-Azur entre ses dents. Je l'avais tout simplement loupé.

D'après les gargouillis émis par ses intestins, les choses se compliquaient. Il semblait clair que sa vessie n'était plus seule en cause.

Il descendit les marches avec empressement et tenta de repérer la porte indiquée par Zucry.

— Eh bien ! En voilà des manières !

Or-Azur bondit en arrière, une main cherchant déjà son épée. Une silhouette monstrueuse et bouffie venait de se dresser devant lui. Il leva sa chandelle. La chose plissa les yeux. À bien y regarder, il s'agissait d'une plantureuse matrone emballée dans des voiles de mousseline rose.

— Satyre ! grogna la créature. Oser suivre en pleine nuit

une délicate jeune femme qui se rend aux toilettes ! Et cessez de m'aveugler avec cette chandelle !

— Mille donjons ! Je veux dire, mille pardons. Je vous avais pris pour un atroce démon, enfin pour une...

Or-Azur dansait d'un pied sur l'autre, le sourire crispé. La matrone ouvrit avec autorité la porte des toilettes, entra et s'enferma à double tour.

— Eh bien, filez chercher vos démons ailleurs, monsieur ! Le vin de cet aubergiste a affecté mes fragiles entrailles et cette affaire risque d'être longue. Bonne nuit.

Or-Azur examina la porte d'un œil torve. Fallait-il la défoncer pour extirper de force cette chose couverte de fanfreluches ? Tentant, mais guère digne d'un chevalier. Il résolu finalement de se hasarder à l'extérieur.

Debout sous les murs de l'auberge, le chevalier tournait la tête en tout sens comme pour se débarrasser d'un torticolis. En fait, il scrutait les ombres bleues autour de lui. Des pierres recouvertes de mousse luisaient d'une faible phosphorescence. Dans un potager, un peu plus loin, des écorces de blonkasse dégageaient une odeur âcre. Derrière une meule de foin, un sentier grimpait sur une colline aride. Or-Azur le suivit des yeux jusqu'au point où il disparaissait dans la nuit.

— Pas question d'opérer ici, trop de fenêtres donnent sur cette arrière-cour. La situation devient préoccupante. Il me semblait avoir repéré en arrivant une cabane discrète près de l'enclos des gramoches, en haut de la colline. Certainement de vieilles latrines. Ce doit être par-là... C'est curieux comme le paysage peut être différent une fois la nuit tombée !

Les entrailles du chevalier ponctuèrent ses remarques d'une série de tressautements des plus inquiétants. Il fit quelques pas, une main sur le ventre. Il souffla, inspira, souffla. Il se força à penser à quelque chose de gai. Une douce comptine de son enfance dans les Baronnies lui revint en mémoire. Il se mit à fredonner :

« Un soldat en armes-eu, qui courait dans l'herbe-eu, je l'attrape d'un coup d'épieu, je lui fends la tête en deux... »

Il commençait déjà à se sentir mieux. Il scruta le sommet de la colline. On y devinait une barrière.

— Voilà l'enclos à gramoches, la cabane n'est pas loin. Or-Azur, en avant !

Il rajusta son élégant chapeau à plumes et s'engagea sur le chemin, dents serrées. La pente était raide. Le chevalier l'attaqua d'un bon pas. Les lunes éclairaient sa silhouette pâle. Les insectes interrompaient leur chant sur son passage, comme pour le saluer, et reprenaient ensuite leurs crissements nocturnes. Au bout d'une minute le chevalier s'arrêta et regarda en arrière. Quelque chose n'allait pas. Il tendit l'oreille dans la direction de l'auberge : pas le moindre son.

« Pourquoi n'entend-on aucun insecte au bas du sentier ? » se demanda-t-il.

Le chevalier tenta de percer les flaques d'ombre qui maculaient la colline. N'avait-il pas aperçu deux yeux rouges ? Les mêmes que ceux dans la cour, tout à l'heure ? Mais rien ne bougeait. Le terrain semblait dégagé.

— Nom d'un donjon assiégé ! Est-ce mon esprit qui me joue des tours ? Ou bien quelque magie est-elle à l'œuvre ?

Aucune voix ne daigna lui répondre. Le chevalier réprima un frisson. Il se tourna et poursuivit son chemin, jetant de temps à autre des coups d'œils furtifs derrière lui. En fait, il ne craignait pas d'être suivi. L'art du combat lui était familier et l'épée qui pendait à son côté avait toujours bien servi sa famille. Avec elle, les Or-Azur avaient décimé des générations d'ennemis. En revanche, le chevalier se défiait de la magie.

Comme tous les habitants des Baronnies il n'avait que mépris pour ces moyens qui ne lui semblaient pas naturels. Pourtant les pouvoirs magiques faisaient partie du quotidien de nombreuses régions du monde de Troy. Chaque être humain possédait un pouvoir propre et unique. Un don généralement limité, qu'il pouvait répéter à volonté. Mais le chevalier et ses compatriotes trouvaient cela inconvenant. Or-Azur avait déjà assisté à ce genre de phénomène : chaque fois, les cheveux de celui qui agissait par magie se soulevaient mollement dans les airs, un tas de lueurs colorées apparaissaient et une chose idiote se produisait.

Le chevalier avait dépassé une planche munie de petites roues destinée au transport des balles de foin. Il était maintenant presque au sommet. Il remarqua que le sentier était jonché d'os de rongeurs fraîchement grignotés. L'enclos à gramoches était bien là, aucun doute : l'odeur de ces ruminants était une véritable abomination. Les gramoches dormaient dans la boue, sans doute pour se rafraîchir le pis. Aucune des placides créatures ne se réveilla à l'approche du chevalier. La petite cabane bordait la clôture, parmi les bouses fraîches.

Or-Azur sortit de sa poche un mouchoir de dentelle bleue et le plaça devant son nez.

— Foutripeste ! L'une de ces bêtes a dû crever au milieu des autres pour dégager une infection pareille ! Hors de question de s'approcher de ces latrines !

Il examina les environs à la clarté des étoiles. Un bosquet

de hûmes à larges feuilles s'élevait à moins d'un jet de pierre. Les branchages n'étaient pas trop denses, et les feuilles juste de la bonne épaisseur. L'endroit idéal.

Quelques instants plus tard, la fine fleur de la noblesse des Baronnies campait les fesses à l'air sous les lunes.

Un vol d'oiseaux de nuit traversa les nuées. Or-Azur, toujours accroupi, contemplait les étoiles. Certaines étaient regroupées en amas ou en traînées laiteuses. D'autres suggéraient des figures : ici un arc, là une lyre, ailleurs une silhouette animale.

Un bruit furtif provint d'entre les branches, aussi ténu que le trottinement d'un mulot. Le chevalier n'y prêta pas attention. Les feuilles bougèrent de façon imperceptible, comme agitées par un souffle de vent. Une odeur musquée monta dans l'air. Or-Azur chassa distraitement quelques mouches qui voletaient autour de lui.

Soudain, une forme noire masqua le ciel. Deux yeux rouges flamboyèrent :

« BRRRRAAAAA ! ! ! »

Le cri fit l'effet d'une explosion. Or-Azur roula dans l'herbe alors que son chapeau s'envolait. Simultanément, un coup puissant ébranla le sol.

Le chevalier écarquilla les yeux. Joue contre terre, il contemplait le paysage de biais. Une impressionnante dépression était creusée à l'emplacement qu'il occupait une seconde auparavant. L'endroit venait d'être écrasé par une massue gigantesque, une grosse branche dure incrusté d'éclats de pierre tranchants. Le manche de l'arme était relié à une chaîne, elle-même enroulée autour d'un tronc d'arbre.

Ah non, à un bras de la taille d'un tronc d'arbre, finalement.

« VRATSHH ! »

Un second choc aplatit les feuilles à côté du chevalier qui avait récupéré son chapeau et poursuivi sa roulade jusqu'à un buisson d'épineux. Conscient de la précarité de son abri, il rampa aussi vite que possible dans le sous-bois. Les branches déchiraient l'étoffe de ses vêtements. La monstrueuse silhouette aux yeux rouges le poursuivait, faisant ployer sous son poids une partie des arbres, fracassant les autres.

À coup sûr, le chevalier vivait un mauvais rêve. Il allait se réveiller d'une seconde à l'autre dans les draps de soie du Castel Or-Azur. Un petit déjeuner l'attendrait comme d'habitude au pied de son lit. Un abricot frais, quelques biscuits aux épices d'Armalie et un thé blanc du Darshan. Avec un nuage de lait, et un bouquet de violet...

La masse s'abattit sur un buisson de violettes sauvages à quelques pouces de son crâne. Elle transforma les fleurs en pulpe mauve, fendit en deux le rocher sur lequel elles poussaient et broya une famille de gentils petits escargots qui passaient par-là. Le chevalier reçut sur le visage une pluie de gouttelettes visqueuses. Plus de doute, l'heure était au combat. Or-Azur bondit sur ses pieds. D'un mouvement leste, il dégaina son épée et taillada les branches autour de lui. En quelques coups précis, la place était nette. Il moulina en direction de la silhouette qui approchait.

— Par ici, monstre velu ! Je ne te crains point !

La créature plissa ses yeux rouges et émit un ricanement lugubre :

— Huk ! Huk ! Huk !

Or-Azur avança de deux pas pour affirmer sa détermination. Comme il avait omis de boucler son ceinturon, son pantalon tomba sur ses chevilles. Il se prit les pieds dedans et s'étala de tout son long.

— Parsamborgne !

Le monstre poussa un rugissement, fit tournoyer sa masse et frappa Or-Azur pour l'écraser. Le chevalier se glissa derrière un tronc plus large que lui. Le bois éclata sous l'impact. Or-Azur roula entre les jambes de la créature et se redressa derrière elle. D'un habile coup de reins il se libéra de son pantalon, et, dans une tenue aussi impudique que ridicule, il amorça une série d'attaques et de feintes audacieuses.

Le chevalier utilisait arbres et arbustes pour se protéger. La massue manquait souvent cette cible qui disparaissait trop vite.

Cependant Or-Azur sentait bien que ses parades ne pourraient faire illusion encore bien longtemps. Il lui fallait porter un coup décisif maintenant, avant qu'il ne soit trop épuisé. Utilisant une branche basse comme point d'appui, le chevalier esquiva un nouveau moulinet de la terrible masse. Il tournoya sur lui-même et amorça un formidable coup d'épée destiné à décapiter son adversaire.

Le monstre vit venir la lame mais resta immobile, arborant un large sourire. Un horrible son métallique déchira la nuit, suivi d'un craquement sec. Or-Azur contempla son épée : elle était sectionnée à une coudée de la garde. La créature avait saisi l'arme entre ses dents, et l'avait brisée d'un simple claquement de mâchoires !

Le chevalier comprit qu'il était perdu. Il recula pas à pas, se préparant au pire.

Le monstre avança sur lui.

Dans un réflexe désespéré, Or-Azur lui lança au visage une poignée de feuilles de hûme maculées de gouttes de rosée, pour tenter de l'aveugler. La créature hurla comme si elle venait d'être brûlée par de l'acide.

Le chevalier, surpris, ne prit pas le temps de réfléchir à cette étrange réaction. Il fit volte face, sortit de la forêt et courut jusqu'à l'enclos à gramoches.

Un grondement de rage retentit derrière lui, accompagné d'un bruit de branches brisées. Le chevalier fouilla des yeux les alentours à la recherche d'une cachette. Son regard s'arrêta sur la cabane. Ignorant l'odeur repoussante, il se glissa dedans et referma la porte derrière lui.

Au-dehors, le monstre était déjà sorti du bois. Sa silhouette s'allongeait dans la clarté lunaire. Le bruit lourd de ses pas s'intensifia tandis qu'il s'approchait de l'appentis, en ligne droite, sans l'ombre d'une hésitation. Or-Azur, qui l'observait par un interstice, pesta en silence. Sans perdre une minute, il entreprit de déclouer les planches du fond.

Il y eut un cri sauvage et un fracas épouvantable. La cabane vola en éclats. La bête venait de la réduire en bois d'allumette d'un seul coup de massue. Mais Or-Azur avait déjà filé par derrière. Il courait, à demi nu, sur la pente de la colline.

— Nom d'un shrink ! beugla-t-il en posant le pied sur un objet inconnu. Il reconnut la planche servant à transporter le foin qu'il avait croisée en montant. Quelques instants plus tard, il ne courait plus : il roulait, l'air surpris, plumes au vent, battant des bras pour conserver un équilibre précaire.

Le monstre s'engagea sur la pente en bramant de dépit. Manifestement, il n'avait pas l'intention de se laisser distancer comme ça.

Cherchant à se stabiliser, Or-Azur plaça par réflexe ses pieds en travers de la planche roulante. Il tressautait sur les cahots du chemin, filant à grande allure vers l'auberge.

Curieusement cette sensation lui procura une exaltation intense, la chose devenait même amusante !

Restait à aborder la question du freinage. Or-Azur vit se dresser devant lui une masse indistincte.

— Nooooooooo... VVLLOOOOOFFF...

Hurlant de terreur, il s'enfonça dans une meule de foin.

Le monstre s'arrêta un instant, quelques toises plus haut. Sa proie était-elle morte étouffée ? Mais non, voilà qu'elle ressortait déjà !

— ...FFFFF ...ooooooon !

Or-Azur rejaillit de l'autre côté de la meule. Il fonçait droit sur le mur de l'auberge.

— Je veux m'arrêter ! Je veux m'arrêter !

— Moi aussi, je voudrais bien que tu t'arrêtes ! répondit la voix de l'aubergiste au premier étage. Silence maintenant !

La planche buta sur les marches de la cour. Or-Azur, éjecté, traversa l'air, puis un encadrement de fenêtre, puis l'air encore, avant d'être finalement arrêté par un objet gros et rose, mais surtout mou, heureusement.

Il y eut un cri et le chevalier roula sur le sol, bras et jambes pêle-mêle avec d'autres bras et jambes, mais nettement plus volumineux. Puis l'ensemble se stabilisa.

— Jeune homme, quelle audace ! fit une voix flûtée. Vous m'avez attendu derrière la porte des toilettes pendant tout ce temps ?

La matrone en déshabillé vaporeux tenait Or-Azur plaqué contre elle. Elle battit des cils. Son regard s'attarda sur le corps à demi nu du chevalier. Plutôt sur le nu, que sur le demi, en fait. Le chevalier se redressa en toute hâte. Il doutait fort que les fenêtres ouvertes de l'auberge suffisent à retenir son poursuivant !

— Je ne m'attendais certes pas à vous retrouver, Madame. Mais je dois reconnaître que votre personnalité, heu, généreuse m'a fait un bien fou. Hélas, nous discuterons une autre fois. Je suis un peu pressé, là...

— Vous attendez un ami, mmmm ? minauda la femme aux formes plantureuses. Aussi beau et musclé que vous, peut-être ? Vous savez, nous pourrions nous entendre ?

Elle posa sur le haut de sa cuisse une main quelque peu exploratrice. Or-Azur eut un mouvement de recul. À cette seconde, le mur de l'auberge vola en éclats.

Le mobilier fut projeté aux quatre coins de la pièce tandis qu'une silhouette massive atterrissait sur une table. Un nuage de poussière grise noya le décor. Le monstre leva la tête vers le plafond et poussa un beuglement qui fit trembler les fenêtres. Or-Azur en profita pour s'éclipser en direction du couloir.

— Où allez-vous ? Revenez ! ordonna la matrone. Nous commencions à peine à faire connaissance !

La voix de la dame changea de direction et monta vers le plafond. En regardant par-dessus son épaule, le chevalier vit qu'une énorme main velue s'était emparée d'elle et la soulevait dans les airs. Elle émit un gloussement de surprise :

— Hi hi, grand coquin ! Mais... hiiiiiii !

La fin de son cri se perdit dans un craquement, suivi d'un bruit de succion, puis d'une éructation caverneuse. Or-Azur était déjà en train de courir dans le couloir. Il se cogna contre Zucry :

— Ah ! Monsieur l'aubergiste ! Il y a des bêtes chez vous !

— Des bêtes chez moi ?

— Oui, l'une d'elles dévore une de vos clientes ! J'exige un abri !

Zucry haussa les épaules :

— Eh bien, allons à la cave !

Il entraîna Or-Azur dans un cellier situé au bout du couloir. Ils soulevèrent une trappe dissimulée sous un tapis et sautèrent dans une petite cave. Or-Azur referma la trappe au-dessus de leurs têtes. L'endroit était presque entièrement remplie de tonneaux. Les deux hommes se tassèrent l'un contre l'autre, du mieux qu'ils le purent.

— Dites, chuchota le chevalier, ça vous ennuierait de vous pousser un peu ? J'ai la tête coincée contre un baril.

— Impossible. J'ai stocké ici tout mon vin. Il ne reste pas la moindre place disponible.

— Du vin ? Mais c'est de l'eau croupie ! Je le sais : j'ai le menton qui trempe dedans !

— C'est de l'eau... pour l'instant. Mon pouvoir magique consiste à transformer l'eau croupie en vin frelaté.

— Quel pouvoir idiot ! Je comprends mieux pourquoi on est malade, chez vous !

— Je sais. Mes clients s'en plaignent tout le temps. Je devrais peut être laisser tomber et devenir charpentier, comme mon père. « Chez Zucry & fils, charpentier », ça sonnerait pas mal, non ?

— Bof. Avec un slogan pareil, ne vous attendez pas à des miracles. À mon avis, vous pouvez faire une croix dessus.

— Chut !

Les pas du monstre résonnèrent au-dessus de leur tête. Un filet de poussière s'écoula entre les lattes. La créature renifla le cellier. Un « pouah ! » de dégoût retentit.

— Il a dû sentir quelque chose qui ne lui plaisait pas, chuchota Or-Azur.

— Je ne vois pas quoi, murmura Zucry, il n'y a que de l'eau, ici.

— Chhhhttt. Écoutez : il repart.

Le pas puissant et lourd quittait en effet le cellier. La créature fracassa encore un peu de mobilier, par pure espièglerie, puis elle abandonna l'auberge.

— J'espère qu'il va s'en aller par l'arrière et regagner la forêt, dit Or-Azur. Ma monture est attachée dans la cour. Je ne voudrais pas poursuivre mon voyage à pied.

On entendit les gramoches meugler sur la colline. De grands cris de détresse, accompagnés d'un rire bestial et de bruits de mâchonnement.

— Ah ! Il a trouvé de quoi se restaurer, fit Or-Azur. Vous voyez Zucry, votre auberge n'est pas une si mauvaise table, finalement.

— Quand on se rabat sur les gramoches, c'est qu'on est vraiment affamé ! soupira Zucry. Même les monstres savent ça !

Le soleil finit par se lever. Un rayon filtra entre deux planches. Or-Azur souleva une paupière et regarda autour de lui. Zucry ronflait contre son épaule. Ils étaient toujours dans le cellier.

Le chevalier repoussa l'aubergiste, ouvrit la trappe et sortit. Tout le rez-de-chaussée de l'auberge n'était plus qu'une ruine dévastée. D'immenses trous dans les murs laissaient apparaître les poutres de soutènement.

Or-Azur se dirigea vers la cour et sella son dracosaure. Le destrier ne semblait pas avoir souffert. Il grignotait tranquillement les restes des autres montures qui appartenaient à l'aubergiste.

Zucry sortit à son tour.

— Regardez-moi ça, tout le rez-de-chaussée est fichu !

Il envoya un coup de pied dans une poutre. Celle-ci craqua. L'aubergiste fit un bond en arrière. Le premier étage s'écroula devant lui dans un bruit de tonnerre.

— Soyez positif, conseilla Or-Azur, c'est l'occasion de refaire aussi les chambres du premier.

Il avait sorti des vêtements neufs de sa sacoche de selle et s'habillait convenablement. La dignité, c'est important. Accrochant son ceinturon, il montra son épée réduite à une poignée et un moignon de lame :

— Tant que j'y suis, vous ne connaîtriez pas un bon forgeron ? Je dois faire réparer mon épée. Il paraît que la route des Monts Sombres est infestée de malandrins.

— Poursuivez vers l'est, jusqu'à Glinin. Demandez maître Gramblot.

— Merci, mon brave ! Tenez, voilà pour la nuit et les dégâts !

Le chevalier lança à l'aubergiste une bourse rebondie qu'il saisit au vol. Or-Azur décocha une tape au postérieur de sa monture et se mit en route.

— Attendez ! fit l'aubergiste. Votre bourse est encombrée d'un vieux mouchoir bleu en dentelle ! Il n'y a que trois pièces d'or, là-dedans !

— C'est un prix princier pour passer la nuit avec vous dans un cellier, non ? Considérez mon mouchoir personnel comme un cadeau. Quelques onces de finesse dans un monde de brutes, en somme.

L'aubergiste s'assit sur une pierre, l'air maussade, et regarda s'éloigner le chevalier. Longtemps plus tard il se leva, saisit un balai, et commença à nettoyer les gravats.

2

Rien. Il ne se passait jamais rien dans le bourg de Glinin. Enfin, rien de remarquable. Sur une carte ce n'était qu'un nom minuscule à l'extrémité d'une longue ligne sinueuse : la dernière étape du Chemin des Chaluts. Au-delà, la route se réduisait à une voie étroite rognée par les herbes folles qui finissait par s'enfoncer dans les tourbières marécageuses du Delta Bilieux.

Glinin reposait au pied d'une colline, face aux immenses plaines de Souardie. Ses maisons de pierres sèches et ses vieilles tours craquelées dormaient à l'ombre des grands arbres. Nombre de ses habitants faisaient d'ailleurs de même.

Les villageois portaient des chapeaux de paille et des vêtements de toile aux couleurs vives. Ils étaient éleveurs de pétaures, de mazaugues, cultivaient de roboratives blonkasses et avaient des goûts simples. À l'aide de leurs dons magiques, ils avaient appris à repousser les prédateurs et les insectes nuisibles. Et même les mauvaises odeurs venues des marécages, en été, lorsqu'il faisait chaud. C'était de braves gens épris de tranquillité, qui ne recherchaient guère la fantaisie, héroïque ou non.

Dans la région, l'herbe était toujours d'un vert affligeant de banalité, le ciel d'un bleu... bleu et les saisons se succédaient sans que personne n'y trouvât rien à redire[1]. Une véritable malédiction pour les esprits vifs et entreprenants. Heureusement la nature était bien faite, car de telles personnalités ne foisonnaient pas à Glinin.

L'unique endroit un tantinet animé, à l'exception de la taverne, était la forge de maître Gramblot. Sa notoriété professionnelle était bien établie. Les enfants du coin avaient d'ailleurs inventé une comptine qu'ils fredonnaient au moindre prétexte. Quelque chose comme « *Chez Gramblot, y'a tout c'qui faut, enclumes et gros marteaux...* ». Un refrain si obsédant qu'il se logeait dans les replis de la mémoire durant des semaines. C'est curieux comme les gamins des villages passent leur temps à chanter toujours les mêmes ritournelles, à chaparder le linge sur les étendoirs ou à jeter des cailloux sur les étrangers...

Les affaires du forgeron se portaient à merveille. L'établissement, niché au cœur d'un vaste hangar, s'ouvrait sur la place du village. Une bâtisse remarquable qui déployait son

1. En vérité, la seule distraction de Glinin était la venue, le premier week-end de chaque mois, d'Al'Plush le barde. C'était un vieux Khaan originaire des lointaines Steppes Froides, reconverti en ménestrel itinérant. Il connaissait un grand succès grâce à son porc savant, un animal fort intelligent surnommé Gnôle en raison de son attirance pour les boissons fortes. Ils formaient une paire irrésistible et leurs spectacles étaient réputés à travers toute la Souardie. C'est ainsi qu'à Glinin, on attendait fidèlement chaque premier samedi du mois le porc Gnôle du Khaan Al-Plush.

imposante charpente de bois ambré et attirait de nombreux apprentis.

Dès l'aurore, la forge exhalait des volutes de vapeur éclairées par la lueur du métal en fusion. Les pavés de la place se teintaient alors de dégradés flamboyants qui éveillaient les lève-tôt, les couche-tard et les amoureux furtifs.

Tout au long de la journée, une foule hétéroclite se faufilait au milieu de l'incroyable bric-à-brac de l'atelier. Là, coincés entre une paire de chaudrons et un monticule de ferrures rouillées, bûcherons, paysans, amants et maris jaloux tentaient de passer commande dans le roulement des enclumes martelées.

Les bûcherons apportaient leurs haches à l'affûtage, les paysans faisaient ferrer leurs bêtes, et les maris jaloux leurs épouses. Quant aux amants, ils venaient plus tard dans la soirée chercher un double des clés.

Nombreux étaient les gens qui, suants et congestionnés, tentaient de marchander avec Gramblot. Palabrer avec le forgeron ne servait pourtant pas à grand-chose : ses prix étaient petits, sa patience moyenne et son marteau très gros. En fait, il ne se prêtait au jeu du négoce que pour distraire ses apprentis. Ces derniers travaillaient durement près des cuves bouillonnantes, dans un trou au centre de la forge, et c'est toujours avec plaisir qu'ils suivaient les rodomontades de leur maître feignant de s'emporter.

Debout devant une enclume noircie, un peu en retrait, un jeune homme se concentrait sur son ouvrage. Des filets de sueur soulignaient sa musculature enserrée dans un épais tablier de cuir. Sa chevelure rousse, plaquée par la vapeur, était zébrée de deux mèches noires qui lui donnaient un air espiègle.

Il était apprenti forgeron et se nommait Lanfeust. Dans le village, on lui reconnaissait du talent, c'était un garçon qui avait l'amour du métier. Et une certaine naïveté, aussi. Mais de cela, il ne se vantait pas.

Le jeune homme s'essuya le front, puis se concentra pour assurer un geste requérant toute son habileté. Il paraissait indifférent aux allées et venues. Il martela une découpe d'alliage de fer avec application, l'étira, la lamina, puis façonna le métal rougi. Sous ses coups de marteau précis se forma peu à peu une délicate dentelle : une nouvelle pièce d'acier destinée à compléter une armure solide et légère, idéale pour le combat.

Lanfeust leva la tête pour vérifier qu'elle était fidèle aux croquis dessinés par maître Gramblot. Il ne réalisait pas là une commande ordinaire. C'était la création la plus marquante de sa carrière de novice, son chef-d'œuvre de fin d'apprentissage. Il assemblait l'armure depuis des semaines. Lorsqu'elle serait achevée, elle servirait à passer l'examen final pour conquérir le titre de forgeron indépendant. Lanfeust attendait avec hâte de recevoir cette reconnaissance. Même si dans l'absolu, il n'avait jamais eu l'intention d'ouvrir une échoppe en face pour concurrencer Gramblot.

Le jeune homme essuya la sueur qui brouillait sa vue et se pencha à nouveau sur son travail. Il s'amusait des arrondis et des courbes qu'il façonnait dans le métal chaud. Immanquablement, les courbes se superposaient à d'autres, toutes aussi chaleureuses. Son esprit s'envolait alors dans une troublante rêverie, peuplée d'une certaine demoiselle. Un songe éveillé qui élevait son âme. Et parfois aussi une autre partie de son être.

— ... feust !

Gramblot venait d'appeler pour la seconde fois à travers l'atelier sans avoir reçu de réponse. Toutes les têtes se tournèrent vers Lanfeust, dont le visage exprimait à présent la plus parfaite béatitude.

— Oh ! cria à nouveau le maître forgeron. Tu m'entends, ou quoi ?

Les têtes se tournèrent de l'autre côté. En équilibre précaire, Gramblot semblait danser la gigue. Il sautait d'un pied sur l'autre, arrimé à la patte arrière d'un énorme buffle de trait. Le forgeron venait tout juste de lui ôter un fer endommagé. Mais la pauvre bête, loin d'être reconnaissante, semblait hésiter entre lui fracasser le crâne d'un coup de sabot ou l'enfumer de ses terribles flatulences.

Gramblot n'était pas à proprement parler un gringalet. Plus grand que la plupart des hommes, il possédait des épaules massives et un cou épais. Sa seule fantaisie consistait en une moustache aux bords incurvés, qu'il se plaisait à tortiller entre deux doigts lorsque tout allait bien. Autant dire qu'en cet instant, il n'en avait guère envie. Sans compter qu'il avait les mains franchement occupées.

Le buffle ruait en tout sens, et le maître forgeron dut se baisser une nouvelle fois pour éviter un coup de sabot. Gramblot était fatigué d'appeler à l'aide. D'un mouvement leste, il bondit sur le côté. Il saisit une sangle de contention, fit deux tours sur le jarret de l'animal, puis tira vers le haut pour redresser sa patte. Le buffle se trouva en équilibre sur trois sabots. Il s'immobilisa aussitôt.

Le maître forgeron souffla bruyamment, puis se tourna vers la fosse en contrebas. Les autres novices, sentant venir l'orage, se couvrirent les oreilles. Sa voix puissante déchira le fracas ambiant.

— LANFEUEUEUST ! ! !

Le jeune apprenti sursauta. Il avait failli s'écraser un doigt d'un coup de marteau. Il leva la tête, le visage masqué par ses cheveux poisseux de sueur.

— Heu... Oui ? Vous me parliez, maître Gramblot ?

— Sang et fumée ! Tu rêves encore, alors que je me débats en pleine pestilence ! Rapplique par ici. J'ai besoin de toi pour réparer le fer qui a blessé cette pauvre bête...

— J'arrive tout de suite !

Lanfeust abandonna aussitôt son ouvrage. Il quitta la chaleur ardente de la fosse et escalada quatre à quatre les marches qui conduisaient à l'entrée. Il s'arrêta devant le buffle, le souffle court, reniflant l'atmosphère d'un air suspicieux. La pauvre bête avait fini par se décider pour une vengeance odorante. C'est sournois, les buffles musqués.

— Mardonnez-poi, maître Gramplot... J'édais goncentré. Je ne vous ai bas endendu...

La mine contrariée du maître forgeron se mua finalement en un sourire.

— C'est bon, Lanfeust. Tu as un peu l'esprit ailleurs, mais tu fais du bon boulot. En revanche, enlève tes mains de ton nez quand tu parles : ça te donne l'accent de Klostope et c'est très vulgaire.

— Mais c'est que... le buffle s'est oublié ! C'est pas supportable !

— Les mamans buffles les élèvent très mal, je suis d'accord avec toi, mais nous devons faire avec, Lanfeust. C'est notre travail...

Le forgeron retira un objet tordu sous le sabot de l'animal et le tendit à son apprenti.

— Tiens, redresse-moi ce fer et je te libère. La journée a été longue.

— Merci ! dit Lanfeust. Ça tombe bien, j'ai des projets importants pour ce soir.

Le jeune homme avait prononcé ces derniers mots en bredouillant, l'œil pétillant et la joue empourprée. Le forgeron lui assena une bourrade complice.

— Alors dépêche-toi, grand nigaud ! Si elle est jolie, tu ne dois pas être en retard. Termine et va prendre un bain. Avec l'odeur de troll que tu dégages, il va te falloir au moins un flacon entier des décoctions parfumées de dame Héneine[1], la vieille apothicaire. J'en laisse toujours une fiole sur l'étagère de la réserve. Tu n'auras qu'à te servir.

Lanfeust redescendit les marches, cette fois avec plus de calme. Il manipula entre ses épais gants de cuir le fer déformé que son maître venait de lui confier.

« Ce n'est pas grand-chose, se dit-il. Un brin de chauffe, quelques coups de marteau, et c'est bon... Allez, courage, Lanfeust. Encore un peu de travail, et tu vas pouvoir filer au rendez-vous le plus important de toute ta vie. Vivement ce soir ! »

Le jeune homme secoua ses mèches fauves pour chasser ses

1. Elle les fait spécialement pour nous, les hommes.

pensées, puis saisit la pièce de métal entre les mâchoires d'une lourde tenaille. Il fit le vide dans son esprit. Le moment était venu de se concentrer.

Il aimait cet instant délicat où la magie s'éveillait au plus profond de lui. Chaque fois, un étrange picotement le surprenait derrière la nuque. Une ivresse éphémère, tandis que ses cheveux se dressaient vers le ciel. Sa silhouette était alors nimbée d'une aura rougeâtre qui rehaussait son air joyeux. La magie l'enveloppait, donnant au garçon des airs de faune espiègle auréolé de flammes. Il entrait en harmonie avec le métal froid. Ensuite venait la chaleur, qu'il fallait à tout prix maîtriser pour ne pas endommager l'ouvrage. Maître Gramblot lui avait bien appris tout cela :

— Observe, petit. Observe ta pièce lorsqu'elle rougeoie. Quand elle commence à s'assouplir, elle est déjà prête à se soumettre à ta volonté. Mais attention, si tu interviens trop tôt, elle risque de se rompre. Et si tu attends, elle va se déformer, s'alanguir définitivement.

— Mais comment savoir, maître, à quel moment agir ?

— Écoute bien, petit skä râblé[1]. Écoute, et tu percevras le chant du métal. Alors tu pourras jouer du marteau debout.

C'était peut-être un détail pour Lanfeust, mais pour Gramblot ça voulait dire beaucoup.

Au début de son apprentissage, le garçon avait beau écouter de toutes ses forces, il n'entendait rien. Sachant à quel point son maître y tenait, il s'était penché plus près du tison. Mais toujours rien. Et rien, encore, en s'approchant un peu plus.

1. Les skäs sont de petits êtres trapus, à tête chauve, qui nichent dans les cavernes et les monastères abandonnés du Darshan. Ils sont réputés pour leur intelligence et leurs capacités d'apprentissage. Par ailleurs, ils se caractérisent par une passion incompréhensible pour les petits cailloux blancs enfermés dans la paume d'une main. C'est ainsi que l'on peut aisément les capturer.

En revanche, son oreille avait mis deux semaines à cicatriser.

À l'époque, il en avait voulu à maître Gramblot, persuadé d'avoir affaire à un fou. Et puis, un jour, il avait compris. Percevant la douce mélopée du métal, il avait frappé sur l'enclume. Ce jour-là il était devenu un forgeron. Ce fut aussi le jour de sa première cuite. Ce qui retarda d'ailleurs le jour de sa première ribaude, mais ceci est une autre histoire...

Lanfeust fut arraché à ses songes par le sifflement du métal porté au rouge. Il leva aussitôt son marteau et l'abattit avec précision. Le fer changea de forme. Il le plongea dans un seau d'eau glacée, puis le ressortit encore fumant. Il éprouva du bout de son gant le relief du métal, un sourire satisfait aux lèvres. Ce fer était parfait. Le pauvre buffle ne souffrirait plus.

Il abandonna ses outils et rejoignit fièrement maître Gramblot, occupé à négocier avec les propriétaires de l'animal.

— Voilà, je pense que ça ira, dit le jeune homme.

— Beau travail, garçon ! lança Gramblot en brandissant l'objet tel un trophée. Et maintenant, dépêche-toi. Il me semble que tu as un rendez-vous, non ?

Lanfeust ne se le fit pas dire deux fois. Il saisit un chiffon et en épongea son front constellé de suie avant de le jeter dans l'âtre. Puis il attrapa une pince et sortit une dizaine de galets fumants de l'intérieur d'un foyer. Il les déposa avec précaution au fond d'un seau métallique, et emporta le tout vers le fond de la forge. Il écarta une tenture effilochée. Un sourire las flottait sur son visage. Il entra et le rideau rapiécé retomba sur sa silhouette.

Lanfeust venait de disparaître dans la retraite la plus convoitée de tout le village de Glinin : le salon de bains de maître Gramblot, fierté de son propriétaire et symbole de sa réussite. Il posa son seau rempli de galets et s'étira longuement.

— Mmrrrwwoaaaww... Le meilleur moment de la journée, dit-il en étouffant un bâillement.

Il laissa flotter son regard sur la pièce exiguë. Les murs du salon de bains disparaissaient sous des étagères croulantes d'objets hétéroclites. Pinces aux mors élimés, pièces de clouterie réservées aux armures, lames ébréchées et chutes de cuir côtoyaient dans un joyeux fatras, bonbonnes de sel à tanner, piles de savons à la sève de bolbolong – soigneusement emballés dans du tissu bleu –, et même une vieille selle à dragon originaire de la lointaine Eckmül. Sur les étagères du haut, quelques commandes particulières que des clients avaient oublié de réclamer. L'une d'elles avait toujours enflammé l'imagination de Lanfeust : un subtil assemblage de cuir et de métal manifestement destiné à être porté par une femme dans des circonstances érotiques.

Lanfeust sourit. Les yeux mi-clos, il prit une grande inspiration. Ces parfums familiers sentaient bon l'univers de son enfance : essences de bois, fragrances d'herbes et cuir bouilli. Avec une note discrète de bouse de pétaure, aussi. Mais bon, maître Gramblot n'avait jamais été très porté sur le ménage de toute façon. Et puis les pétaures, ça faisait aussi partie de sa vie : les enclos qui bordaient l'entrée de la ville empestaient suffisamment pour que l'on ne les oublie pas de sitôt.

Au centre de la pièce trônait un large baquet en bois huilé, surmonté d'un élégant robinet de cuivre à tête de dragon[1].

---

1. Gramblot avait lui-même forgé cette pièce de robinetterie d'après un modèle ancien datant de l'époque du vil roi Eboche, et il n'en était pas peu fier.

Grâce à un ingénieux système de pompe et de siphon, l'ensemble formait un tub tout à fait acceptable.

Lanfeust actionna la pompe, tourna le robinet et regarda le tub se remplir :

— Et glou et glou et glou et glou...

Il prit ensuite le seau et déversa dans l'eau les galets brûlants qu'il avait rapportés de la forge. Les pierres plongèrent au fond du baquet dans un chuintement de vapeur.

Sur la pointe des pieds, le jeune homme retourna examiner la tenture rapiécée à l'entrée de la pièce, histoire d'être bien certain qu'elle l'isolait des regards. Lorsqu'il fut rassuré, il revint près du tub, retira ses gants, abandonna ses bottes et ses guêtres, puis dénoua le lacet qui retenait son tablier d'apprenti. Pour finir, il se débarrassa de ses culottes de toile rêche, et poussa un soupir de contentement. Il était nu comme un ver.

— Ouaip ! sourit Lanfeust. C'est sûr, cette tenue est moins décente. Mais elle drôlement plus confortable ! Voyons... De quoi ai-je l'air ?

Il se campa devant un miroir de métal poli et prit une pose avantageuse, bras repliés au-dessus de la tête, torse bombé en avant.

— Ma foi, c'est loin d'être pitoyable, pour un simple paysan. Et comme ça ?

Il essaya une seconde posture, puis plusieurs autres, avec un sourire exagéré pour examiner en même temps sa dentition.

— Comme cha, ch'est pas mal non plus.

Satisfait, il abandonna son reflet et se décida à entrer dans l'eau. Il s'accroupit pour tremper d'abord un pied, puis l'autre, et après quelques tergiversations stratégiques, le reste de son corps. Il grogna de plaisir sous la caresse du liquide brûlant.

— Un bon bain chaud après une journée de labeur, il n'y a rien de meilleur. Pour être au sommet du luxe, il ne manquerait plus qu'une ale bien fraîche, servie dans un gobelet en or.

Il réfléchit un instant et ses lèvres s'affinèrent en un sourire malicieux :

— Ou encore mieux : un rendez-vous galant à la fin de la journée. Tout comme aujourd'hui !

L'apprenti forgeron se laissa glisser le long des parois de bois. Il plissa ses yeux rougis par la vapeur et sa tête disparut sous l'eau. Seules quelques mèches rousses flottaient encore à la surface. Il compta jusqu'à dix, puis remonta dans un nuage de bulles.

— Hardi, Lanfeust !... Bulb bulb... Ce soir... glogloglogloglo... C'est LE soir... Pfouicht... C'Ian ma toute belle a enfin accepté mon invitation. Et cette fois-ci, c'est décidé : j'ose ! Je l'embrasse. Alors pas question de ressembler à un paysan crotté... Mmmm, voyons voir où est passée cette brosse... Ah, la voilà.

Lanfeust s'empara de sa brosse en poils de zdarh véritable et commença à se frotter vigoureusement le dos. Il sifflotait un air plein d'entrain. Arrivé au refrain, il plaça la brosse devant sa bouche et entonna avec enthousiasme :

— Donzelle-eu je suis ton troubadouuuuurrrr-eu ! Cette nuit donne-moi ta fleur d'amooooouuuurrrrr-eu[1] !

À défaut de sonner juste, la performance vocale méritait

1. La coutume qui consiste à beugler dans son tub en tenant une brosse en poil de zdarh peut vous paraître étrange, mais elle est fort répandue sur le monde de Troy. D'ailleurs, certaines confréries de chanteurs de salle de bains se réunissent pour se livrer à de furieuses joutes tribales. Ceux de la Zdarh Académie, par exemple, s'enferment dans un château et s'éliminent les uns les autres jusqu'à ce qu'il n'en reste plus qu'un dans son baquet. Ils appellent ça « s'faire un tub ».

d'être saluée pour sa puissance. Certains témoignages prouvèrent d'ailleurs par la suite qu'on avait distinctement entendu le cri au-delà du village. Même si, sur le moment, la plupart avaient surtout évoqué le brame du merchulkun mâle en rut. Le chant, puisqu'il faut l'appeler ainsi, avait surtout réussi à effrayer quelques vieilles dames, et fait avorter une paire de poulets.

Lanfeust toussota puis se remit à frotter avec énergie. Il en profita pour réfléchir à ses projets pour la soirée. Le sujet se définissait en deux mots : C'Ian, l'une des deux filles du vieux Nicolède. D'ailleurs, l'autre mot, c'était C'Ian aussi.

Nicolède était un Sage d'Eckmül, l'un de ces vénérables savants chargés d'assurer le relais du flux occulte baignant le monde de Troy. Tout comme ses confrères, sa présence était indispensable pour permettre aux habitants du bourg d'exercer leurs pouvoirs magiques individuels. Chacun s'accordait à dire que Nicolède était un brave homme. Son regard pétillant d'intelligence, ses conseils avisés et la franchise de son coup de fourchette en faisaient un personnage très apprécié. Pourtant, aux yeux de Lanfeust, sa principale qualité était avant tout d'avoir deux filles exquises : C'Ian et Cixi.

C'Ian était aussi douce et blonde que Cixi était brune et impétueuse. Leurs beautés étaient aussi comparables que leurs caractères opposés. Depuis sa plus tendre enfance, Lanfeust considérait C'Ian comme sa fiancée. Et nul dans le village ne doutait que ces deux-là seraient un jour mariés.

Redoublant de vigueur, l'apprenti forgeron s'acharna à faire disparaître de sa peau les ultimes traces de suie de la journée.

— Un dernier p'tit coup sous les bras, et hop ! Comme

ça, ma sublime C'Ian ne pourra pas dire que j'ai encore l'air d'un éleveur de pétaures.

Lanfeust se laissa retomber dans l'eau du bain. Il faisait machinalement des ronds dans l'eau avec sa brosse. À l'évidence, il ne trouverait plus le moindre bout de peau à récurer aujourd'hui. Il ferma les yeux, projetant sur l'écran de ses paupières closes l'image de la jeune fille qui occupait ses pensées. Il détendit ses muscles et essaya de se préparer au romantique tête-à-tête de ce soir.

« Voyons, réfléchit-il, je pourrais lui demander de faire un petit tour avec moi jusqu'au bord de la rivière.

Yaou !

Et on ira sous le saule pleureur.

YAOU !

Et elle voudra bien qu'on s'embrasse... »

Lanfeust jeta sa brosse en l'air dans un élan d'enthousiasme.

— YAOOOUUUUU ! !

— Salut, Lanfeust. Je te dérange pas, hein ?

Cixi, la sœur de C'Ian, venait d'apparaître devant le tub.

Lanfeust écarquilla les yeux. Elle avait tiré la tenture d'un seul coup et l'étudiait sans la moindre gêne ! À vrai dire, son visage affichait même une certaine satisfaction.

La brosse, de son côté, était peu sensible à ces considérations. Elle continua donc sa course aérienne puis retomba dans le baquet en éclaboussant Lanfeust.

— Mille enclumes ! grogna le jeune homme en s'essuyant la figure. Je veux dire... Bonjour, Cixi... Tu étais là, hum, depuis longtemps ?

Lanfeust observa la brunette du coin de l'œil. Elle était comme d'habitude vêtue d'une courte culotte écarlate et d'un bustier assorti. L'un comme l'autre étaient rehaussés d'élégantes bandelettes de cuir et de métal, et tous deux avaient beaucoup de mal à dissimuler les courbes en dessous. Cixi en avait d'ailleurs parfaitement conscience : elle les avait cousus et assemblés elle-même, dans ce but très précis.

— Tu veux savoir quoi, au juste ? demanda la brunette. Si j'étais là quand tu t'es curé le nez sur le rebord de la baignoire ? Ou bien avant, quand tu faisais ton intéressant tout nu devant le miroir ? Rassure-toi, je ne dirai rien à ma sœur. Remarque, il n'y avait pas grand-chose à voir...

— Heu... C'est que, il faisait froid... Et puis, ce n'est pas bien de rentrer chez les gens sans frapper !

— Comment ça, tu veux que je te frappe, en plus ? susurra la demoiselle, amusée.

— Pas du tout, bredouilla-t-il.

Mais la jolie brune ne lui laissa pas le temps de finir. Elle continua de le presser de questions, comme seules les filles savent le faire...

— Eh bien, tu semblais bien joyeux. Il y a une raison ?

— Ça ne te regarde pas.

— Ah oui ? Très bien ! dit Cixi.

Elle fit le tour du baquet, les poings sur les hanches.

— Il est évident qu'il y a bien trop d'eau là-dedans. Au fait, tu te rappelles que mon pouvoir consiste à transformer l'eau en vapeur ou en glace ?

Un sourire inquiétant flottait sur ses lèvres.

— Cixiii...

— Et si on en vaporisait un petit peu, pour aujourd'hui ?

— CIXIIIII...

Un sifflement puissant monta dans les airs tandis que la chevelure noire de la jeune femme s'élevait en élégantes arabesques. Une lumière irisée l'enveloppa. Ses mèches mouvantes ressemblaient à des serpents ondoyants.

Lanfeust, impuissant, regarda l'eau du baquet se transformer en volutes de vapeur. La fumée s'enroulait autour de ses jambes et se dispersait rapidement, révélant peu à peu les détails de l'anatomie du jeune homme : ses pieds racés, ses mollets puissants, ses cuisses musclées, son...

— Hééé ! N'enlève pas tout ! Je suis tout nu, là-dedans !

— Hi ! hi ! En effet. Et je constate que tu as l'air plutôt content de me voir, finalement.

— ...

— On va arranger ça. Un peu de fraîcheur calmera tes afflux sanguins.

D'un simple hochement de la tête, Cixi transforma la vapeur d'eau en glace. Une pluie de grêle s'abattit aussitôt sur l'apprenti forgeron dans un *poc-poc-poc* des plus déprimant.

— Bon sang ! C'est gelé ! hoqueta Lanfeust.

— Ah tiens, oui. C'est souvent comme ça, les glaçons.

Le jeune homme tenta de se débattre tout en restant dans son baquet.

— Tu me [poc] paieras ça [poc] sale teigne [poc] ! articula Lanfeust. Espèce de... de vieille gramoche !

Il projeta une pleine poignée de grêlons en direction de Cixi. Mais elle avait déjà disparu dans un rire cristallin. La pluie s'interrompit, laissant Lanfeust seul avec son exaspération.

— Marre, marre et marre à la fin !

Le garçon écrasa ses poings dans son baquet. Il s'acharna sur les morceaux de grêle, avec apparemment la ferme intention de les transformer en glace pilée. Seule l'arrivée de maître

Gramblot l'interrompit. Le forgeron écarta à son tour la tenture et l'interpella :

— Dis donc Lanfeust, quand tu auras fini de jouer, viens faire un tour à la forge. J'ai besoin de toi.

— Mais maître Gramblot, vous m'aviez dit...

— Je sais, mais tout est changé. Un important visiteur vient d'arriver et il a besoin de nous prestement. Habille-toi vite et rejoins-nous.

Le forgeron s'éloigna, tandis que la tenture retombait.

Ravalant son énervement, Lanfeust se dégagea du tub. Il se rhabilla en maugréant. Un visiteur ? Quel visiteur ? Quand Gramblot n'employait pas le mot « client », c'était le début des ennuis. De toute façon, Lanfeust avait-il le choix ? Un apprenti ne discute pas les ordres de son maître. Il fait ce qu'on attend de lui, et avec diligence, même lorsqu'un glaçon lui coule dans le dos et se glisse dans son pantalon.

Le jeune homme se força à grimacer un sourire et reprit le chemin de la forge. Comme il marchait en boitillant, il s'arrêta pour secouer une jambe. Un morceau de glace sortit du bas de ses guêtres. Lanfeust repartit ensuite, d'un pas plus assuré.

À ce moment-là, il était loin de se douter qu'il venait de s'engager dans la plus étonnante des aventures...

3

— Çà alors !

Les bras ballants, Lanfeust contemplait la forge de maître Gramblot : l'atelier était vide de tout occupant. À cette heure de l'après-midi, elle aurait dû grouiller de monde. C'était le moment où les paysans rentraient des champs, où les artisans achevaient leur journée de labeur. Avant de regagner leurs demeures, ils s'arrêtaient toujours pour déposer une charrue tordue, une hache émoussée ou une ceinture de chasteté faussée, après qu'on ait maladroitement tenté d'en forcer la serrure. L'argent sortait des bourses et les verres à vin des placards. On échangeait des clins d'œil et des poignées de main, tandis que des ordres étaient aboyés et que les apprentis couraient d'une personne à une autre, les bras chargés de produits et de carnets de commandes.

Mais au lieu de tout cela, les flammes s'étiolaient dans les fours de terre cuite sans personne pour les entretenir. Marteaux et soufflets de cuivre gisaient sur les briques tièdes. Seules quelques scories grésillaient encore.

Lanfeust récupéra des croquis abandonnés qui menaçaient de s'enflammer près d'un foyer et alla les déposer plus loin.

— Mais où sont-ils tous passés ?

Un grondement fit sursauter le jeune homme. Il se retourna juste à temps pour apercevoir une ombre sinistre grandir sur le sol. Lanfeust porta la main à sa ceinture par pur réflexe et tâtonna à la recherche d'une épée. Mais bien sûr, il n'en portait aucune. Pourquoi en aurait-il eu besoin ? Il vivait à Glinin, là où il ne se passait jamais rien.

Deux énormes pattes couvertes d'écailles émergèrent d'un recoin obscur. Lanfeust posa sur elles des yeux agrandis d'étonnement. Leurs longs orteils acérés faisaient trembler le plancher et soulevaient de petits nuages de sciure. Le regard de l'apprenti forgeron remonta le long de la silhouette, depuis les orteils jusqu'à son sommet. Le propriétaire de l'ensemble n'était pas simplement grand : c'était un saurien monstrueux ! La bête avait réussi à se glisser sous l'entrée de la forge et le surplombait de toute sa hauteur.

— Mille enclumes ! Un dracosaure[1] !

Le crâne ridé de la créature se balançait de gauche à droite, à plus de sept coudées de haut. Elle jaugea Lanfeust de ses

1. Le dracosaure de Troy est un spécimen primitif de la famille des draconidés. Tellement primitif, en fait, que les anatomistes du Conservatoire d'Eckmül affirment qu'il ne possède pas de cerveau. Comment une telle aberration est-elle possible ? On peut légitimement se poser la question. Car le dracosaure est parfaitement capable de coordination. Il répond aveuglément à son maître, s'acharne sur ses proies pendant des heures, et ravage l'intérieur des maisons avec un soin méticuleux. Notons que certains ethnologues ont établi un intéressant parallèle avec les mœurs d'un autre reptile : le collecteur de taxes. Mais dans ce dernier cas, l'absence de système cérébral n'a pu être formellement démontrée. Quoi qu'il en soit, le dracosaure possède d'autres avantages. Par exemple, il déteste la salade de fraises à la crème fouettée. Ce qui le rend incontestablement plus facile à nourrir. Surtout quand ce n'est pas la saison des fraises.

minuscules yeux rougeâtres. Elle semblait hésiter. Proie ou ennemi ? Du point de vue du dracosaure, l'odeur était bien celle de la chair humaine. Mais il préférait se méfier de ces créatures à sang chaud. Certaines pouvaient s'avérer de redoutables adversaires.

Le dracosaure scruta plus attentivement le jeune homme : des dents trop courtes, aucune cuirasse et des griffes ridicules. Sans parler de cette inutile touffe de poils roux plantée au sommet du crâne. À la réflexion, ce petit animal fragile ne pouvait pas opposer de grande résistance. Même s'il n'y avait pas beaucoup de gras à manger dessus.

Le visage du reptile se fendit d'un large sourire. L'apprenti forgeron grimaça en retour : cette vision lui faisait irrésistiblement penser à une centaine de sabres alignés sur un râtelier.

Lanfeust banda ses muscles et recula d'un pas.

Diverses possibilités défilèrent dans son esprit. Se glisser entre les pattes du monstre paraissait irréalisable, étant donné son allonge. Implorer sa clémence ne semblait pas non plus une bonne idée : un reptile au regard aussi vide ne pouvait pas avoir un cerveau très développé. Restait l'éventualité de fuir par la porte arrière. Un plan idéal, celui-là. Mais qui comportait quand même un défaut : la forge n'en avait jamais eu.

— Bon, soupira Lanfeust, je crois qu'il va falloir se battre.

Il recula prudemment jusqu'à ce qu'il se trouve arrêté par la paillasse d'un établi. Sans quitter le monstre des yeux, il tâtonna derrière lui à la recherche d'une arme ou de n'importe quoi d'approchant.

Sa main se referma sur le manche d'un objet.

Lanfeust adressa au monstre un sourire carnassier.

— Ça va être ta fête, sac à main ! lança-t-il plein de défiance, avant de brandir le vieux grattoir à dos de maître Gramblot.

Le dracosaure considéra sa proie d'un œil menaçant, quoique légèrement perplexe. Est-ce que ce petit animal armé d'une brosse essayait là une nouvelle tactique d'intimidation ? Il renâcla et gratta le plancher. Ses naseaux expulsèrent un nuage fétide et le souffle de son haleine balaya le visage du jeune homme.

— Funérailles ! jura Lanfeust en balançant son grattoir.

Le monstre poussa un mugissement effroyable. Son cri semblait venir tout droit du fond des âges.

— Là, tout doux ! siffla le jeune homme entre ses dents.

Lanfeust sauta debout sur l'établi et éparpilla en quelques coups de pied un tas d'outils hétéroclites. Il fallait absolument qu'il trouve de quoi se défendre. Le bipède reptilien avança en se dandinant, repoussant les obstacles à coups de mufle rageurs. Un établi s'effondra avec fracas. Le saurien l'escalada sans difficulté et poursuivit son avancée d'une démarche bancale, les griffes tendues vers sa proie. Comparés à ses puissants membres postérieurs, ses antérieurs ressemblaient à des bras atrophiés. Malgré cela, Lanfeust les trouvait encore beaucoup trop longs et griffus.

Le garçon finit par dénicher une hache et poussa un cri de joie féroce. Il saisit l'arme à deux mains et se retourna pour faire face au monstre :

— Sale bête ! N'approche plus !

— KIKINOU, ICI !

Le cri cingla l'air comme un coup de fouet, arrêtant net le garçon dans son élan. La créature fit un bond en arrière et rentra la tête avec un couinement.

— Parsamborgne ! Quelle est donc l'objet de ce raffut, jeune maraud ?

La question provenait d'un chevalier de belle prestance, paré de bleu et coiffé d'un ébouriffant chapeau à plumes. Sa poitrine était ceinte d'un large baudrier soutenant le fourreau d'une épée. L'homme venait de pénétrer dans la forge et, à chaque nouveau pas, le fourreau claquait contre sa cuisse.

Derrière lui trottinait maître Gramblot, tentant vainement de se maintenir à sa hauteur.

— J'y suis pour rien, répondit Lanfeust en haussant les épaules. C'est ce monstre répugnant...

Il désigna le dracosaure. Celui-ci le fixait d'un œil apparemment humide et penaud. Mais ses babines retroussées en disaient long sur la nature réelle de ses pensées.

— Allons, Lanfeust, tu as de la suie dans les yeux ! intervint Gramblot avec précipitation. Kikinou n'est pas un monstre... Kikinou est, heu, un majestueux destrier. Il appartient d'ailleurs à monsieur le *fortuné* chevalier des Baronnies, Or-Azur, ici présent.

— Absolument ! renchérit l'intéressé. Et cessez donc de gesticuler devant lui avec cette hache. Ça le rend nerveux et ça perturbe toute sa digestion. Et la digestion des dracosaures, c'est compliqué. Essayez d'avaler trois poulets sans respirer et vous verrez.

— Lanfeust ? Si tu venais plutôt nous retrouver à l'extérieur ? poursuivit Gramblot d'un ton affable. Monsieur le chevalier allait justement nous raconter son combat contre un troll. Tu te rends compte ? Notre client se mesure à des trolls ! N'est-ce pas extraordinaire ?

— Parfaitement, c'est extraordinaire, fit le chevalier en passant un licol à Kikinou.

Il attacha les rênes à un anneau, en vérifia la solidité et tapota affectueusement l'immonde postérieur verruqueux. Puis il se tourna vers Lanfeust et dit d'un ton hautain, les sourcils relevés et les paupières fermées à demi :

— Sachez que vous nous avez interrompus en plein suspense, jeune homme. Mon audience doit friser l'apoplexie. Mais que votre maladresse ne vous empêche pas de vous joindre à nous. Un chevalier des Baronnies doit savoir accepter tous les publics, même les moins éduqués.

Il fit volte-face, drapé dans sa cape, et s'en retourna devant la forge à grandes enjambées. Malgré le profond agacement que lui inspirait le personnage, Lanfeust ne put s'empêcher d'admirer son allure. La distinction de ses habits, son port altier, son élégance naturelle : voilà bien des choses qui plairaient à C'Ian. Il se promit de se rendre un de ces jours à Eckmül, la grande ville de Troy, pour fréquenter de telles personnalités.

— Hum. Je crois que tu l'as vexé, dit Gramblot.

— Moi ? Ça devrait plutôt être le contraire, non ? Pfff, quel prétentieux, ce type...

— Cesse donc de bouder. Pour une fois, voilà un gentilhomme qui a de quoi s'offrir nos services avec de la monnaie sonnante et trébuchante. De bons dragons de cuivre ou d'argent, ça nous changera des œufs ou des poulets. Alors on va gentiment écouter son histoire et battre des mains où il faut, pour lui faire plaisir.

Les soixante-dix-sept barons d'Hédulie sont célèbres sur tous les continents de Troy pour leurs jeux guerriers et leur attachement aux traditions. Farouchement épris d'indépendance, ils mettent un point d'honneur à ne pas faire comme tout le monde. Par exemple, ils ont toujours refusé l'emprise d'Eckmül. Ils interdisent donc la pratique des arts magiques sur leur territoire. Pire encore, ils détestent le foie de dragonneau. Priver la population de tels bienfaits peut paraître totalement irresponsable. Surtout lorsqu'on a déjà goûté au foie en piperade. On le fait revenir à la poêle avec une tombée de crème, et du gros poivre concassé. Trois minutes à feu vif, pas plus. La crème à la dernière seconde. Pendant ce temps, vous garnissez un plat de pommes mi-cuites napées d'un confit de poivrons et d'oignons rouges. Et vous servez le tout sous une tonnelle ombragée, arrosé d'un verre frais de vin gris de Klostope. Vous nous en direz des nouvelles.

Mais bon, les barons d'Hédulie n'ont pas le temps de manger de toute façon. Ils passent leur temps à guerroyer. Ce sont de formidables experts dans l'art du combat. Mieux vaut donc ne pas discuter leurs petites manies. D'ailleurs, personne ne songerait sérieusement à leur chercher des noises. Sauf les autres barons, bien sûr : c'est même leur passe-temps favori. Les seules nouvelles que l'on a d'eux, en dehors des annuels massacr... heu, tournois qui attirent les touristes, sont les informations colportées par leurs chevaliers errants. Il n'est d'ailleurs pas rare d'en croiser un au détour d'un chemin, superbement vêtu et armé de pied en cap. En général, il est occupé à poursuivre quelque quête extraordinaire[1]. Il arrive aussi qu'il soit en mission secrète. Mais comme elle est secrète, on n'en sait jamais rien.

Ces nobles aventuriers ne manquent pas d'exploits ni de hauts faits à raconter. Ils exaltent les passions, font se pâmer les damoiselles, énervent les jeunes hommes, et remplissent

1. Chez les chevaliers, il s'agit principalement de quêtes d'amour, de gloire et de beauté, qui s'articulent en centaines d'épisodes interminables aux retournements extravagants.

les poches des aubergistes. C'est toujours un événement que d'accueillir un chevalier des Baronnies.

Or-Azur ne faisait pas exception à la règle. Il avait déjà réussi à rassembler un auditoire considérable. Sur les pavés usés de la place de Glinin, gamins et jeunes gens s'étaient assis en demi-cercle. Campé au beau milieu, le chevalier exécutait d'impressionnants moulinets avec une épée à très courte lame. Chacune de ses poses était ponctuée d'acclamations enthousiastes.

Lanfeust, qui venait de sortir, fut frappé par le nombre impressionnant de fillettes, de jeunes filles, de femmes, de dames d'un certain âge, et d'autres d'un âge plus certain encore. En fait, jamais il n'aurait pensé que la population féminine de Glinin fût aussi importante !

« Toute cette agitation rien que pour lui ? songea le garçon avec une pointe de jalousie. Enfin, du moment que je ne rate pas mon rendez-vous avec C'Ian... »

— Or donc, racontait le chevalier, j'avançais de nuit, dans la touffeur moite de la forêt. Le bleu de mon habit ressortait dans la végétation, tel un joyau rutilant sur un écrin vert profond. Paladin solitaire, l'épée à la main, je tailladais inlassablement les lianes qui tentaient de freiner ma progression. Les troncs sinistres des hûmes à larges feuilles montaient tout autour de moi. Leurs branches noueuses se rejoignaient à des dizaines de coudées au-dessus de mon couvre-chef. Corbleu ! On eût dit que je marchais au milieu de gigantesques griffes !

— Comme les doigts des géants d'Armalie ? demanda un petit blondinet, les yeux écarquillés.

— Chut, Arnulf ! répondit sa plantureuse grande sœur tout en adressant un sourire au chevalier.

— Parfaitement, mon garçon, reprit Or-Azur sans se laisser distraire. Ces arbres étaient des géants capables, en tout cas, d'occulter la clarté des trois lunes. Seuls quelques rayons pâles perçaient le feuillage. Partout ailleurs, le sous-bois était plongé dans une nuit profonde. Le parfum de l'humus imprégnait l'air. Mais il y avait autre chose. Je subodorais la présence... d'un monstre.

— Un monstre ? ! lancèrent d'une même voix angoissée Arnulf, Lanfeust, maître Gramblot et les trois quarts de Glinin à présent rassemblés autour du chevalier.

— Absolument. Depuis un moment déjà, mes sens aiguisés avaient perçu une présence silencieuse. D'autant qu'elle empestait à vingt coudées à la ronde. En vérité, dans les ténèbres de ce sous-bois, je ne me trouvais pas seul...

— Ciel ! Je vais défaillir, fit la gracieuse sœur d'Arnulf.

Le chevalier l'ignora. Dépitée, elle chercha des yeux autour d'elle, puis se laissa finalement choir sur le torse puissant d'un beau campagnard.

— Je pointai mon épée, poursuivit le chevalier, et je déclamai haut et clair : « Montrez-vous, ou par tous les démons, je réduirai cette forêt en fagots ! »

— Et il... ggnnnn, pardon... Il s'est montré ? demanda le robuste campagnard tout en essayant de repousser l'opulente jeune femme agrippée à ses vêtements.

— Naturellement. Mon intuition était la bonne : mon langage fleuri avait intrigué la créature. Je vis d'abord ses deux yeux rouges semblables à des braises incandescentes. Puis, dans un horrible craquement de troncs brisés, il jaillit : c'était un troll !

— Fichtre !

— Mille enclumes !

— Je défaille encore !

— Mademoiselle, voulez-vous lâcher mon pantalon !

— Oui, braves gens. Et j'ajouterai même qu'il omit de se présenter. Cet être fruste ne connaissait sans doute pas notre langue. Par bonheur, j'ai quelques notions de psychologie trolle, et aucun de leurs signaux subtils n'échappe à mon interprétation. C'est ainsi que je compris qu'il voulait en découdre.

— Ah ? Comment ça ? demanda Lanfeust.

— Il chargeait en bramant sauvagement comme une bête fauve, répondit le chevalier.

— Voilà bien des manières de matamore, lança le solide campagnard en repoussant son admiratrice d'un coup de pied. J'espère que vous avez embroché ce malotru comme un vulgaire poulet. À moins que vous ne soyez pas aussi habile que vous le prétendez... ajouta-t-il avec un clin d'œil vers la foule.

Or-Azur, l'épée au clair, fit un bond jusqu'à lui. Les jeunes femmes s'éparpillèrent avec de petits cris, avant de se rassembler.

— Sachez, paysan ignare, qu'un troll est le genre de poulet qui fait plus de cinq coudées de haut. Lorsqu'il manie sa terrible masse d'armes, ses moulinets fracassent le tronc d'un arbre comme on brise un fétu de paille. Quant à mon habileté, jugez plutôt...

Or-Azur se fendit et, de deux coups précis, trancha les cordons qui retenaient les habits du paysan. Puis il sauta en arrière et se rétablit en équilibre sur une pierre, pendant que le jeune homme tentait de masquer sa virilité.

— Ooooooh ! fit la foule.

— Hihi ! gloussa la sœur d'Arnulf.

— Ah ! lança le chevalier. On ne menace pas un Or-Azur aussi facilement. ZAN ! et VLAN !

Il sauta au sommet d'une charrette, et sabra la corde retenant la grosse enclume qui constituait l'enseigne de la forge. Celle-ci alla se planter à terre, évitant de peu le crâne d'un septuagénaire endormi.

— J'assenai au troll des coups terribles. La forêt autour de nous s'était tue. On eût dit un théâtre verdoyant sous les pas de deux danseurs. Moi, virevoltant autour du troll, ferraillant comme un diable. Lui, valsant autour de moi en arrachant d'énormes souches d'arbres d'un simple coup de dents.

— Comme c'est beau, dit la sœur d'Arnulf en battant des mains.

Or-Azur se lança dans un ultime tourbillon d'acier et vint achever son exaltante chorégraphie juste aux pieds de Lanfeust. Lorsqu'il se redressa, il brandit son épée. Le jeune forgeron remarqua pour la première fois qu'elle était sectionnée.

— Quand soudain..., fit le chevalier en crispant son faciès, ma fidèle lame vint heurter les dents du monstre... et se brisa net !

La foule leva la tête et contempla l'épée mutilée. En cet instant, on entendit distinctement plusieurs personnes s'évanouir sous le coup de l'émotion.

— Ma foi, dit maître Gramblot en se grattant le menton. Il est de notoriété publique que les trolls possèdent une excellente dentition.

— Hélas ! s'écria Or-Azur, le poing brandi sur son front. La bête répugnante s'avança sur moi pour me dévorer...

— HHHIIIIIIIIIIIIIIIIII ! ! !

— Mademoiselle, je vous rappelle que ce chevalier est en train de nous raconter son histoire. Il n'est donc pas tout à fait mort, fit remarquer le beau campagnard à la sœur d'Arnulf.

— Je sais, mais ça a l'air tellement vrai ! Voulez-vous m'aider à délacer mon corsage ? Je respirerai plus aisément.

Soupirant d'agacement, le jeune homme s'affaira de mauvaise grâce sur le bustier. La vision de son contenu produisit chez lui un curieux hoquet. Quelques instants plus tard, il poussa la sœur d'Arnulf vers une meule de foin, où ils disparurent tous les deux.

— Je m'apprêtais donc à trépasser..., poursuivit Or-Azur, lorsque je décidai de fuir. Hum. Bon. Voilà pourquoi je voudrais que vous me répariez cette épée. S'il vous plaît.

Le silence dura quelques secondes. Lanfeust eut à peine le temps de se demander s'il pouvait encore être à l'heure à son rendez-vous, lorsque maître Gramblot reprit la parole.

— Mais naturellement que nous allons la rafistoler, cette épée, incomparable chevalier ! Vous savez à quel point nous estimons les héros tels que vous. Ma modeste forge vous rendra service avec grand plaisir. Nous pourrions d'ailleurs dépanner aussi votre famille, ainsi que vos amis et autres compatriotes, qui sait ? Il se trouve que j'ai justement sous la main quelques exemplaires de notre catalogue automne-hiver. Il propose d'excellents tarifs de groupe pour les armures, boucliers et ceintures de chast...

— Oui, certes. Et pour mon épée ?

— C'est l'affaire de quelques minutes. Lanfeust va s'en charger, pas vrai ? dit Gramblot en plaçant distraitement la lame entre les mains de l'apprenti forgeron. En attendant, chevalier Or-Azur, je vous ferai goûter un vin vert et frais de notre village, et vous m'enchanterez du récit de vos exploits.

— Mais volontiers, mon ami.

Les deux compères s'éloignèrent, abandonnant Lanfeust l'épée à la main, tandis que la foule se dispersait.

Le jeune apprenti se gratta furieusement le derrière comme si une épine y était plantée. Maître Gramblot s'était fichu de lui, songea-t-il. L'espoir d'un rendez-vous avec C'Ian s'éloignait un peu plus à chaque instant. Fallait-il oser une remarque acerbe ? Hum, sans doute.

Mais lorsqu'il se décida enfin, les deux hommes avaient disparu. La place de Glinin s'était totalement vidée. Seul demeurait un vieux chien pelé, qui fixa Lanfeust en hochant la tête. Son regard avait quelque chose de terriblement humiliant. L'apprenti forgeron lui jeta un caillou. Puis, en soupirant, il tourna les talons et reprit le chemin de la forge.

Un peu plus loin, une meule de foin gloussa.

Lanfeust replongea dans l'étouffante atmosphère de la forge. Il marchait d'un pas rageur, tandis que ses mèches rousses se balançaient devant son visage sombre. Intérieurement, il maudissait ce fichu chevalier et sa fichue épée. Quelle raison avait-il de s'aventurer aussi loin de chez lui, d'abord ? Des forgerons, il n'y avait que ça, chez les belliqueux barons d'Hédulie !

Lanfeust s'arrêta un instant pour glisser l'arme tronquée d'Or-Azur dans la poche ventrale de son tablier de cuir. Puis il fit un crochet par le salon de bains afin de récupérer ses gants.

« Toute cette eau gaspillée pour rien ! » songea-t-il en levant les yeux au ciel. Il aperçut alors son reflet déformé par le cuivre d'une marmite : son visage ressemblait à une parodie grotesque de celui de maître Gramblot. Il prit un ton mielleux pour imiter sa voix :

— C'est l'affaire de quelques minutes, Lanfeust. Va donc t'en charger, Lanfeust. Et si tu faisais plutôt ci ou ça, Lanfeust ? Ah, ce Lanfeust est bien brave. Idiot, oui !

L'apprenti haussa les épaules et se dirigea vers son enclume afin de récupérer ses outils.

— Ras-l'bol, à la fin. Il faut toujours qu'on me confie ce genre de tâche au dernier moment ! J'ai rendez-vous, moi.

Son regard tomba sur les croquis dessinés par le maître forgeron pour son ouvrage de fin d'apprentissage. Les feuillets parcheminés s'étaient envolés et gisaient à terre. Lanfeust se pencha pour les ramasser tandis que des sentiments contradictoires l'envahissaient.

D'un côté, Gramblot lui confiait sans doute cette mission parce qu'il était le meilleur, tout simplement. La marque d'une confiance totale, un véritable compliment. Mais d'un autre, il était excédé de voir son maître parader en compagnie de cet emplumé des Baronnies. Honteux, Lanfeust réalisa qu'il était bêtement jaloux. Il n'y avait pas grand-chose à faire pour apaiser son esprit, à part se mettre au travail. Aussi descendit-il au cœur de l'Étuve.

Perpétuellement noyée d'épaisses fumées rougeoyantes, la fosse que l'on appelait l'Étuve n'était pas séparée du reste de la forge. Mais il y régnait une telle chaleur que l'on évitait de s'en approcher. Rares étaient ceux qui avaient le droit d'y travailler. Plus rares encore étaient ceux qui souhaitaient y rester. La moiteur, l'odeur âcre et les lourdes vapeurs rendaient l'endroit peu fréquentable. C'était là que bouillonnaient les cuves de métal en fusion, au-dessus d'énormes foyers. On stockait dans l'Étuve des alliages secrets à base de poudre de nickel rapportée des Monts Sombres, des mélanges audacieux préparés avec du charbon bleu, du chrome du Delpont et même de la bonne ale bien fraîche. Quand les premiers ingrédients bouillaient dans les forges, le dernier refroidissait les forgerons. D'où son côté indispensable.

Un ingénieux système de soufflets mécaniques permettait d'atteindre rapidement d'importantes températures de chauffe. Il était mû par un va-et-vient de courroies en cuir, relié à des éoliennes installées sur le toit. Toutes sortes de bains et de trempes venaient compléter l'ensemble, assortis de composants venus des quatre coins de Troy. Il suffisait de lire leur provenance sur les étiquettes pour avoir la nostalgie des lointaines contrées exotiques, sans jamais y être allé. L'Étuve était ainsi le creuset où s'opérait l'alchimie mystérieuse du fer, du feu et du savoir. Et pour toutes ces raisons, c'était l'endroit préféré de Lanfeust.

Seule une autre personne séjournait longuement à l'Étuve : Zeppo, un garçonnet à la mèche rebelle et à l'intelligence limitée. Son rôle était d'alimenter en bois les foyers et de prévenir Gramblot lorsqu'un soufflet s'enrayait ou qu'une courroie lâchait. Ce qui n'arrivait pratiquement jamais.

Malgré la lenteur de son esprit, il avait été engagé sans aucune difficulté. Son pouvoir magique n'y était pas pour rien : il consistait à multiplier les fagots. Un gain de temps et d'argent fort appréciable pour maître Gramblot. En guise d'émoluments, ce dernier lui avait aménagé une petite chambre au-dessus de la forge et ouvert un compte dans l'unique auberge de la ville. Zeppo bénéficiait donc d'un contrat à vie en échange de ses talents de « chauffeur[1] ». Son travail réclamant peu de temps, il passait l'essentiel de sa jour-

1. C'est ce qu'on appelle un C.D.I. : Chauffeur à Durée Indéterminée.

née à ronfler, dissimulé dans un recoin ténébreux. Il se confondait totalement avec le décor, masse sombre et immobile parmi une multitude de masses sombres et tout aussi immobiles.

Il ne se passait pas une heure sans que quelqu'un ne lui marchât dessus. L'air raisonnait alors d'un « Aaaïeuuh ! ! ! » retentissant, suivi d'un « Hé, les gars, j'ai retrouvé Zeppo ! » Tous les apprentis partaient d'un rire moqueur tandis que le garçonnet allait chercher refuge dans un autre coin[1].

En vérité, il n'y avait guère que Lanfeust pour prendre sa défense et tenter de lui enseigner l'art délicat de la fonderie. Lorsqu'une pause le permettait, Lanfeust allait réveiller le garçon et l'installait à ses côtés pour lui montrer son travail.

Par-dessus tout, le jeune homme aimait la petite lueur qui s'éclairait dans le regard de Zeppo lorsque celui-ci remplissait les matrices d'argile réfractaire de longues coulées de métal. Puis ils allaient s'asseoir en silence sur le rebord d'une cuve pour attendre que l'acier durcisse peu à peu. Enfin, venait le moment de passer à l'enclume pour façonner. Nul doute que d'ici quelques années, Zeppo serait un véritable forgeron. Du moins était-ce l'avis de Lanfeust. Les autres, eux, étaient loin de le partager. Mais peu importait ce qu'ils pensaient.

Pour l'heure, Lanfeust n'avait point l'âme éducative. Il nourrissait toujours d'ombrageuses pensées.

« Ces chevaliers des Baronnies, ça se croit tout permis, maugréa-t-il. Il ne suffit pas de sauter dans les airs pour épater la galerie. Encore faut-il éviter de casser son épée comme un vulgaire couteau à chluitre... »

---

1. Cette manie de disparaître constamment a laissé des traces jusque dans le langage courant. À Glinin, on dit d'ailleurs souvent : « Zut, j'ai encore perdu mon Zeppo ! »

Lanfeust s'arrêta devant l'une des cuves pour examiner la lame. La lueur rougeoyante enluminait chaque détail. Il étudia le fragment brisé d'un œil attentif.

« De la belle ouvrage ! songea-t-il en sifflant d'admiration. Sans doute l'œuvre d'un grand artisan. Voyons ça... Mais oui ! La garde porte le sceau d'Huques-Croc[1], l'un des plus fameux forgerons de Troy ! »

Cette dernière remarque l'emplit d'amertume.

— Impossible de fondre une lame de cette qualité en quelques minutes. Funérailles ! Je peux dire adieu à mon rendez-vous avec C'Ian...

Malgré son désappointement, Lanfeust sentait croître en lui l'excitation. Cette commande impromptue risquait de s'avérer passionnante. Déjà, le jeune homme ne prêtait plus attention à la moiteur extrême qui l'enveloppait. À peine pensa-t-il à essuyer du revers de la main un filet de sueur qui inondait son front. Il se concentra, écoutant le rythme de sa respiration et le clapotis des bulles de métal.

— Voyons... Je vais commencer par écarter délicatement les mâchoires de la garde. Puis j'extrairai la lame brisée. Ensuite je la remplacerai par une neuve. J'ai justement un acier de huit trempes en réserve, ça devrait convenir. Avec un ajustage et un bon affûtage, le résultat sera parfait !

Lanfeust examina la garde peinte à l'or fin sur laquelle un énorme saphir azur était enchâssé. Son regard fasciné s'attarda sur la poignée de l'épée. Elle était constituée d'un unique morceau d'os poli. Ou d'une corne d'ivoire, peut-

1. Les réalisations d'Huques-Croc, le forgeron aux dents longues, sont fameuses sur tous les continents. C'est à son ambition et à sa recherche d'excellence qu'il dut son surnom de Croc. Et en effet, ses épées furent les meilleures. Lorsqu'on voit comment le chevalier Or-Azur a traité sa lame, on ne peut qu'en être indigné. On se demande bien à quoi ça sert que Huques-Croc se décarcasse. Hélas, une passion immodérée pour les grands vins a terni la réputation du grand forgeron. On dit encore aujourd'hui d'un alcoolique qu'il boit comme ce trou d'Huques.

être. À la lueur des cuves, la poignée renvoyait des reflets d'argent aussi vifs que les feux d'un joyau.

— Quel étrange matière ! Je ne connais aucun animal dont la corne possède un tel grain...

Lanfeust attrapa un lambeau de tissu et le noua autour de son front afin de ne pas être gêné par la sueur. Il se prépara à commencer le travail. Jusqu'alors, il avait toujours machinalement saisi l'épée par sa garde ou par la lame. Pour la première fois, sa main entra en contact avec la poignée d'ivoire.

Le jeune homme sursauta.

Il crut d'abord avoir été piqué, ou bien mordu au creux de la paume.

Un rire nerveux franchit ses lèvres. Quelle drôle d'idée ! En fait, la sensation était plus douce que ça... Une sorte de vibration étrange venue de l'épée. Il examina son poing refermé sur la poignée : l'ivoire s'était mis à briller. La vibration le chatouillait, à présent, et des rais de lumière surgissaient d'entre ses doigts.

— Hé ! C'est rigolo, ce truc, ça chauffe tout seul ! croassa le jeune homme d'une voix mal assurée. Comment ça marche ?

L'intensité du phénomène s'accéléra brusquement. Des volutes lumineuses jaillirent dans l'air, tels des serpents de feu. La vibration engourdit sa paume et ses doigts. Il ne sentait plus sa main ! En quelques secondes, le mystérieux courant d'énergie remonta son bras, et ses mèches rousses s'élevèrent vers le ciel.

— De la magie ! s'écria le jeune homme.

Il tenta d'ouvrir sa main. Rien. Il la secoua pour la forcer à relâcher l'épée. En vain. Son poing ne voulait plus lâcher la lame.

— Funérailles ! Quelle est cette diablerie ? !

Les lueurs pourpres poursuivirent leur ascension. Elles lui dévoraient déjà l'épaule. Elles plongèrent vers le reste de son corps.

— Noooooooooonnn !

Le cœur du garçon battait la chamade. Prisonnier de la fumée et des rayons lumineux, il n'y voyait plus rien. Il s'agrippa à un chaudron. Celui-ci bascula sous son poids et alla s'écraser dans un bruit effroyable. Un brouillard épais envahit l'Étuve. Lanfeust poussa un cri. Il venait de se cogner contre un râtelier. Le meuble s'effondra à son tour, emportant d'autres accessoires avec lui.

— Je dois sortir d'ici, gémit Lanfeust... Maître Gramblot ! N'importe qui ! À l'aide !

Il recula et trébucha sur une forme arrondie. Une chose molle qui n'aurait pas dû se trouver là. La chose poussa un cri perçant :

— Aaaïeuuh ! ! !

C'était la protestation familière de Zeppo endormi à terre. Normalement, on aurait dû entendre fuser les rires et les quolibets. Le jeune homme, lui, n'eut même pas le temps de crier. Sous l'œil à peine éveillé de Zeppo, il tomba à la renverse, droit dans la cuve de métal en fusion.

Lanfeust de Troy disparut sous la surface.

Zeppo contempla le spectacle, incrédule. Puis il jaillit de la forge en hurlant.

4

— Maître Gramblot ! Maître Gramblot ! C'est horrible !

Au comble de l'affolement, Zeppo surgit de l'Étuve. Il traversa le village en criant d'une voix suraiguë. Dans son sillage, portes et persiennes s'ouvrirent à la volée. Il était dit que cette fin d'après-midi resterait dans les mémoires : pour la seconde fois dans la même journée, il se passait quelque chose à Glinin.

En quelques instants, femmes, enfants et ancêtres sortirent sur leur perron. Hors d'haleine, Zeppo atteignit la terrasse de l'unique auberge de Glinin. Une douzaine d'habitants étaient assis là, sirotant des breuvages forts et profitant de la douceur de l'air en attendant le coucher du soleil. Gramblot se trouvait parmi eux, installé sur un confortable fauteuil de cuir repoussé. L'œil égrillard, il écoutait le récit des conquêtes féminines d'Or-Azur.

Zeppo, le souffle court, alla lui tapoter derrière l'épaule. Il ne provoqua pas la moindre réaction. Le forgeron semblait s'abreuver littéralement des paroles du chevalier, ainsi, d'ailleurs, que d'un excellent vin gris de Klostope. Zeppo tapa une seconde fois, en y mettant plus d'entrain.

— Hé ! sursauta le forgeron. Qu'y a-t-il ?

Gramblot était visiblement contrarié. Le garçonnet venait d'interrompre l'histoire juste au moment où la belle Opaline, conquise par le chevalier, avait ôté ses vêtements.

L'apprenti, toujours essoufflé, tenta d'articuler une phrase :

— C'est... Pff... C'est... Pff... Lanfeust... Pff...

— Oui ? Quoi Lanfeust Pff ? Il travaille, laisse-le tranquille.

— Non... Pff... C'est affreux... Il vient... Pff... Il vient de tomber dans la cuve de métal en fusion...

— Quoi ? ! lâcha Gramblot, en même temps que son verre de vin.

— Diantre ! ajouta Or-Azur dont l'habit venait de s'orner d'une splendide tache rubis.

Zeppo déglutit et inspira profondément.

— J'ai tout vu. Y a eu comme une grande lumière sur lui... Et plouf ! il a basculé dans la cuve.

Sans plus attendre, Gramblot se précipita vers la forge. Le chevalier Or-Azur, quelque peu irrité par cette brutale interruption dans le récit de ses exploits, regarda le forgeron s'éloigner.

« Décidément, ces gens ne savent rien faire sans s'agiter...

Enfin, j'espère que mon épée n'est pas perdue », songea-t-il en suçotant le coin de son habit imbibé de vin[1].

Gramblot courut rejoindre son atelier, la mort dans l'âme. Il trouva tout le village massé devant son échoppe. Les gens formaient une véritable muraille humaine et les vapeurs brûlantes de l'Étuve empêchaient d'y voir quoi que ce soit. Mais les commentaires allaient déjà bon train.

— Il paraît qu'il est horriblement mutilé, affirmaient les uns.

— C'est atroce. Et vous croyez qu'il a souffert longtemps ? demandèrent les autres.

— Un accident grave, où ça ? où ça ? renchérit une octogénaire qui sautillait avec souplesse pour apercevoir les cuves.

Gramblot se fraya un chemin à coups d'épaules et de jurons. L'octogénaire répliqua en brandissant sa canne :

— Eh ! Poussez pas, on était là avant !

— Sang et fumée ! beugla le forgeron. N'y a-t-il donc personne qui puisse faire quelque chose ? Quelqu'un qui possède un pouvoir utile ?

— Heu... Moi, je peux faire pleuvoir des poulpes, dit un paysan en se curant le nez sans grande conviction.

Les yeux exorbités, maître Gramblot allait expliquer sa manière de penser à ce géniteur de céphalopodes[2], lorsqu'un mouvement se produisit dans la cuve.

— OOOooooohhhhh ! ! ! ! ! lança la foule, sidérée.

Là, au milieu du métal en fusion et des vapeurs épaisses,

1. À propos, rappelons qu'il ne sert à rien de saupoudrer les taches de vin avec des montagnes de sel. Sauf si votre objectif est de donner du goût à vos vêtements, bien sûr.

2. Les céphalopodes regroupent les poulpes, les pieuvres et autres cochonneries hérissées de tentacules collants et baveux. Mais comme on voulait éviter de faire des répétitions, on a trouvé que « céphalopode » faisait beaucoup plus chic que « cochonnerie hérissée de tentacules collants et baveux ». Enfin, c'est une question de goût... De toute façon, il s'agit là d'une pure fiction. Une poulpe-fiction, en somme.

venait d'apparaître Lanfeust ! Penaud, il brandissait l'épée brisée, les mains écartées en signe d'excuse.

— Je... Je suis...

— OOOOooohhhh ! ! ! ! ! fit la foule à nouveau.

— Mille enclumes, allez-vous vous taire ! tonitrua le forgeron.

— Je... Je suis désolé, maître Gramblot, acheva Lanfeust.

Le jeune homme s'apprêtait à fournir des explications lorsque, tout à coup, une silhouette blonde fendit la foule. Elle écarta d'un geste le forgeron, toisa un instant Lanfeust puis, rassurée, se jeta à son cou.

— Mon Lanfeust, tu n'as rien... J'ai eu si peur, lâcha dans un souffle la jolie jeune fille.

— Aaaaaaahhh ! fit la foule, qui aimait bien les dénouements heureux.

Lanfeust n'en revenait pas : C'Ian, l'objet de toutes ses pensées, son rendez-vous manqué... C'Ian était là !

Et elle le serrait dans ses bras !

Il pouvait sentir l'odeur de sa peau, la douceur de ses cheveux, la chaleur de son corps, la fermeté de ses... Réalisant brutalement qu'une centaine de paires d'yeux était fixée sur eux, C'Ian repoussa avec tendresse le jeune homme quelque peu échauffé.

Le chevalier Or-Azur arriva sur ses entrefaites :

— Et mon épée ?

Personne ne lui répondit. Chacun était bien trop occupé à s'approcher du miraculé pour le presser de questions, ou lui arracher un fragment de son habit en guise de porte-bonheur. Voire, si possible, en emporter un petit morceau pour mettre sur la cheminée. Heureusement, C'Ian veillait et repoussa quelques tentatives excessives.

— Dites, ça fait comment de mourir ?

— Et c'est vrai cette histoire de tunnel avec une lueur au bout ?

— J'ai un cochon aveugle et paralytique. Vous pourriez le guérir ?

Gramblot, quant à lui, s'était muré dans une intense réflexion. Il ne parvenait pas à croire à ce miracle. En expert accompli, il finit par aboutir à la seule conclusion plausible : la cuve de métal n'était pas aussi chaude qu'on le croyait. Fier de son raisonnement, il décida aussitôt de mettre à l'épreuve sa théorie. Il retira donc son gant et plongea sans hésitation un doigt dans la cuve.

« WWWAAARRRGGGHH ! ! ! ! » fut, à peu de chose près, sa première impression. La seconde ressemblait beaucoup à la première et la troisième confirmait le tout[1].

— Maître Gramblot, tout va bien ? s'enquit Lanfeust, alarmé par les hurlements peu humains poussés par le forgeron.

Ce dernier effectuait une danse rituelle complexe, ponctuée de cris et d'allers-retours. Cela dura quelques instants puis Gramblot cessa de s'agiter. Il s'assit sur un banc de pierre et se contenta de secouer uniquement son doigt. C'était moins joli mais beaucoup plus efficace.

Le chevalier Or-Azur décida qu'il était temps pour lui de se manifester à nouveau :

— Braves gens, tout ceci est fort divertissant, je vous l'accorde. Mais qu'advient-il de mon épée ? Le temps passe. Je suis en mission et j'ai encore une longue route à faire...

1. Malheureusement, la décence nous oblige à ne pas citer la suite dans son intégralité. Sachez simplement que les mots employés rendaient hommage, d'une certaine façon, à une activité lucrative exercée par certaines dames qui arpentent les ruelles d'Eckmül (néanmoins, si vous insistez en nous envoyant un petit courrier, nous pourrons vous fournir la liste des jurons employés ainsi que la localisation précise de ces avenantes ruelles d'Eckmül... Et aussi les tarifs pratiqués, évidemment !).

— Plus tard, chevalier, plus tard. Nous avons une énigme à résoudre, répondit sèchement Gramblot tout en fufant, euh, suçant son doigt.

— Plaît-il ? Je ne vois pourtant pas ce qui vous afflige.

— Ah bon ? Et vous trouvez naturel, vous, que quelqu'un tombe dans du métal en fusion et en ressorte indemne ?

Or-Azur balaya ses paroles d'un geste désinvolte.

— Vous êtes gens de magie. Vous êtes certainement familiers de ces choses. Je trouve même étonnant que vous en soyez étonné. Donc, pour en revenir à mon épée...

— Oui oui, tout à l'heure ! conclut Gramblot.

Il se tourna vers Lanfeust :

— Il nous faut résoudre ce prodige. Allons consulter Nicolède, notre Sage. C'est le seul qui puisse nous éclairer sur ce curieux phénomène.

C'Ian tira doucement Lanfeust par la manche – ou ce qu'il en restait, plutôt – et l'entraîna vers l'extérieur de la foule.

— Maître Gramblot a raison. Père te conseillera de manière avisée. Il doit être au jardin, à cette heure-ci. Allons-y.

Les villageois s'écartèrent pour laisser passer le groupe. Lanfeust, C'Ian et maître Gramblot se pressèrent vers la sortie du village et s'acheminèrent sans plus attendre vers la demeure du Sage de Glinin.

Le chevalier Or-Azur les regarda s'éloigner, circonspect.

« Parsamborgne ! songea-t-il, mais où ces paysans comptent-ils aller ainsi ? Et avec mon épée, en plus ? »

— Hé ! cria le chevalier. Braves gens ! Hep ! Euh... Tas de gueux ! Revenez immédiatement ! Vous êtes partis avec mon épée ! Mon épééééee...

Les Sages d'Eckmül ont toujours eu la réputation d'être des individus mystérieux et austères. Beaucoup ont l'apparence de nobles vieillards plus ou moins dégarnis, portant de simples toges de lin et affectant en permanence un air préoccupé[1]. Ils vivent généralement dans une tour, entourés de grimoires et d'instruments insolites. Lorsqu'ils ne sont pas là, on chuchote volontiers sur leur compte, en roulant des yeux et en prenant des airs de conspirateur. On raconte qu'ils assurent la garde de montagnes d'encyclopédies, notules, écrits visionnaires et parchemins audacieux. Selon leurs proches, ils les gardent d'ailleurs tellement bien que, la plupart du temps, ils sont incapables de remettre la main dessus.

En dépit de ces remarques, réduire les Sages d'Eckmül à des universitaires grincheux épris de sorcellerie serait une double erreur. D'abord, parce que ce sont souvent des hommes simples et généreux. Ensuite, parce qu'ils ont renoncé à la pratique de la magie. Ils ont abandonné leur pouvoir individuel pour servir de relais au flux occulte qui traverse le monde de Troy.

Lorsqu'on apprend aux enfants ce qu'est un Sage, on leur explique qu'ils sont un peu comme des « bornes » magiques : il faut en avoir un à proximité pour que la magie fonctionne. Ceux qui répondent qu'on s'en fiche de la magie, ou qui ne veulent pas dire bonjour à de vieilles bornes qui puent, prennent une claque et vont au lit. Il faut dire que, même si la magie est un acte quotidien, personne ne sait vraiment d'où elle provient, ni comment elle fonctionne. Cela n'intéresse d'ailleurs pas grand monde. Guère plus que de savoir d'où

1. Certes, il en existe aussi qui sont jeunes, chevelus, habillés de toutes les couleurs, et avec l'air ahuri. En fait, ce sont souvent les mêmes, mais pendant leurs années d'études.

vient l'air qu'on respire. Du moment que certains ont le don de faire apparaître des charrettes entières de gâteaux au miel à la fête du village, et que d'autres savent soigner les indigestions, tout va bien.

Pour le confort de tous, il est bon de veiller à celui du Sage. Comme son influence est limitée à quelques lieues autour de lui, on l'installe non loin du village, dans un logement de fonction[1]. La plupart du temps, on lui attribue aussi un assistant. Ce dernier sert à assurer le relais de la magie en cas d'absence de son maître. Au quotidien, il est affecté à l'entretien du logis et prend soin de le nettoyer de fond en comble plusieurs fois par semaine. Le logement, pas le Sage. Ça aère les draps, époussette la poussière accumulée sur les monceaux de livres, et ça évite qu'il ne prenne un aspect miteux. Le Sage, pas le logement.

La demeure de maître Nicolède était perchée sur une colline verdoyante surplombant Glinin. Elle comprenait deux confortables chaumières appuyées contre un gros rocher gris et une élégante tour d'étude aux fenêtres en arcade, surmontée d'un toit pointu et garni de tuiles ocre. Un jardin potager soigneusement entretenu venait compléter le tout, découpé en quatre carrés : l'un pour les légumes, l'autre pour les plantes médicinales, le troisième pour les épices et le dernier pour les fleurs. L'ensemble était protégé par un mur d'enceinte faussement menaçant. En vérité, ses vieux moellons de pierre sèche n'avaient jamais été inquiétés et servaient juste de résidence pour les lézards.

Le soir était presque venu. À cette heure, les derniers rayons

1. Selon l'usage, la commune se doit d'offrir au Sage le gîte et le couvert. En échange, il assure gratuitement le relais du pouvoir occulte. On appelle ça un Sage d'Eckmül Bénévole, ou S.E.B. Et c'est bien.

plaquaient une couche d'or contre la façade ouest de la tour, tandis que son ombre s'allongeait vers l'est pour se mêler à d'autres ombres, de plus en plus épaisses.

De nombreux papillons profitaient de ce moment pour venir butiner dans la cour. Attirés par les parfums du potager, ils exécutaient des danses complexes parmi les fleurs. C'était l'heure préférée du Sage Nicolède. Un carnet de croquis à la main, il aimait observer le comportement des lépidoptères, tout en effectuant sa promenade avant le dîner.

Mais il n'y aurait pas de flânerie apéritive ce soir. Nicolède, Lanfeust et maître Gramblot se tenaient dans le jardin en grande conversation. Derrière eux patientaient C'Ian et Or-Azur.

Le chevalier, debout les bras croisés, observait l'évolution du débat. Ou plutôt la non-évolution. Depuis qu'il était là, la situation n'avait pas évolué d'un pet de shrink. Il se gratta furieusement la tête et délogea un papillon venu butiner les plumes de son chapeau. C'Ian observa son manège d'un air amusé.

— Je pense que votre parfum les attire, chevalier, dit-elle.

— Un parfum ? Quel parfum ? Je me lave tous les matins, c'est tout ! Vous ne connaissez pas l'usage du bain, vous autres de Souardie ?

C'Ian ignora sa muflerie et se contenta de désigner poliment un serviteur qui approchait.

— Tenez, voici venir notre brave Almisuifre, l'assistant de mon père. Il a les bras chargés de nourriture et de rafraîchissements. Prendrez-vous une collation ?

Or-Azur, conscient d'avoir été un peu brusque, répondit sur un ton radouci :

— Non merci, gente damoiselle. J'aimerais autant que cette affaire soit réglée au plus vite. Je ne veux pas vous déranger plus longtemps.

C'Ian renvoya Almisuifre d'un geste de la main et lui indiqua de servir les autres membres de la réunion. Le serviteur se présenta successivement devant chacun d'eux, ployant sous le poids de ses plateaux, mais personne ne daigna lui répondre. Tous les yeux étaient fixés sur Nicolède en train d'examiner l'épée. Almisuifre finit par s'en aller en grommelant.

— Lanfeust, ton cas est fort étrange, déclara Nicolède après un long silence. Si j'ai bien compris, tu aurais acquis un second pouvoir au contact de cette lame ?... Celui de te protéger du feu ?

— Bein, on dirait, répondit Lanfeust.

Nicolède réfléchit, deux doigts entortillés dans sa barbe.

— Mhmhmh... Voyons... Pour commencer, la cuve était-elle réellement chaude ?

— AB-SO-LU-MENT ! martela maître Gramblot, en levant son index entouré d'un énorme pansement. Par les crocs du borak, ça, je le garantis[1] !

— Hum. Dans ce cas, l'épée du chevalier doit certainement posséder quelque propriété qui...

— Fadaises ! interrompit soudain Or-Azur. Cette noble lame est dans ma famille depuis l'aube des temps. Et je peux vous assurer que son seul pouvoir est de trancher les bras et de fendre les crânes.

Il franchit en quelques enjambées l'espace qui le séparait de Nicolède et lui arracha l'épée des mains.

1. Un petit jeu, ça vous dit ? Plusieurs jurons de Gramblot ont été proférés par un chevalier célèbre, en hommage à une bande dessinée bien connue. De qui s'agit-il ?

— Ces niaiseries ont assez duré, dit le chevalier.

Le Sage examina ses paumes éraflées par la lame. Sa bouche s'ouvrit, puis se referma, puis s'ouvrit à nouveau.

— Certes, je ne doute pas un seul instant que votre épée possède un excellent tranchant, lâcha-t-il d'un ton sec. Néanmoins, le phénomène que nous décrit Lanfeust est pour le moins inhabituel. J'ai tenu moi-même cette poignée entre les mains et vous avez constaté qu'il ne s'est rien passé. Il doit donc y avoir une explication. Il n'y a pas trente-six moyens de la découvrir. Aussi, si vous le permettez...

Nicolède reprit l'épée d'Or-Azur d'un geste péremptoire. Il la tendit à l'apprenti forgeron.

— Lanfeust, montre-nous, veux-tu ?

Le garçon aux mèches rousses eut un mouvement de recul.

— Il faut vraiment que je le fasse ?

— Vas-y, grogna Gramblot. Plus vite cette histoire sera réglée, plus tôt nous pourrons retourner à nos affaires.

— Parfaitement ! approuva le chevalier.

Lanfeust avança une main hésitante, tout au souvenir de l'étrange sensation qui avait envahi son bras.

— C'est que, la dernière fois...

C'Ian posa une main protectrice sur son épaule.

— Si tu as peur de quoi que ce soit, ne te force pas, mon Lanfeust, dit-elle sur un ton doux et raisonnable.

Aussitôt, Lanfeust saisit la poignée de l'arme. Il n'eut pas le temps de regretter son geste. Lors de l'essai précédent, le Pouvoir avait pris son temps, comme s'il s'agissait d'une sorte d'accord préliminaire. Cette fois il se manifesta d'emblée dans toute son ampleur.

Dès le contact de la main du jeune homme, de puissants éclairs mauves jaillirent de la poignée d'ivoire pour s'enrouler autour de lui. Lanfeust se trouva plongé dans un tourbillon d'énergie palpitante. Ses compagnons s'écartèrent de lui en criant. Il voulut lâcher prise, mais il était déjà trop tard. Le Pouvoir le possédait tout entier.

La puissance du tourbillon s'intensifia, projetant des traits de lumière violette dans tous les sens. Les éclairs bondissaient à travers la cour, le potager, et jusqu'au mur d'enceinte, faisant voler des escarbilles dans les airs. La lumière devint bientôt aveuglante. Le sol se mit à trembler.

Bouche bée, Nicolède, C'Ian, Gramblot et Or-Azur assistaient, impuissants, au cataclysme. Le pouvoir de la magie les traversait tous. Leurs cheveux dansaient comme des feux follets au-dessus de leurs têtes. Lanfeust, lui, n'était plus qu'une minuscule silhouette pétrifiée, perdue au cœur d'un cyclone de puissance. Le brave Almisuifre entendit quelqu'un émettre un hurlement. Au bout d'un certain temps, il réalisa que c'était le sien.

Le tourbillon grandit jusqu'à dépasser la hauteur de la tour. À son sommet enfla une énorme bulle de lumière, qui explosa pour submerger le domaine dans un lacis de couleurs et d'énergies. Un souffle d'air balaya l'assistance. Les spectateurs parvinrent à conserver leur équilibre tant bien que mal. Seul Or-Azur fut soulevé dans les airs, avant de retomber lourdement quelques coudées plus loin.

Grondement et lumières disparurent, remplacés par d'épaisses volutes argentées. Les mèches de cheveux des uns et des autres redescendirent sur leurs épaules, et l'atmosphère retrouva une teinte à peu près normale pour un début de soirée. Un oiseau lança un trille intrigué. Tout était terminé.

Chacun regardait autour de lui comme au sortir d'un rêve.

Le cataclysme n'avait pas duré plus de quelques secondes, mais l'ensemble avait été dur à supporter. En particulier pour le postérieur d'Or-Azur. Nicolède cligna des yeux, encore abasourdi.

« Mille grimoires écornés ! songea-t-il. C'était le Pouvoir ! La puissance plénière, absolue, totale ! Elle m'a traversée, je l'ai sentie... »

C'Ian et Lanfeust se soutenaient mutuellement. Le chevalier resta un moment le séant dans l'herbe[1], avant de se relever. Quant à Almisuifre, il n'en finissait plus de s'examiner des pieds à la tête, surpris de ne pas être mort, et encore plus de ne porter aucune blessure. Tous tressaillirent lorsque Nicolède se mit à vociférer :

— Par tous les Sages d'Eckmül ! Et il a fallu que ça tombe sur moi !

Le sursaut d'Or-Azur fit tomber son chapeau. Le vieillard tendait ses poings vers le ciel, les yeux exorbités. Les autres le regardèrent comme s'il était subitement devenu fou.

— Lanfeust a attrapé quelque chose de grave, père ? demanda C'Ian, les deux bras passés autour de son fiancé.

— Vous sauriez me soigner, maître Nicolède ? ajouta le jeune forgeron, vaguement inquiet.

Or-Azur ramassa son chapeau et, sans laisser à quiconque le temps de répondre, s'avança d'un pas décidé jusqu'à Lanfeust. Il lui ôta la lame des mains.

— Morbious ! Il suffit maintenant ! Sachez que je n'entends rien à vos affaires. Et il se trouve que je souhaite récupérer mon bien. Forgeron, ne vous avais-je point commandé un ouvrage ?

1. On peut dire aussi le cul par terre, c'est la même chose, mais pour un chevalier, ça a tout de suite moins de classe.

— Bien sûr, messire, répondit Gramblot. Je vais réparer cette épée. Mais...

— Alors au travail. Je compte bien dans une heure être loin de ce village puant le crottin et la magie ! Je ne sais laquelle de ces deux fragrances j'exècre le plus !

Nicolède, toujours absorbé, fixait l'épée par en dessous ses sourcils froncés.

— L'IVOIRE ! éclata soudain le Sage, en faisant encore sursauter tout le monde.

Le geste de son bras envoya le chapeau d'Or-Azur voler dans les airs. Le chevalier contint son énervement et le ramassa une fois de plus. Cette fois, l'imposant couvre-chef emplumé avait roulé jusqu'à effleurer une bouse. Il le tapota sèchement contre sa botte pour le décrotter.

— Je vous demande pardon, vieillard ?

— C'est l'ivoire, bien sûr !

Nicolède était en proie à une vive excitation. Un sourire malicieux déformait son visage.

— Chevalier, dites-moi...

— Mmmmmoui ?

— De quel animal provient la poignée de cette épée ?

— De quel animal... ?

— Oui, cette poignée d'ivoire, là, dit Nicolède en lui prenant machinalement l'épée des mains et en faisant voler son chapeau au passage. De quel animal provient-il ?

Or-Azur regarda son chapeau atterrir dans la poussière. Almisuifre, qui reculait en tentant d'éviter les maladroites manipulations de Nicolède, marcha dessus sans s'en rendre compte.

— Eh bien, chevalier, seriez-vous devenu sourd ? Vous me semblez tout congestionné ! Savez-vous que retenir ainsi ses gaz internes est particulièrement mauvais pour la santé ?

— Je, eh bien..., articula Or-Azur avec peine. À vrai dire, cette lame a plusieurs siècles...

— Et ? demanda Nicolède avec avidité.

— Il me semble bien qu'il existe une légende à propos d'une créature. Mais plus personne ne se souvient de rien.

Le chevalier jeta un regard résigné vers Almisuifre, debout sur son chapeau.

— Je me rappelle juste d'une sorte de nom ou d'expression que mon aïeul prononçait parfois. La mama démago ?... Le magot sous la motte ?...

— Le MAGOHAMOTH ! Je le savais ! rugit Nicolède en se lançant dans une gigue endiablée. Nous tenons dans les mains l'ivoire du Magohamoth ! L'animal fabuleux ! La source de toute magie !

— Dites..., reprit Or-Azur.

— Le Magohamoth, rendez-vous compte ! Almisuifre, mon fidèle assistant, c'est merveilleux !

Nicolède avait entraîné Almisuifre dans sa danse, écrasant le chapeau de plus belle avant de le charrier à nouveau à proximité de la bouse fraîche.

Or-Azur se racla la gorge.

— Dites, s'il vous plaît...

— Zut, fit Nicolède, je me suis pris les pieds dans ces plumes ridicules...

Un pathétique bruit de bouse et de cuir écrasés s'ensuivit. Nicolède s'essuya les pieds dans l'herbe.

— Père, il ne faut pas vous exciter de la sorte, supplia C'Ian. Pensez à votre santé.

— OH ! Allez-vous m'écouter à la fin ! rugit le chevalier. Je veux récupérer mon chapeau !

— Ah oui, pardon.

Nicolède ramassa distraitement le couvre-chef déformé et le déposa, maculé, sur la tête du chevalier.

— Pour ce qui concerne cet objet, poursuivit-il en exhibant respectueusement l'épée, vous ne réalisez vraiment pas ?

Un air de profonde incompréhension se peignit sur les visages de l'assistance.

— C'est pourtant simple, reprit le Sage. Ce morceau d'ivoire provient du Magohamoth ! Ni plus, ni moins que l'animal mythique qui génère, par sa force psychique, le champ de magie qui baigne Troy. Nous, Sages d'Eckmül, n'en sommes que les relais. Nul ne sait où il vit. Sa recherche est une quête que bien des hommes ont entreprise en vain.

— Mais quel rapport avec moi ? demanda Lanfeust.

— Mon garçon, le contact avec cet ivoire a transformé tes capacités, répondit Nicolède. De la fusion des métaux, tu es passé à un pouvoir total ! Nous l'avons tous vu, et j'ai pu sentir sa force.

Almisuifre eut l'air ébahi :

— Vous voulez dire... Le pouvoir absolu d'avoir tous les pouvoirs à la fois, maître ?

— Absolument.

Lanfeust réfléchit quelques instants avec attention. Un demi-sourire apparut sur son visage.

— Non, sérieux ? Je peux faire tout ce que je veux ? Voler avec les oiseaux ? Transformer la soupe en rôti ? Euh... Voir à travers les robes ?

Le bruit sec d'une gifle retentit dans la cour.

La joue de Lanfeust rougit sous la marque de cinq doigts.

C'Ian laissa retomber sa main et regarda ailleurs comme si de rien n'était.

— Hum, reprit Nicolède, disons que tout ceci demande à être examiné plus attentivement. Hélas ! Je ne suis qu'un petit Sage de campagne. Mes connaissances sont limitées.

Il se tourna vers Lanfeust qui se frottait la joue, et déclara solennellement :

— Lanfeust, je dois te conduire immédiatement devant les Érudits du Conservatoire d'Eckmül.

Chacun ouvrit de grands yeux. Nicolède posa une main sur l'épaule d'Or-Azur, tout en prenant soin d'éviter la chose visqueuse qui dégoulinait de son chapeau.

— Mon cher ami, pouvons-nous conserver cette épée ?

— Mais certainement pas ! Je me tue à vous le dire ! Ma lame et moi reprenons immédiatement la route ! Et ceci dès que votre forgeron aura enfin accompli son travail !

Maître Gramblot prit un air affligé.

— Nicolède, heu, chevalier... Croyez bien que...

Son regard allait de l'un à l'autre, un peu plus piteux à chaque fois.

— Laissez, intervint Lanfeust, je m'en occupe.

Il prit la lame d'autorité et commença à se concentrer. Almisuifre fit discrètement quelques pas en arrière, regarda autour de lui, et choisit finalement de se jeter derrière un rocher.

« Fastoche, songea Lanfeust, tandis que ses cheveux se hérissaient sur sa tête. Et hop ! »

Le pouvoir jaillit à nouveau, mais cette fois-ci parfaitement maîtrisé par le jeune homme. Un éclair de feu s'allongea à partir de la garde, puis se solidifia. Un instant plus tard, la lame était reconstituée.

— Nom d'un donjon assiégé ! s'exclama Or-Azur.

L'assistance stupéfaite regarda l'épée intacte. Son fil d'acier net et tranchant était vierge de la moindre ébréchure.

— Aussi neuve que si elle sortait de la forge, dit Lanfeust en souriant. Voici votre arme, chevalier. Soyez prudent. Je me suis permis de l'améliorer un peu. Elle est affûtée comme un rasoir, maintenant...

— Bien, bien, murmura Or-Azur, visiblement ébranlé. Et... avec un chapeau, vous pourriez faire pareil ?

Mais Lanfeust était accaparé par maître Gramblot, qui lui grommelait à l'oreille :

— Impressionnant ton numéro, mon garçon, il faut le reconnaître. Cependant, abstiens-toi à l'avenir de réaliser des choses pareilles. Sinon, je te flanque mon pied dans l'arrière-train. Ça gâche le métier, c'est un coup à se mettre la guilde des forgerons sur le dos pour concurrence déloyale.

Le chevalier s'apprêtait à s'éloigner discrètement, mais Nicolède le rattrapa.

— Voyons, mon cher ami, heu... chevalier, vraiment, vous ne voulez pas nous la laisser ?

— Me séparer de l'épée des Or-Azur ? Vous voulez rire ! Plus vite j'aurai quitté ce village de fous, mieux je me porterai !

— Juste cet insignifiant morceau d'ivoire, alors. Gramblot vous forgera une autre poignée, bien plus jolie, avec un ruban de dentelle autour, et...

— N'insistez pas, vous dis-je !

Le chevalier n'écoutait déjà plus. Il avait tourné le dos et s'éloignait dans l'air du soir. Il cria une dernière fois par-dessus son épaule :

— Je vous laisse définitivement à vos tours et jongleries.

J'ai un long voyage à faire et une mission secrète à accomplir, moi. Adieu la compagnie !

Nicolède le regarda partir désappointé, tandis que maître Gramblot s'élançait à sa poursuite.

— Chevalier, une minute ! Oublions ce malentendu. Revenons à des considérations plus pratiques. Nous n'avons point évoqué la question de mes honoraires...

— Vous plaisantez ? Avec le temps que vous m'avez fait perdre, il ne saurait en être question !

Lanfeust fixa son regard sur la nuque du chevalier.

— Je l'assomme et nous récupérons l'épée ? demanda-t-il.

— Non, ce serait malhonnête, répondit Nicolède. Et puis, nous savons maintenant où se trouve un fragment de l'ivoire du Magohamoth. Si les Érudits du Conservatoire désirent l'examiner, ils se rendront dans les Baronnies, au castel Or-Azur.

Le Sage se dirigea vers l'entrée de sa tour, faisant un petit signe de la main par-dessus son épaule.

— C'Ian, Lanfeust, suivez-moi. Toi aussi, mon brave Almisuifre. Tu peux sortir de derrière ce rocher, maintenant, il n'y a plus de danger. Venez mes amis, la nuit tombe, gagnons mes appartements. Nous avons un important voyage à préparer...

Plus loin, on entendait la voix plaintive du chevalier Or-Azur :

— Mais je plaisantais, maître Gramblot ! Bien sûr, je vais vous payer ! Vous pouvez reposer ce gros marteau, à présent. Soyez raisonnable...

5

La tour de Nicolède avait toujours été bien plus qu'un simple lieu de travail. Pour les habitants de Glinin, elle symbolisait la lointaine Eckmül. Pour le vieux Sage, un chaleureux cocon où déambuler parmi ses souvenirs. Pour Almisuifre, le plus affreux cauchemar d'un archiviste. Et pour les filles du Sage, un fantastique terrain de jeux.

L'endroit exerçait une fascination toute particulière sur Cixi. Enfant, elle s'enivrait à contempler l'escalier en colimaçon qui s'enroulait autour du puits central. La tête rejetée en arrière, elle tournait sur elle-même en fixant les verrières situées au sommet, comme le manège d'un kaléidoscope. Puis, elle s'aventurait sur l'escalier. De ses pieds nus, elle effleurait les marches de cèdre blanc odorant et s'arrêtait, au gré de sa fantaisie, pour explorer l'un ou l'autre des trois étages de l'édifice. Elle s'imaginait être une aventurière partie à la chasse au trésor, loin de Glinin.

Dans ces moments-là, la raisonnable C'Ian la menaçait toujours des pires rétorsions – les deux sœurs n'avaient pas le droit de jouer dans le cabinet de leur père. Mais en fin de compte, elle finissait par se laisser entraîner en riant.

Cixi aimait le labyrinthe des majestueuses tentures qui retombaient en pluies d'étoffes délavées, du plafond jusqu'au rez-de-chaussée. Par-dessus tout, elle adorait se dissimuler, silencieuse et immobile, dans l'ombre des milliers d'objets qui encombraient chaque recoin. Elle passait ainsi des heures à contempler les grimoires usés et les fioles poussiéreuses. Elle s'inventait des histoires fantastiques, ou bien espionnait son père penché sur quelque mystérieuse recherche. Elle avait alors l'impression d'être nichée dans les coulisses d'un théâtre dont elle contemplait le décor.

Un plaisir dont elle ne se lassait toujours pas.

D'ailleurs, ce soir même, elle avait précédé les autres dans la tour et, invisible sur une mezzanine, observait la scène...

Nicolède et son autre fille, suivis par Lanfeust et Almisuifre, venaient de pénétrer dans l'obscurité fraîche de la tour. Le Sage se dirigea vers une table et ouvrit le robinet d'un étrange lampion hermétique. La lampe s'emplit aussitôt d'un bourdonnement et diffusa une lumière vive. De petits insectes colorés semblaient danser à l'intérieur. Nicolède effectua quelques réglages et le nombre des insectes diminua, en même temps que la lumière se réduisait.

— Quelle étrange invention, père, fit remarquer C'Ian. C'est nouveau ?

— Juste une tocade, pour m'amuser. Ce sont des houètes : des vers luisants qui engrangent la lumière pendant le jour et la diffusent pendant la nuit. J'ai trouvé le moyen de les attirer avec un peu de miel dans de petites loges à l'intérieur de ma lampe. Il me suffit de tourner le robinet, que tu vois là, pour ouvrir ou fermer les logettes. Avec plus de trois cents houètes, la lumière est vraiment puissante.

— Voilà qui est ingénieux, dit Almisuifre impressionné. En somme, c'est une lampe à logettes qui fait de la lumière tamisée ?

— Oui, son seul défaut est l'évacuation des déjections de ces bestioles. Les cacas d'houètes.

Lanfeust écoutait d'une oreille distraite tout en observant le décor.

— Waw ! s'exclama le jeune homme. Chaque fois que je viens ici, maître Nicolède, je suis fasciné par le nombre d'objets inutiles que vous entassez.

Le vieux Sage, qui avait entrepris d'exhumer une pile de manuscrits rongés par les moisissures, s'arrêta pour hausser un sourcil.

— Inutiles ?

— Ben oui. Tenez, ce lustre au-dessus de nos têtes, par exemple. C'est vrai qu'il est joli, avec ses bras en cuivre et ses boules peintes qui tournent autour. Mais je vous ferai remarquer que lui, il n'éclaire rien du tout !

— C'est un astrolabe, répondit machinalement le Sage en se remettant à fouiller. Un instrument qui sert à représenter les planètes et leurs orbites. Les étoiles dans le ciel ne sont pas de simples chandelles piquées sur un drap, vois-tu Lanfeust. Et ce, même si quelques crétins de lointaines contrées enseignent encore que la Terre est plate comme une assiette[1]. En vérité, Troy et ses lunes triples, ainsi que d'autres mondes, ressemblent à des sphères qui... Mais laissons cela. Tu n'iras jamais dans les étoiles de toute façon. C'est un voyage bien plus terre à terre que je te propose. Nous partons pour la lointaine cité d'Eckmül demain, dès le lever du soleil. Tu ferais mieux de préparer tes bagages, mon garçon...

— Déjà ? dit Lanfeust. Mais on n'a même pas mangé ! Je devais dîner avec C'Ian à la taverne. Ce soir, ils font rôtir des entrecôtes de gramoches aux pommes de terre braisées, avec cette crème qu'elle aime tant. Après nous devions nous promener, et heu...

Lanfeust émit un appel muet en direction de C'Ian, guettant son appui. Mais celle-ci ne regardait pas dans sa direction. Elle était déjà en train d'empaqueter les affaires de son père avec l'aide d'Almisuifre.

Le jeune homme avait toujours eu envie de voyager, c'est vrai. Petit, il rêvait de découvrir des terres lointaines et de

1. Il y eut une période noire dans l'histoire d'Eckmül, où les sciences régressèrent et où toutes sortes de théories étranges fleurirent. En ces temps sombres, de nombreux débats contradictoires avaient lieu pour déterminer la forme exacte du monde de Troy. Certains l'imaginaient plat ou cubique. D'autres, parallélépipédique, voire tubulaire. Il y en avait même qui se le représentaient comme une série de feuilles toutes coloriées, qu'une sorte d'Être Suprême aurait feuilleté au gré de sa volonté. N'importe quoi. Une enquête interne a d'ailleurs démontré que ces petits plaisantins abusaient régulièrement d'une herbe exotique que l'on nomme la Mokhët. Mais bref. Le sujet divisait les gens et les savants, semait la zizanie, déclenchait des guerres entre les nations, et mettait tout le monde en retard pour l'heure de l'apéritif. Par chance, le Sage Kohn'Ka, qui dirigeait alors les vénérables, trouva le moyen d'harmoniser les avis de chacun autour d'un consensus amiable. Il réunit les savants et vociféra que la Terre était plate. Profitant du silence pesant qui s'ensuivit, il précisa que tous ceux qui émettraient la moindre objection seraient décapités. Beaucoup s'indignèrent de cette façon de procéder, jugée indigne d'un véritable gentleman. Fort heureusement, leur brouhaha déclina rapidement. Kohn'Ka fit ensuite remarquer aux survivants la chose suivante : les têtes de leurs confrères, éparpillées sur le sol, ne roulaient pas de-ci de-là comme de vulgaires billes de bois. Or, elles n'auraient pas manqué de le faire si la Terre avait été inclinée d'une quelconque façon. Chacun fut frappé par la pertinence de ce raisonnement. Tous les savants adoptèrent aussitôt son point de vue. L'idée d'un monde plat persista ainsi quelque temps, jusqu'à ce que le vénérable Izak Nouvelle-Tonne règne à son tour sur Eckmül. Celui-ci, en effet, prouva que la Terre était ronde en se jetant du haut d'un pommier. À vrai dire, nul ne comprit très bien en quoi consistait cette démonstration. Mais Izak, furieux, se jeta aussitôt d'un pommier encore plus haut, affolant tout le monde. Aussi se dépêcha-t-on d'adopter sa version par décret officiel. Décret qui est resté en vigueur jusqu'à aujourd'hui.

vivre mille aventures. Mais maintenant que l'occasion se présentait de quitter Glinin, une étrange sensation gargouillait au creux de son ventre. Était-ce vraiment ça, l'excitation ? Il était loin d'en être certain.

— Hem, maître Nicolède ? Êtes-vous sûr que je doive faire le déplacement ? Vous raconterez cette histoire aux autres Sages bien mieux que moi. Et puis, vous avez déjà voyagé, vous...

— C'est in-dis-pen-sa-ble ! Les Érudits du Conservatoire doivent absolument te rencontrer pour que tu puisses leur montrer ton nouveau pouvoir. Voyons, où ai-je fourré mon exemplaire du grimoire universalis ? Je voudrais relire ce qu'il raconte à propos du Magohamoth...

Nicolède fouina sous une pile de livres qui, pour protester de l'intrusion, relâchèrent dans l'air un nuage de poussière. Il se dirigea en marmonnant vers l'une de ses bibliothèques : une rangée d'étagères branlantes, aménagées entre les côtes d'un squelette de dragon-scolopendre à tête plate.

— Et puis, tenta encore Lanfeust, qui préservera la magie ici si vous partez ?

— Almisuifre y pourvoira. Cela fait des lustres qu'il attend une telle occasion. N'est-ce pas, mon brave Almisuifre ?

À ces mots, l'assistant abandonna son travail avec C'Ian pour se mettre à sautiller d'une façon gaie, enjouée, enthousiaste et, pour tout dire, assez ridicule.

— Voui voui voui voui voui !

— Rassure-toi, Lanfeust, dit le Sage qui essayait d'arracher un dictionnaire coincé entre deux vertèbres géantes. Almisuifre a été préparé pour ce genre d'éventualité.

— Ah ? Vous n'avez pas peur qu'il provoque quelques, heu..., perturbations ? s'enquit le jeune homme dubitatif.

— Tu disais ? demanda Nicolède levant un visage gris de poussière.

— Juste qu'Almisuifre semblait l'homme de la situation.

— À la bonne heure. Va donc te préparer, maintenant. Mais où ai-je mis ce fichu grimoire ? Je suis sûr de l'avoir rangé entre la douzième et la treizième clavicule...

Nicolède s'empara d'un énorme fémur avec la ferme intention de caler une pile branlante, pendant qu'il se glisserait à quatre pattes en direction des volumes situés le plus bas. Il procéda avec prudence. La bibliothèque était un adversaire dont il fallait se méfier : certains glissements d'étagères pouvaient engloutir un Sage sous plusieurs tonnes d'études naturalistes ou d'odes poétiques, en un rien de temps.

C'Ian interrompit ses recherches.

— Père, ton grimoire est ici ! dit la jeune fille en ramassant un volume qui traînait sous les pis d'une petite dragonne empaillée juste devant ses yeux. J'en profite pour clarifier un point : je viens avec toi. Il est évident que tu es bien trop oublieux des contingences matérielles pour que je te laisse seul.

Nicolède parut ennuyé. Il fouilla dans sa poche et en sortit un monocle.

— Mais je ne suis pas seul. Il y a Lanfeust.

— Lui ? C'est encore un enfant ! rétorqua C'Ian.

— Un enfant ? Autant que je me souvienne, vous avez le même âge, non ?

Nicolède chaussa son monocle et se mit à feuilleter son grimoire. Il fronça les sourcils. Il tourna le livre en tout sens, plissa les yeux, fit la grimace, et se rapprocha finalement des pages jusqu'à les toucher du bout de son instrument.

— Père ?

— Mhmhm... Quoi encore, C'Ian ?

— Je crois que tu tiens ton monocle à l'envers.

— Ah oui ? En effet. Merci, ma chérie. Je me disais, aussi, quelle manie ont ces encyclopédistes d'écrire en lettres aussi minuscules !

Nicolède retourna son instrument, puis se plongea dans la lecture avec un air de profonde satisfaction. Sa fille en profita pour revenir à la charge. Elle écrasa le pied de Lanfeust pour l'empêcher de la contredire, puis déclara d'une voix douce mais ferme :

— Pour en revenir à l'âge de mon fiancé, je te signale que c'est très différent. Je suis une fille, donc beaucoup plus mûre. Et puis, mon pouvoir de guérison peut s'avérer très utile, voire indispensable, au cours de ce voyage.

Nicolède leva les yeux de son livre et rencontra le regard déterminé de sa fille. Il replongea dans sa lecture avec un soupir de résignation.

— D'accord, c'est bon, C'Ian. Tu viens avec nous.

Une sorte de gloussement réjoui jaillit de la poitrine de Lanfeust. Tout le monde se tourna vers lui.

— Tu disais ? demanda Nicolède

— Non, rien, répondit le jeune homme. Puisque tout le monde compte sur moi, je vais devoir me sacrifier. Il faut bien quelqu'un pour vous protéger, puisque nous allons dormir des nuits et des nuits ensemble, hein ?

Au premier étage, une silhouette vêtue de rouge se coula souplement hors de l'ombre d'une tenture. Cela faisait un moment qu'elle observait la scène, mais personne ne l'avait remarquée.

— Chic ! On s'en va en balade !

Cixi venait d'apparaître en haut de l'escalier. Elle posa une main langoureuse sur la rampe de cèdre odorant, secoua ses cheveux noirs et descendit les marches avec une lenteur théâtrale. Ses jambes fuselées jaillissaient hors de sa minuscule culotte rouge et Almisuifre, bouche bée, avait du mal à regarder ailleurs.

— Je sens qu'on va bien s'amuser pendant ce voyage, lança-t-elle à son public médusé.

— Allons bon ! dit Nicolède en laissant échapper un long soupir. Cixi, ma fille, tu ne vas pas t'y mettre toi aussi...

— Ton père a raison, ajouta Lanfeust.

— Ce ne serait pas raisonnable, renchérit C'Ian. Et puis, habillée comme ça, tu vas t'enrhumer.

— Moi je trouve que ça lui va très bien !

— Mon cher Almisuifre, dit C'Ian, veillez à refermer votre bouche, votre bave coule sur vos chaussures. Et autant que je sache, votre opinion n'a pas été sollicitée. Je vois d'ici une montagne de choses à ranger qui vous attend : allez, allez !

L'assistant retourna à son travail en maugréant. Cixi se pendit au cou de son père.

— S'il te plaît, mon petit papa chéri, j'aimerais tant partir avec toi !

— Mais il y a la route, les dangers..., protesta mollement le vieil homme en essayant de se dégager.

— Mon papounet, s'il te plaît !

— Hum, bien, céda Nicolède. Je suppose que je n'ai pas moyen de faire autrement de toute façon.

— Tu es le plus gentil papa du monde !

Cixi serra son père dans une étreinte qui manqua l'étouffer. Penchée par-dessus son épaule, elle tira la langue à Lanfeust.

— Gnagnagna !

— Non mais tu as vu ça, C'Ian ? ! ? éclata le jeune homme. Quand je te dis que ta sœur est insupportable !

— Laisse, ce n'est pas grave, dit la jeune femme en souriant. J'aurai une enfant de plus à surveiller durant ce voyage, voilà tout. Et puis, pour être franche, je préfère la savoir avec nous plutôt qu'ici, toute seule, à faire des bêtises.

Elle ponctua sa phrase d'un regard éloquent en direction d'Almisuifre, qui s'empressa de replonger la tête dans un sac de vêtements. C'Ian emprunta l'escalier vers les étages supérieurs.

— Je vous laisse. Assez de gamineries pour ce soir. J'ai encore tout plein de choses indispensables à organiser. Il faut choisir les robes de voyage, le maquillage, les parfums contre les moustiques, les sous-vêtements...

Sa voix se perdit dans les étages. Nicolède s'était plongé dans son grimoire, oubliant le reste du monde.

Cixi lança à Lanfeust un regard moqueur avant de lui chuchoter :

— Moi ça ira plus vite : des sous-vêtements, je n'en porte quasiment jamais. Ou alors on peut dire que je ne porte que ça, et que c'est les vêtements que je ne mets jamais !

Elle tourna le dos au jeune homme.

— Tiens ? Papa, tu as laissé tomber ton monocle...

Elle se pencha pour le ramasser. La nature avait dû la doter d'une très grande souplesse, car elle n'avait pris la peine de plier les jambes. Le minuscule bout de tissu rouge remonta donc le long de ses cuisses, puis s'inséra entre les deux parties situées juste au-dessus.

Lanfeust, placé derrière elle, émit un bruit de gorge curieux entre le hoquet et l'étranglement.

— Lanfeust, tout va bien ? demanda Nicolède sans lever le nez de son ouvrage. Tu fais de drôles de sons.

— ... Pardon ? Ah, oui. Je file. En avant vers Eckmül, et tout ça. Je pars préparer ma brosse à dents sur-le-champ.

Le jeune homme encore perturbé exécuta d'un pas raide quelques rapides enjambées, tira une porte et s'y engouffra, avant de la claquer derrière lui.

Les secondes s'égrenèrent.

— Lanfeust ? dit Cixi.

— Mmmhoummhou ? fit une voix étouffée.

— La sortie est par là. Tu viens d'entrer dans le placard.

La porte se rouvrit.

— Je le savais, naturellement, dit Lanfeust en prenant l'air décontracté. Je cherchais, heu, un balai. On ne sait jamais, si on traverse des contrées hostiles...

— C'est sûr, ça peut toujours servir, répondit Cixi en souriant.

Nicolède referma son grimoire avec un claquement qui mit fin à la discussion.

— Allons les enfants, assez perdu de temps. Occupez-vous vite de réunir tout ce dont vous avez besoin. Nous voyagerons tous les quatre sur mon pétaure. Il y aura bien assez de place.

Le vieux Sage se tourna vers les deux jeunes gens. Il les fixa avec un mélange de fierté et d'excitation contenue :

— Je crois, mes enfants, que nous allons vivre la plus palpitante des aventures ! Le Magohamoth, vous vous rendez compte ?

6

Le lendemain, comme tous les matins à Glinin, le soleil se leva[1]. La nature avait retenu son souffle durant toute la nuit et s'ébrouait à peine de ses gouttes de rosée. Quelques chants d'oiseaux brisaient le silence tandis que les insectes lève-tôt partaient à l'assaut des premières fleurs entrouvertes. Les lueurs rougeoyantes de l'aurore irisaient les champs de la campagne souarde. Elles illuminaient de leurs traînées incandescentes le morne paysage, égayé parfois d'une gramoche, de-ci, de-là.

C'était l'aube, quoi.

Et tout le monde dormait encore. Tout le monde ? Pas tout à fait... Sur la route d'Eckmül, une ombre gigantesque pro-

1. Remarquez, ça arrive aussi dans un tas d'autres endroits. Mais on prétend qu'à Glinin, le soleil se lève mieux qu'ailleurs.

gressait d'un pas chaloupé : un pétaure et son lourd chargement. Un bien étrange attelage qui avait entrepris, quelques dizaines de minutes auparavant, un voyage dont il ne reviendrait pas de sitôt.

Le pachydermique animal, plus volumineux que bien des chaumières, progressait sur ses quatre pattes. Son corps était couvert de longs poils roux, certains tressés en barreaux d'échelle, de façon à permettre les déplacements sur son flanc. Harnaché de cuir et de sacoches, il était surmonté d'un palanquin : une superbe nacelle de métal ouvragé débordant de coussins moelleux.

À l'intérieur, Cixi, C'Ian et Nicolède se lovaient confortablement pour échapper à la fraîcheur matinale. Lanfeust était installé quelques coudées plus bas, sur une selle de cuir jetée en travers de la musculeuse encolure. Le regard encore lourd de sommeil, il fredonnait à voix basse.

Les quatre voyageurs se laissaient doucement bercer par le rythme régulier et puissant du pétaure. Chacun songeait avec un pincement au cœur à cette expédition précipitée. Un curieux mélange entre l'excitation du voyage et l'angoisse du départ. À l'exception de Nicolède, les trois jeunes gens quittaient Glinin pour la première fois. Ils abandonnaient le giron de leur enfance pour partir à l'aventure.

Sans se concerter, les trois se retournèrent en même temps pour apercevoir une dernière fois la tour surplombant le village où ils avaient grandi. La silhouette d'Almisuifre se tenait à la plus haute fenêtre et agitait un grand mouchoir blanc. Au détour d'une colline, tout s'effaça.

Les deux sœurs s'étreignirent les mains. Lanfeust voulut sourire, mais il ne parvint qu'à produire une grimace.

Cette fois-ci, ils étaient partis pour de bon.

Ainsi la petite troupe commença-t-elle son voyage vers Eckmül. Mais avant d'aller plus loin, attardons-nous quelques instants sur cet animal captivant qu'est le pétaure.

Est-ce pour le charme insoupçonné de ses petits yeux bovins aux paupières tombantes ? Pour la grâce racée de ses babines lippues luisantes de bave ? Ou encore pour le délicat parfum de son odeur musquée et particulièrement attachante ? Nul ne sait véritablement pourquoi le pétaure inspire autant de sympathie, voire d'admiration, dans le monde de Troy.

Aucun animal, en effet, n'a bénéficié d'autant d'hommages artistiques. On ne compte plus le nombre de poèmes qui lui sont consacrés. Le plus célèbre d'entre eux, *Comme un vol de Pétaure*, reste un monument de littérature connu dans toutes les provinces et baronnies. Des générations d'encyclopédistes se sont penchées sur ce phénomène. En vain. Les goûts et les couleurs, ça ne se discute pas...

Le pétaure ne brille pourtant pas par son élégance. Énorme masse de muscles et de graisse, il ressemble au résultat improbable de l'accouplement d'animaux étranges et pas forcément compatibles[1]. Malgré une esthétique toute relative, le pétaure s'est imposé comme l'indispensable moyen de transport sur

1. Certains encyclopédistes du Conservatoire ont émis l'hypothèse que le pétaure était issu de l'union d'un gigantesque mastomoth à poils longs, d'une chauve-souris de taille modeste, et d'un petit chiwawame du Darshan. Bien sûr, cela pose quelques problèmes d'accouplement. Mais comme on dit au *Joyeux Laboureur*, l'un des bordels les plus côtés d'Eckmül : « Du moment que ça rentre... » (N.B. : selon certaines sources proches du Conservatoire, cette thèse aurait été en fait montée en épingle lors d'un colloque entre Sages, au sein de l'établissement dont il est question précédemment. Bien d'autres choses auraient été montées ce jour-là, d'ailleurs. Mais ceci est une autre histoire.)

Troy. Sa puissance, sa placidité, son endurance et sa faible consommation aux cent foulées en font une monture idéale.

Il y a juste un détail à connaître : le pétaure n'accepte d'avancer que si son conducteur chante avec conviction. C'est pourquoi le voyageur prudent se munit toujours d'un élixir contre les maux de gorge. Une extinction de voix peut coûter plusieurs jours d'immobilisation !

Le plus amusant, c'est que le pétaure n'a absolument pas l'oreille musicale. Il lui importe peu que le chant sonne juste ou atrocement faux, l'important est qu'il soit rythmé. C'est là toute la différence entre l'animal et l'homme. On déplore d'ailleurs régulièrement des cas de conducteurs peu mélomanes qui finissent étranglés par des passagers à bout de nerfs.

Notons que, dans la nature, le pétaure sauvage vit en symbiose avec de petits oiseaux qui nichent dans ses vastes oreilles. Leur chant lui permet de se déplacer. Un pétaure sauvage privé de ses oiseaux est un pétaure immobile, condamné à mourir de faim. Un peu comme un mastomoth privé de sa trompe, ou un humain privé de sa tête. Bien que, dans ce dernier cas, il est probable que l'humain n'ait plus très faim, de toute façon.

Ainsi, les quatre compagnons, leur pétaure et quelques demi-douzaines de bagages plus ou moins indispensables venaient de dépasser les frontières de leur province natale. Ils avaient quitté le village par la vieille route de l'Est, que les nostalgiques appelaient encore le Chemin des Chaluts.

La chaussée ravagée ne conduisait nulle part. Le groupe ne croisait d'ailleurs plus personne depuis longtemps. Mais le projet de Nicolède était de suivre le chemin tant qu'il en resterait une trace. Ensuite, ils obliqueraient vers le nord à travers les champs, contourneraient les miasmes du Delta Bilieux, puis redescendraient la vallée du fleuve Pellucide jusqu'à proximité d'Eckmül. En principe, le voyage ne prendrait que quelques semaines. Au pire, deux à trois mois.

Pour l'instant, le fier équipage longeait une plaine fleurie. La nacelle se balançait doucement au rythme régulier de l'animal. C'était la fin de l'après-midi, il faisait beau, et tout allait pour le mieux. Ou presque...

— *Prom'nons nous dans tout Troy,*
Pendant que le troll n'y est pas.
Si le troll y était, y nous dévor'ait...
Mais comme y n'y est pas, il nous mange'ra pas...

Depuis quelques heures, Lanfeust chantait. Ou, pour être plus juste, braillait tel un shrink que l'on égorge. Il sautillait d'ailleurs en même temps sur sa selle, se dandinant et agitant les bras au rythme très approximatif de ses paroles.

Ce qui n'empêchait pas le pétaure de conserver une allure convenable.

Nicolède, comme tous les Sages, avait appris à conserver son calme en toutes circonstances, même les plus graves. En dehors d'une goutte de sueur perlant sur son front de temps à autre, il affichait un stoïcisme inébranlable.

Cixi, elle, avait réagi en conséquence : elle expérimentait tous les moyens de se protéger les tympans. Mettre sa tête sous les coussins avait échoué. D'une part, le son passait au travers et d'autre part, elle avait manqué s'étouffer. Elle avait alors tenté d'obstruer ses conduits auditifs avec, dans l'ordre : ses doigts, des bouts de tissu, des morceaux de feuilles, puis tout cela à la fois. Mais elle n'avait réussi qu'à provoquer une inflammation de ses oreilles, déjà passablement échauffées.

Épuisée par ses tentatives, Cixi avait espéré se réfugier dans le sommeil. En vain. Rien ne semblait pouvoir assourdir la puissante voix de ténor éraillée.

Seule sa sœur C'Ian semblait épargnée par la souffrance. Droite dans son éternelle robe de soie bleue, elle tentait sincèrement d'apprécier les performances musicales de son fiancé[1].

Et Lanfeust, tout à son art, chantait...

— *C'est la danse des p'tits Souards,*
Qui en sortant du brouillard,
Se secouent le bas des reins
Et font foin foin...

— Gnnnn... ÇA SUFFIT !

Le cri avait stoppé net la ritournelle du jeune homme. Et le pas du pétaure aussi, par la même occasion. Un couple de gramoches sauvages, tranquillement occupées à ruminer, en fut saisi d'effroi. Cixi, au bord de la crise de nerfs, avait fini par craquer.

L'arrêt brutal de l'animal causa un violent soubresaut de la nacelle. Le palanquin fit aussitôt un bond qui projeta tous ses occupants en avant. Nicolède, par réflexe, saisit un montant de métal. Cixi agrippa l'habit de son père. Quant à C'Ian, elle ne tint que grâce à la solidité du minuscule bustier écarlate de sa sœur. Tous les trois s'élevèrent quelques instants entre le ciel et la soie, avant de retomber lourdement au milieu des coussins.

— Mille enclumes ! Que se passe-t-il ? s'écria Lanfeust.

Trois paires d'yeux se tendirent vers lui.

Le jeune homme se balançait dans le vide sous le museau

1. Oui, l'amour rend sourd, aussi...

de l'animal. Apparemment, il avait été éjecté de sa selle lui aussi. Seule sa grande souplesse avait permis au garçon de saisir au vol l'anneau nasal du pétaure, lui évitant de se rompre les reins sur le sol.

— Vous avez entendu ça ? reprit-il en soufflant bruyamment. Il y a eu comme une sorte de cri horrible et bestial. Du coup, cette satanée monture s'est cabrée comme une bique !

Lanfeust ponctua sa remarque d'une tape coléreuse sur l'anneau nasal de l'animal. Ce qui ne manqua pas de provoquer chez ce dernier un irrésistible chatouillis. Sa réaction fut instantanée.

« AaaaaTSHOOOMPPP ! ! ! »

L'apprenti forgeron se retrouva englué dans une ignoble gangue de mucosité verdâtre. Cixi en profita pour se laisser glisser le long du cou de la créature. Pouffant de rire, elle bondit en selle.

— Ça ne te dérange pas si je prends ta place, *maestro* ? Je crois que ça vaudra mieux pour tout le monde.

Lanfeust, toujours suspendu, visqueux, et définitivement vexé, ne fit aucun commentaire. Il sauta à terre d'un bond agile et s'essuya avec quelques poignées d'herbe. Puis il grimpa avec raideur l'échelle de poils tressés sur le flanc de la bête, afin de remonter vers le palanquin. En passant à la hauteur de Cixi, il lui lança :

— Et puis d'abord, je ne chante pas plus mal que n'importe qui.

— Justement, je ne supporte pas n'importe qui, rétorqua Cixi.

Le visage de Lanfeust prit la teinte cramoisie d'un soleil couchant. Il chercha une réplique cinglante, mais ne réussit qu'à balbutier une série d'onomatopées incohérentes.

La jeune femme brune lui adressa un sourire caustique :

— Eh bien quoi ? Après avoir tenté de chanter, tu essayes de parler le langage des pétaures, maintenant ?

— Mes enfants, du calme ! intervint Nicolède précipitamment. Cixi, il est inutile de taquiner notre ami Lanfeust. Si tu veux te rendre utile, prends plutôt son relais, il nous fat... euh, il est fatigué. Chante, ma fille, mais par pitié ne crie plus.

Lanfeust se hissa jusqu'à la nacelle d'un air boudeur. Il s'installa sur les coussins à côté de Nicolède. Il se serait volontiers assis auprès de C'Ian, mais il ne pouvait pas non plus enjamber le vieux Sage. Il se pencha néanmoins en arrière pour adresser un signe à sa fiancée.

— Ta sœur est une véritable peste, lui murmura Lanfeust dans un souffle.

— Tu exagères, chuchota C'Ian avec douceur. Tu ne devrais pas te montrer aussi dur avec elle, c'est un être sensible et délicat.

Sur la selle, Cixi s'éclaircit la gorge et entama sa chanson :

— *Lulu la gueuse ne porte jamais d'culotte-eu*
Elle est heureuse quand son homme la pelote-eu
Viens donc, chevalier, sors-z-y ta rapière,
Brandis-la bien haut, comme elle a l'air fière !
Bourre et bourre, et bourre la ribaude,
Fourre et fourre, et fourre la ribaude,
Et quand elle s'retourne, écoute sa prière,
Bourre-z'y par-devant, fourre-z'y par-derri...

— VOYONS, CIXI ! s'étrangla Nicolède, tu... je...Bon.

Le Sage enfouit son visage dans ses mains, en proie à une soudaine et solide migraine.

— Je crois que nous avons tous besoin d'une petite pause, reprit-il. Allez, Cixi, accélère un peu et amène-nous sur la colline, là-bas. Nous allons dresser le campement pour la nuit. Et tant que nous y sommes, choisis un répertoire plus classique, s'il te plaît.

— Plus classique, plus classique, c'est pas évident... Tout le monde connaît *Lulu la gueuse*...

— Nous discuterons de cela une autre fois, répliqua le Sage sur un ton qui n'incitait guère à la négociation. Chante-nous quelque chose de plus anodin, si tu vois ce que je veux dire...

— Mmpff... « *Les p'tites fleurs, dans les champs, poussent poussent en grandissant, gnagnagni, gnagnagna...* »

En dépit du caractère approximatif des paroles, Cixi parvint à conduire sans mal le pétaure jusqu'au sommet de la butte. On abandonna l'animal au milieu d'un carré d'herbe fraîche et les compagnons se préparèrent pour la nuit.

Nicolède sortit ses cartes de sa besace et ses filles allumèrent un feu. Lanfeust coupa des fougères pour tout le monde afin de constituer de confortables matelas végétaux.

Ils dînèrent d'une soupe de navets accompagnée de tranches de pain et de morceaux de lard, tout en regardant les lueurs du jour descendre sur l'horizon. Pour le dessert, ils grignotèrent des baies sauvages que C'Ian avait ramassées et ouvrirent même une flasque de liqueur. Malgré la dispute de l'après-midi, l'humeur était joyeuse. C'était la première fois qu'ils pique-niquaient tous ensemble aussi loin de chez eux.

Lorsque chacun alla se coucher, Lanfeust sortit son épée des bagages : une arme splendide, le dernier cadeau de maître Gramblot. Le forgeron la lui avait offerte à la hâte la nuit précédente. Il avait tambouriné à sa porte, et lorsque Lanfeust avait ouvert, il lui avait tendu l'épée avec émotion.

— Je ne sais pas quand nous nous reverrons, p'tit. Alors mieux vaut que tu partes bien équipé. Cette arme est la meilleure que je possède. Regarde : elle porte deux gros anneaux de plomb attachés à sa poignée par un lacet de cuir, pour mieux lester la lame. Une idée de Huques l'Ancien, mon vieux maître. C'est lui qui m'a offert cette épée le jour où je suis devenu forgeron.

— Mais... Je ne peux pas accepter, maître Gramblot.

— Tais-toi, mon garçon. J'ai réglé le poids des anneaux en fonction de ta corpulence. Si tu manies la lame correctement, ta puissance de frappe en sera grandement augmentée. Ce n'est pas l'arme d'un fin bretteur. Mais dans les mains d'un forgeron qui a de la poigne, elle sera redoutable. Tu te rappelles les quelques bottes que je t'ai enseignées ?

— Bien sûr, maître Gramblot !

— Parfait, alors à bientôt.

Une dernière accolade bourrue et le forgeron avait disparu dans la nuit.

Lanfeust passa sa main sur le plat de l'épée en regardant les étoiles d'un air songeur. Aurait-il vraiment besoin de ça ? Mieux valait la remettre à sa place pour l'instant. Il la rangea parmi les autres bagages et jeta un coup d'œil circulaire autour de lui. L'air était doux. Les insectes dansaient près du feu. Ses compagnons dormaient déjà au pied du pétaure. L'animal se tenait immobile, solennel comme un gardien de pierre. Lanfeust écrasa les bûches de quelques coups de botte et alla se coucher.

Au milieu de la nuit, quelque chose réveilla le jeune homme. Il se mit sur un coude et regarda le décor autour de lui, les paupières mi-closes. Une brise légère caressait les braises encore tièdes et faisait bruisser l'herbe qui recouvrait la colline. Au-delà, les lunes de Troy noyaient le paysage dans un dégradé de tons gris et brun argenté. Lanfeust se laissa bercer par le ronronnement du pétaure et la respiration de ses amis endormis. Il nota machinalement deux yeux rouges qui l'observaient en contrebas, au milieu des herbes.

Lanfeust se frotta les paupières et regarda encore. Plus rien. Une illusion. Il laissa retomber sa tête et dormit d'une traite jusqu'à l'aube.

Le lendemain matin, la petite troupe déjeuna de bonne heure. Un soleil vigoureux s'était déjà hissé par-dessus les Monts Sombres et réchauffait l'extrême frange est de la Souardie. Lanfeust s'employa à replier le campement pendant que Nicolède dégustait les dernières baies sauvages récoltées la veille. C'Ian et Cixi en profitèrent pour faire leurs ablutions dans un ruisseau dissimulé par des fougères.

En les entendant rire et barboter dans l'eau, le jeune homme fut plusieurs fois tenté de jeter un coup d'œil par-dessus les buissons. Il se força à calmer ses sens échauffés et parvint à rester détendu. Du moins pour l'essentiel de son corps. Pour le reste, Lanfeust travailla recourbé et personne ne se douta de rien. Les compagnons se remirent en route dans la matinée. Il fut décidé d'un commun accord que Cixi mènerait le pétaure, à condition de conserver un répertoire classique et un timbre de voix modéré.

Le rythme chaloupé de l'animal reprit bientôt sa douce monotonie. Le chemin obliqua vers le nord-est et se réduisit à un simple sentier tandis qu'un paysage de roseaux sauvages défilait à perte de vue. De temps à autre, les relents du Delta

Bilieux venaient empuantir l'atmosphère. En regardant vers l'arrière depuis les hauteurs de la nacelle, Lanfeust parvenait à distinguer l'enchevêtrement verdâtre de la mangrove, le vaste marais qui baignait tout le delta. Des nuages de moustiques tournoyaient parfois dans les cieux, mais ils demeuraient à distance.

Somme toute, le voyage se déroulait paisiblement. Lanfeust commençait même à lui trouver des allures de promenade pastorale. Au bout de quelques lieues, il plongea dans une sorte d'état second et perdit toute notion du temps et des distances. Il se sentait envahi d'un profond sentiment de félicité et de béatitude, proche du plus parfait ennui.

Nicolède sortit une carte de sa besace et se pencha dessus, muni de son monocle.

— Les enfants, dit-il, je vous annonce que chemin des Chaluts s'achève ici.

— Ah bon ? Parce que nous étions sur une route, là ? ironisa Cixi entre deux ritournelles.

— En théorie, oui. Du moins, d'après cette ancienne carte. Nous allons maintenant suivre une piste qui contourne les marécages par le nord, pour ne pas avoir à traverser le Delta Bilieux. Le chemin est plus long, mais nous éviterons de nous enliser dans les tourbières.

Lanfeust prit un air songeur.

— J'ai fait un drôle de rêve cette nuit, dit-il. J'ai cru qu'une créature étrange nous suivait et nous espionnait.

— C'est sûrement les baies sauvages, gloussa la brunette juchée sur la selle. Quand on s'en goinfre autant que mon père et toi, ça chatouille les intestins et ça donne des cauchemars. À moins que ce ne soit la frousse du voyage...

— Eh bien moi, j'ai très bien dormi, dit C'Ian sur un ton

apaisant. J'ai trouvé la présence de Lanfeust à nos côtés tout à fait rassurante. N'est-ce pas, papa ?

Nicolède acquiesça distraitement. Cixi maugréa quelque chose et poursuivit par toute une série de chansons qui parlaient de massacres sanglants et d'horribles accidents.

Le terrain devint cahoteux. De la boue venue du marécage s'accumulait par endroits. Les compagnons durent plusieurs fois descendre du pétaure avec leurs affaires pour alléger la bête et la laisser manœuvrer. Lanfeust commençait à trouver le temps long. Ses muscles lui faisaient mal à force d'être obligé de charger et décharger les bagages.

— C'était vraiment indispensable d'emporter tous ces trucs ? dit-il en achevant de hisser les sacs pour la huitième fois.

C'Ian, qui patientait assise sur un lit de joncs séchés, battit de ses longs cils.

— Tu n'y penses pas, mon amour. Nous nous rendons à Eckmül, la Cité Éternelle. En tant que représentantes de la gent féminine de Glinin, nous devons faire honneur à notre village. Cela implique de disposer d'un minimum de tenues de rechange.

— Un minimum je veux bien, mais quand même : treize malles ! Et je ne compte pas les sacoches.

— C'est le plus léger, fit remarquer Cixi. Les sacs, c'est pour les sous-vêtements.

Lanfeust faillit répondre « Je croyais que tu n'en portais jamais », mais il se mordit la langue au dernier moment. Il y avait certaines réflexions qu'il valait mieux garder pour soi. Il donna le bras à C'Ian pour l'aider à grimper l'échelle de poils tressés. Cixi tapota sur la selle du pétaure, impatiente de repartir.

— En tout cas, marmonna le jeune homme, si c'est ça l'aventure, on commence sérieusement à s'ennuyer.

À cet instant retentit un cri :

— Au secours ! Au secours !

Une silhouette courait dans leur direction à travers les roseaux.

— Dois-je sortir mon épée ? demanda Lanfeust.

Nicolède, debout dans le palanquin, scruta l'arrivant.

— Inutile, mon garçon. Ce n'est qu'un homme seul, et je n'aperçois rien d'autre jusqu'à l'horizon.

Une lueur d'intérêt brilla dans les prunelles de Cixi.

— Un homme seul ? Tiens donc. Et, hum... de quoi a-t-il l'air, exactement ?

— Vu d'ici, plutôt jeune et en forme. Mais ses vêtements sont élimés et il semble essoufflé.

L'homme, haletant, parvint à se frayer un chemin jusqu'à eux à travers la végétation. Sans arme, il portait des bottes trouées et des braies rapiécées. Un vieux gilet de cuir masquait à peine son torse bronzé. Son visage avenant était encadré d'épais cheveux noirs. Un élégant anneau de cuivre brillait à son oreille droite.

Lanfeust ne put ignorer le regard de Cixi, ni même celui de C'Ian. Avec une pointe de jalousie, il fut forcé d'admettre à son tour que l'inconnu, malgré sa mise déplorable, était plutôt bien fait de sa personne.

— Ah, braves gens ! Vous êtes la providence même ! s'écria le nouvel arrivant.

— N'exagérons rien, dit Cixi, cambrée sur la selle un peu plus que nécessaire. Nous passions par-là, c'est tout. Vous paraissez avoir des ennuis. Que peut-on faire pour vous être agréable ?

L'étranger lorgna fugitivement son décolleté avant de prendre un air contrit.

— Oh, peu de chose, dit-il. Je suis un homme brisé de toute façon. Je suis pêcheur de bile, un métier méconnu et ingrat, et des malandrins m'ont dérobé tout mon matériel ainsi que ma récolte.

— Une explication pratique pour un vagabond qui ne transporte rien, à part des vêtements boueux et dépareillés, fit remarquer Lanfeust en souriant.

C'Ian adressa un regard de reproche à son fiancé, tandis que Cixi se retournait pour le foudroyer en silence. L'apprenti forgeron ne prononça plus un mot et adopta une attitude renfrognée.

L'inconnu poursuivit sur un ton égal, comme s'il n'avait rien remarqué.

— Hélas ! dit-il. Ma condition est maintenant bien triste. Il ne me reste plus qu'à me laisser mourir de faim et de froid sur le bord du chemin.

C'Ian observa l'homme avec pitié, pendant que Cixi descendait de la selle. Elle attrapa la couverture qui lui servait à caler son postérieur et la passa autour des épaules de l'inconnu.

— Tenez, mon brave, dit-elle, je l'ai réchauffée pour vous.

Nicolède haussa un sourcil circonspect.

— Vous dites que des malandrins vous ont attaqué ? Dans cet endroit désolé ?

— Toute une tribu ! Ils vivent dans les Monts Sombres et descendent commettre leurs rapines dans les plaines. J'ai été leur victime, comme bien d'autres. Hier encore, j'ai croisé un chevalier des Baronnies qui n'a pas voulu m'écouter. À présent, son corps doit pourrir quelque part au milieu des joncs.

— Or-Azur est passé par ici ? dit Lanfeust. Çà alors ! Je

croyais qu'il retournait dans les Baronnies. Où peut-il aller comme ça ?

L'étranger eut un geste las et fit mine de tomber. Cixi le rattrapa de justesse. Elle se mit à le frictionner vigoureusement avec la couverture.

— Non, ne vous préoccupez pas de moi, continua l'homme d'une voix éteinte, entre deux frictions. Il est encore temps pour vous de rebrousser chemin. Lorsque les brigands viendront, je ferai un rempart de mon maigre corps. Au moins ma mort servira-t-elle à couvrir votre fuite.

— Il n'est pas si maigre que ça, votre corps, observa Cixi sans cesser de le frictionner.

— Nous ne pouvons pas l'abandonner ici, dit C'Ian. Père, prenons-le avec nous !

Nicolède eut l'air embarrassé.

— Nous pouvons le secourir, mais cela ne résout pas notre problème. Comment allons-nous poursuivre, maintenant que nous savons que la route est coupée ?

À ces mots, l'inconnu se redressa. Le massage semblait avoir été efficace, car son visage s'était subitement épanoui. Il débita d'une traite :

— Grand merci de m'accepter parmi vous ! Pour vous dédommager, je tiens à vous offrir mes services. Non, non, inutile de refuser. Il se trouve que je suis également guide et que je peux vous conduire sains et saufs à travers les marais. Je connais le Delta Bilieux comme ma poche ! Naturellement, ma rétribution sera symbolique. Un peu de lard et peut-être une lampée de cette excellente liqueur que j'aperçois là-bas me conviendront tout à fait.

— Hum, dit Lanfeust, je ne sais pas si nous pouvons lui faire confiance.

— Mon amour, ne te comporte pas comme un rustre, dit C'Ian. Tu vois bien que ce pauvre bougre est dans un état pitoyable.

— À moi, il me paraît bien-portant...

Nicolède fit signe à Lanfeust de monter le rejoindre dans le palanquin. Les deux hommes conversèrent à voix basse.

— Si cet inconnu est ici, seul et à pied, dit le Sage, c'est qu'il connaît effectivement la région comme il le prétend. Couper à travers les marécages peut nous faire gagner une semaine. Voire plus. Avec un guide comme lui, et un garde du corps comme toi, les choses sont envisageables. Mon garçon, je te le demande donc sincèrement : serais-tu capable de nous protéger de lui s'il le fallait ?

Lanfeust jaugea le bellâtre occupé à plaisanter avec les deux filles au pied du pétaure. Un sourire féroce déforma son visage :

— Ce sera avec plaisir, maître Nicolède. Et si mes poings et mon épée ne suffisent pas, j'aurais toujours mon Pouvoir Absolu : je pourrai si besoin le faire rôtir comme un vrock, lui griller les poils à petit feu, lui carboniser les orteils, lui roussir les...

— Bien, bien, l'interrompit Nicolède. Ce genre d'extrémité ne devrait pas être nécessaire. Tâchons de ne pas déchaîner ton Pouvoir Absolu si l'on peut faire autrement. Nous ne connaissons pas tous ses effets et il faut rester méfiant.

Nicolède s'adressa au trio resté en bas :

— Bon, c'est d'accord. Vous venez avec nous, et vous nous guidez à travers le marais. Monsieur, comment déjà... ?

— Je m'appelle Sbonthe, « Jeune Sbonthe », comme disait mon capitaine à l'époque où j'étais mercenaire. C'était un tyran qui se prenait pour l'empereur d'Eckmül. Mais rassurez-vous, ça fait longtemps que je ne suis plus au service de Sa Majesté...

— Nous sommes contents de savoir que vous n'avez plus ce genre de fréquentation, dit C'Ian.

— Et gnagnagna, grogna Lanfeust dans le palanquin.

— Pardon ? demanda la jolie blonde.

Lanfeust bredouilla :

— Je disais « Tiens, j'ai vu passer un flagougna. Un rose, avec des ailes violettes et un long bec.

— Très intéressant, Lanfeust. Maintenant, si on repartait ?

Cixi poussa un petit cri de joie et grimpa l'échelle jusqu'à la nacelle, entraînant Sbonthe à sa suite. C'Ian les rejoignit et le nouvel arrivant s'installa entre les deux filles, repoussant Nicolède sans en avoir l'air. Sbonthe adressa à Lanfeust un sourire suave.

— Mon garçon, vous m'avez l'air d'un conducteur vigoureux. Descendez donc prendre les rênes de ce pétaure, je vais vous indiquer le chemin.

— Moi ? fit Lanfeust, surpris.

— Ben oui, dit Cixi en lorgnant le torse velu de l'homme au teint hâlé. T'as vu un autre garçon quelque part, toi ?

Lanfeust réprima un juron et alla s'installer sur la selle. Il passa une main sur sa poitrine glabre. Ce n'était tout de même pas sa faute s'il n'avait jamais eu de poil à cet endroit-là, non mais ! Il souffla un bon coup et entama une nouvelle chanson, en essayant de ne pas trop se faire remarquer. Le jeune Sbonthe pouvait faire son numéro devant les filles, Lanfeust l'avait à l'œil.

7

La suite de la journée se déroula sans incident notable, en dehors de l'augmentation progressive de l'irritation de Lanfeust. Sbonthe s'avérait encore plus charmeur que prévu. Cixi le dévorait littéralement des yeux, et C'Ian elle-même ne pouvait s'empêcher de lui adresser de temps à autre un sourire pour le moins poli.

L'homme riait volontiers, exhibant deux rangées de dents blanches qui happaient au passage tout ce qui passait à leur portée. En un rien de temps, il engloutit ainsi les tranches de lard, le pain aux épices d'Armalie et même un petit pot de confiture de fruseilles que Lanfeust comptait garder pour les petits déjeuners.

Lorsque l'importun eut l'audace de lui proposer la dernière lampée de la fiole de liqueur, Lanfeust faillit s'emporter. Mais

Sbonthe, par pure coïncidence sembla-t-il, avala à cet instant sa confiture de travers. Il fut saisi d'une spectaculaire quinte de toux. Cixi se précipita sur lui pour écarter son gilet et découvrir sa poitrine. Les sourcils de Nicolède se froncèrent dangereusement et Sbonthe parut soudain se rétablir. Il dut ensuite développer des trésors de diplomatie pour expliquer à la jeune femme que non, il n'allait pas mourir, et qu'il n'avait finalement pas besoin qu'on lui fasse du bouche-à-bouche.

Ils progressaient entre les roseaux et les souches boueuses mangées par la mousse. Le Delta Bilieux était un vrai labyrinthe. Lanfeust devait admettre que leur guide connaissait son affaire. Sbonthe indiquait des repères précis : ici, un rocher en forme de tour lugubre ; là, un bosquet de vénéneux arbres à ponges ; ailleurs, les os blanchis d'un pétaure jadis embourbé.

Le terrain s'affaissait par endroits et leur gigantesque monture devait alors traverser des étendues d'eau recouvertes par la mangrove. Mais la piste reprenait toujours un peu plus loin. Nicolède, émerveillé, notait au fur et à mesure le trajet sur ses cartes, accompagné de ses différents repères. Il se promit de le communiquer aux maîtres cartographes du Conservatoire dès leur arrivée à Eckmül.

— Vous semblez connaître beaucoup de choses, monsieur Sbonthe, dit Cixi. Comment cela se fait-il ? Je ne sais pas en quoi consiste votre métier de pêcheur de bile, mais cela m'a l'air plutôt physique qu'intellectuel, sans vouloir vous offenser.

— En vérité, j'ai exercé beaucoup d'emplois, mademoiselle, articula l'homme en terminant un pot de crème.

Pêcheur de bile n'est que le dernier. Comme je vous l'ai dit, j'ai été mercenaire. Et poseur d'énigmes. Et bien d'autres choses, également...

— Poseur d'énigmes ? dit C'Ian voilà qui est intrigant. En quoi cela consiste-t-il ?

— Oh ! C'est très simple, répondit Sbonthe en jouant négligemment avec l'anneau de cuivre scintillant à son oreille. Je posais des énigmes pour amuser les gens. Ceux qui ne trouvaient pas la bonne réponse, ou qui avaient simplement passé un bon moment en ma compagnie, me faisaient l'aumône de quelques pièces, et parfois d'un bijou comme celui-ci. Certaines m'offraient des baisers. En me laissant même parfois choisir où je voulais qu'il soit appliqué...

Il envoya un clin d'œil à Cixi, qui en rougit jusqu'aux oreilles.

— C'était un métier désinvolte, continua Sbonthe. Mais il apportait son lot de satisfactions. Il n'était guère fatigant et je pouvais le pratiquer au comptoir d'une taverne tandis que l'on me payait à boire. Il m'arrivait même de finir la nuit chez une cliente particulièrement impressionnée par mes mots et l'habileté de mes lèvres.

C'Ian se détourna, gênée. Nicolède fit claquer sa langue avec une grimace, puis replongea dans ses croquis. Cixi sautilla sur les coussins en battant les mains d'allégresse.

— Des énigmes ? Chic, chic, j'adore ça ! On y jouait souvent avec C'Ian quand on était petites. On allait dans la grange au milieu de la paille, avec un camarade qui s'appelait Bastor. Une fois il a perdu, et il a été obligé de nous montrer son énooooorme...

— Mais c'est du passé, intervint C'Ian en remarquant Lanfeust qui tendait l'oreille depuis la selle du pétaure.

Comme disait ma sœur, nous étions petites. Et les enfants ne savent jouer qu'à des jeux innocents, n'est-ce pas ? Donc, monsieur Sbonthe, vous disiez connaître des énigmes ?

Le bellâtre, repu, s'autorisa une éructation.

— Mmm... Pardon. Oui, en voici une, par exemple : « Sans voix il crie, sans ailes il voltige, sans dents il mord, sans bouche il murmure... »

— Faaastoche ! se moqua Cixi. Celle-là, tout le monde la connaît, même à Glinin[1]. Vous nous prenez pour des débutantes ou quoi ?

L'homme eut l'air un peu vexé. Lanfeust laissa échapper un rire, et Nicolède sourit.

— Attendez voir, dit Sbonthe. J'en ai une autre plus dure : « Bijoux à vos cous ou mets entre vos dents, peu importe qui je suis exactement, puisque à ma mort je chanterai l'océan ». Alors, de quoi s'agit-il ?

— Là, je ne vois pas, dit Cixi.

— Moi non plus, dit Nicolède.

Lanfeust retourna l'énigme dans sa tête. Il aurait voulu de tout son être briller par un soudain trait de génie, mais il se sentait aussi sec que le pis d'une vieille gramoche.

— Je sais ! s'écria C'Ian. Un coquillage ! On peut en réunir plusieurs pour tresser un collier, les déguster en salade, ou écouter le ressac de la mer en les tenant contre son oreille.

— Bravo, damoiselle ! Vous auriez fait une farouche adversaire !

C'Ian exécuta une parodie de courbette en guise de révérence, provoquant l'hilarité de la compagnie.

---

1. Un autre petit jeu... Vous aussi, vous la connaissez ? Alors quelle est la réponse, et surtout de quelle œuvre célèbre cette énigme est-elle tirée ?

— Encore une, s'il vous plaît, minauda Cixi. Je ne peux tout de même pas laisser ma sœur remporter la partie.

— Voyons, réfléchissons... Ah ! J'en tiens une des plus coriaces. Écoutez ça : « Qui le découvre le garde pour lui, qui n'en a pas paraît terni, qui en est exclu est bien marri, qui le raconte peut être occis ». Alors, qu'en pensez-vous ?

Cixi tortilla ses boucles brunes. C'Ian et Nicolède se regardèrent en plissant le front. Quant à Lanfeust, il dut admettre une fois de plus sa perplexité. Il se contenta donc de poursuivre ses ritournelles monotones et de faire avancer le pétaure.

— J'ai bien une idée, dit Cixi.

Elle se pencha à l'oreille de Sbonthe et lui chuchota quelque chose.

— Excellent ! C'est la bonne réponse ! lança l'homme. Maître Nicolède, vos filles sont des personnes extrêmement sagaces[1].

— Merci. Je dois dire qu'elles me rendent assez fier, quand elles ne me font pas tourner en bourrique. Vos histoires sont distrayantes pour nous tous. Elles nous aident à passer le temps. Mais j'étudiais en même temps la carte et je me disais : n'y a-t-il pas une large étendue d'eau, au centre du delta, là où vous nous conduisez ?

— N'ayez crainte, répliqua Sbonthe. C'est effectivement le cas, mais il existe un phénomène de marée. Nous passerons sur le sable à pied sec. En revanche, il y a là-bas un passeur qui risque de réclamer un péage.

— Un péage ? ! s'exclama Lanfeust. Dans cet endroit perdu ?

1. Et vous, celle-là, vous l'avez trouvée ?

— Oui, mais rien de coûteux, je vous rassure. Je connais bien l'individu. Si vous me laissez faire, je m'arrangerais pour qu'il vous fasse un prix honnête.

Sbonthe parla ensuite de ses différents métiers antérieurs et n'évoqua plus la question du péage.

En fin d'après-midi, la petite troupe avait franchi une bonne portion du delta grâce aux conseils avisés de leur guide. Les compagnons progressaient désormais dans un air épais et humide. Ils étaient entourés de bourdonnements mais personne ne subissait la moindre piqûre. En effet, Sbonthe avait demandé à Lanfeust d'enduire une partie du pétaure avec de la fiente d'oiseau-bègue à plumes jaunes. Les déjections collantes, recueillies patiemment sur des branches basses, s'étaient avérées extrêmement efficaces : elles dégageaient une puanteur si atroce que la plupart des insectes n'osaient plus approcher du pétaure. Pour des raisons confuses, on demanda également à Lanfeust de demeurer loin sur sa selle, en évoquant ses talents de conducteur et son aptitude à surveiller le terrain.

L'animal et son équipage atteignirent finalement une bande de sable humide au milieu de la mangrove. Des pierres blanches y avaient été déposées de façon à délimiter les vagues contours d'une route.

— C'est curieux, dit Nicolède, on dirait que ces bornes grossières viennent tout juste d'être plantées.

— Pas du tout, assura Sbonthe. Je vais et je viens dans la région depuis belle lurette et je peux vous garantir qu'elles sont ici depuis longtemps. Elles conduisent à la cabane de péage. Tenez, justement la voici.

L'homme sauta à bas du pétaure et désigna un appentis

sommaire qui donnait l'impression d'avoir été bâti à la hâte avec des joncs et des planches mal ajustées.

— Je vais à la rencontre du gardien pour tâcher d'arranger nos affaires.

Sbonthe courut à l'intérieur de la cabane.

Lanfeust dirigea le pétaure de façon à lui emboîter le pas et s'arrêta devant la guérite. Une sorte de ligne blanche vaguement définie par un alignement de coquillages barrait le sol devant lui.

Sbonthe passa sa tête par une ouverture qui avait la forme grossière d'un guichet. Il avait rajusté son gilet, lissé ses cheveux noirs et vissé une casquette trouée sur sa tête.

Il examina les arrivants d'un air suspicieux.

— Bien le bonjour, visiteurs étrangers. Ce pétaure m'a l'air lourdement chargé. Quelqu'un a-t-il quelque chose à déclarer ? Papiers de la monture, siouplaît...

— Comment, c'est vous le gardien du péage ? ! ? s'exclama Lanfeust, bouche bée.

— Je n'ai jamais prétendu le contraire, dit Sbonthe en le fixant d'un air hautain. J'ai juste précisé que je le connaissais. C'est ma foi vrai : je pense me connaître mieux que personne.

— Je me doutais bien de quelque chose de ce genre, murmura Nicolède.

— Ouais, ben pas moi ! cracha Cixi soudain refroidie.

Sa sœur et elle n'avaient pas l'air de goûter la plaisanterie.

— Et maintenant, dit Nicolède, quel sera votre prix pour nous laisser passer et nous conduire à bon port ?

— Rien de conséquent, comme je l'ai déjà dit. Simplement, plus personne ne passe par ici, et pêcheur de bile, ça ne nourrit pas son homme. Je suis obligé de cumuler d'autres emplois pour assurer ma maigre subsistance.

Nicolède secoua sa main avec agacement.

— Venons-en au fait. Combien voulez-vous ?

— L'argent n'intéresse pas le gardien du péage. Le droit de passage ne peut être acquitté qu'en cédant un ou deux objets utiles au confort du gardien. Le milieu est hostile et les conditions de vie sont déplorables. Montrez-moi un peu ce que vous avez dans vos sacs, que nous nous mettions d'accord.

— Je l'aplatis ? demanda Lanfeust.

— Laisse, répondit Nicolède. Jusque-là, il n'a pas menti et son chemin était sûr. Nous sommes trop loin pour rebrousser chemin. Négocions plutôt entre gens de bonne compagnie.

— Voilà qui est parler raisonnablement ! conclut Sbonthe avec un sourire suave. Vous n'aurez pas à le regretter.

Le Sage et le gardien déballèrent tous les sacs. Le contenu de chacun fut examiné avec minutie et fit l'objet de longues discussions. Sbonthe se montra très intéressé par la lampe à logettes de maître Nicolède. Le Sage l'avait emportée dans ses bagages pour la tester en tant que lampe de voyage. Le gardien était fasciné par les petits houètes qui dansaient à l'intérieur, sous le couvercle en fer. Mais Nicolède expliqua que la manipulation de sa lampe était des plus délicates. En cas de libération accidentelle, les houètes pouvaient adopter une attitude vengeresse et infliger de terribles piqûres urticantes. En définitive, le Sage refusa de s'en séparer.

Sbonthe abandonna la lampe avec regret, contre deux solides rouleaux de corde. À la fin, ils se mirent d'accord sur un lot de couvertures, un bracelet de cuivre, deux coussins de soie rose, un coussin de soie vert, des sous-vêtements portés par Cixi, le peu de nourriture que le gardien n'avait pas encore englouti et tout leur vin, soit huit flacons.

— Je vous remercie. Le bracelet va très bien avec ma boucle d'oreille, dit Sbonthe, en balayant du pied la ligne blanche tracée avec les coquillages. Vous pouvez passer, maintenant.

— Où faut-il aller ? grommela Lanfeust.

— Tout droit, jusqu'au bout de la langue de sable.

— C'était aussi simple que ça ? !

— Par ce côté, oui. Après, le chemin reprend à travers la mangrove, et vous ressortez du delta. Bonne route !

— C'est ça, au revoir.

Lanfeust entonna un requiem sinistre et obligea le pétaure à trottiner pour quitter le secteur. Le jeune homme ne dérida pas pendant deux bonnes lieues. Après, Cixi fit une grimace, en imitant son expression lorsqu'il avait découvert comment Sbonthe s'était joué d'eux. Tout le monde rit de bon cœur. La petite troupe traversa finalement la bande de sable au milieu du delta et rejoignit la mangrove de l'autre côté. Jusque-là, leur guide n'avait pas menti.

Sauf que de chemin, il n'y en avait point.

— Funérailles ! maudit Lanfeust, qu'est-ce que c'est que cette histoire, encore ?

À cet instant précis, un bandit sortit des taillis.

Il avait une mine sinistre, un grand manteau de cuir rapiécé le recouvrait jusqu'au cou. Il paraissait essoufflé d'avoir longtemps couru. Un grand foulard voilait son visage jusqu'à ses oreilles, dont l'une portait un joli anneau de cuivre étincelant. Il pointa une arbalète en direction du groupe.

— Holà ! Vous autres !

— Quoi encore ? demanda Lanfeust.

— J'ai appris que vous transportez une lampe curieuse, ainsi que les babioles suivantes : un couteau du Darshan à lame de six pouces, une bourse de huit dragons d'argent et trois de bronze, six pieds de brocard doré, deux bas de soie fine embaumant la nature, une pince à cheveux en pierre de lune, et une ceinture de lézard bleu. Je désire que tous ces objets me soient remis sans délai !

L'homme agitait son arbalète de façon réellement menaçante.

— Mais c'est du vol ! s'exclama C'Ian.

— Pas du tout. C'est du commerce : vous allez m'acheter ces sacoches de bile, que vous voyez là.

Il désigna du pied quelques sacs en toile à demi crevés, entassés au bord de la mangrove.

— Même si vous leur donnez l'onctueux nom de « bile », ce sont de vulgaires sacs de boue, fit remarquer Nicolède.

— Pour vous ! Pour moi, ce sont de splendides onguents récupérés par un habile pêcheur de bile de ma connaissance. Ce n'est pas sa faute si les masques de boue n'intéressent plus les élégantes, surtout depuis que tout le monde a déserté la région. Pourtant ils soignent les verrues et apaisent la peau de façon remarquable. Vous allez donc les acheter.

— Et si on ne veut pas ? rétorqua Lanfeust, qui fouillait déjà les bagages à la recherche de son épée.

— Je vous laisse ici. À cette heure, la marée bilieuse envahit déjà le delta. Jamais vous ne retrouverez votre chemin. Vous allez couler au milieu des tourbières, être piqués par des vruzes, étouffés par les arbres à ponges, contracter l'enfle verte, vomir un suc noirâtre...

— Assez ! Assez ! C'est bon, nous allons payer, dit Nicolède.

— Nous avions confiance en vous, ajouta froidement C'Ian. Mais non seulement vous nous avez escroqués, mais en plus vous nous dévalisez ! Vous n'êtes qu'un vulgaire brigand.

— Vous m'avez reconnu ? dit Sbonthe en ôtant son foulard.

— Moi qui vous prenais pour un vertueux pêcheur de bile ! dit Cixi.

Sbonthe haussa les épaules.

— La bile ne fait pas le moine. Posez votre paiement ici et embarquez vos sacs de boue. C'est vraiment très bon pour la peau.

Lanfeust plaça les articles réclamés dans un grand sac qu'il referma avant de le tendre à Sbonthe. Dans son autre main, il portait son épée lestée. Il exécuta un ou deux moulinets face à l'homme qui les avait dépossédés.

— Qu'est-ce qui nous prouve que vous ne racontez pas des histoires encore une fois ? Je pourrais vous occire sur-le-champ, fanfaronna Lanfeust. Ma nouvelle lame brûle de tremper dans le sang d'une crapule telle que vous.

— Ce sont des vantardises. Je vois bien à votre figure honnête que vous n'avez jamais tué personne. Contrairement à moi. Pourtant, sachez que je n'ai aucune intention de vous faire du mal. En revanche, si vous m'en faites, vous ne saurez jamais comment sortir du delta et vous mourrez comme je vous l'ai annoncé.

— Laisse-le, mon Lanfeust, intima C'Ian du haut du palanquin. Ce n'est qu'un pauvre hère qui profite de son bagou pour embobiner les honnêtes gens. On peut lui laisser quelques bricoles sans mettre notre voyage en péril ! Après tout nous avons emporté tellement de choses...

— Et puis, ajouta Nicolède, son chemin nous aura réellement fait gagner du temps.

— Dix jours, au bas mot, précisa Sbonthe avec un large sourire. Voilà qui valait bien une petite rétribution, non ?

Il s'éloigna au pas de course, tenant fermement son sac à la main. Ses chevilles trempaient dans la boue : la marée bilieuse commençait déjà à remonter. Il s'arrêta à la lisière de la mangrove et se retourna pour s'adresser une dernière fois à Lanfeust et ses compagnons :

— Pour reprendre votre chemin, il vous suffit d'écarter les branchages que j'ai disposés là-bas. La suite de la piste est visible derrière. Elle vous conduira hors du marais. Merci, braves gens, et faites attention : la plaine est sauvage et les montagnes pleines de mécréants. Cela a été un plaisir de faire du commerce avec vous. Ha ! Ha ! Ha !

Sbonthe disparut dans la mangrove sans cesser de ricaner. Les compagnons trouvèrent les branches et la piste cachée. Quelques instants plus tard, ils avaient regagné un chemin de terre ferme. Nicolède se permit un sourire jovial.

— Dix jours de gagnés, contre une lampe et quelques babioles. Et tout ça sans blessure ni combat inutile. On s'en est plutôt bien sortis, non ?

— Nous oui, dit Lanfeust.

Des vociférations atroces retentirent soudain derrière eux de façon répétée, ponctuées de petits cris aigus.

— C'est drôle, dit C'Ian, on dirait la voix de Sbonthe !

— Oui, renchérit Cixi. Écoutez ses cris : on dirait qu'il subit une série d'attaques horribles...

— Lanfeust ! dit Nicolède. Tu n'aurais pas osé ?

— Osé quoi ?

— Utiliser ton pouvoir magique de forgeron, pour faire fondre le couvercle en fer de la lampe à logettes ? Pour libérer les houètes furieux dans le sac de ce pauvre Sbonthe ?

— Moi ? dit Lanfeust. Sûrement pas, voyons. Cela aurait été malhonnête de ma part de fausser notre aimable transaction !

Un sourire radieux se peignit sur son visage et ne le quitta pas avant la fin de la journée.

8

Parmi les dangers qui menaçaient un conducteur de pétaure, il en était un autre que celui de mourir étranglé par ses passagers lorsqu'il chantait faux : l'endormissement. Le balancement monotone de l'animal exerçait un irrésistible pouvoir soporifique. De nombreuses parades avaient été développées par des générations de dresseurs avec plus ou moins de bonheur : selles à clous, casques suspenseurs de paupières ou pikorins agressifs reliés au poignet par une petite laisse.

Mais rien ne surpassait l'efficacité de l'herbe d'éveil, une décoction de plantes aromatiques mise au point par Nicolède lui-même et que mâchouillait Lanfeust. Un seul problème subsistait : mâchouiller était difficilement compatible avec le chant. Et ce qui devait arriver arriva : après avoir quitté le

Delta Bilieux depuis plusieurs jours, alors qu'il attaquait un couplet particulièrement vibrant sur la récolte des blonkasses, Lanfeust manqua de s'étrangler. Secoué par une quinte de toux, il cessa de chanter et le pétaure s'arrêta.

Après s'être assuré que le jeune homme n'allait pas mourir étouffé, Nicolède résolut qu'il était temps de marquer une nouvelle pause. Lanfeust, entre deux raclements de gorge, guida l'énorme monture vers un sous-bois ombragé où coulait un filet d'eau offrant fraîcheur et tranquillité. Il se laissa glisser à bas de l'animal et l'entraîna vers un buisson appétissant.

Les deux sœurs descendirent l'échelle, Cixi avec vivacité et C'Ian avec précaution. Elles se dirigèrent vers l'eau fraîche du ruisseau, tandis que leur père s'étirait en faisant quelques pas. Nicolède ouvrit ensuite sa sacoche et en tira sa carte et ses lorgnons.

— Voyons, voyons... Ça fait plusieurs jours que nous avons quitté le Delta Bilieux, et la Souardie par la même occasion. Nous devrions maintenant entrer dans la région des Grands Monts. La plaine ne va pas tarder à s'élever. Pour notre part, nous allons prudemment rester le plus près possible du fleuve. Même ce forban de Sbonthe nous a confirmé que les montagnes étaient dangereuses, n'est-ce pas Lanfeust ? Lanfeust ?...

Le jeune homme avait écouté le Sage d'un air distrait. Il étouffa un bâillement. Tout ce que désirait le garçon, c'était dormir un peu. Un cri le tira de sa torpeur :

— AAAhhh ! Quelle horreur !

C'était la voix de C'Ian, à quelques pas à peine. Elle provenait de derrière un gros rocher. Lanfeust bondit aussitôt dans sa direction.

— Qu'y a-t-il ?

Elle se tenait sur la berge, le regard fixé sur le sol. Une main devant la bouche, elle désigna une masse qui baignait dans le ruisseau : le cadavre d'un gros animal, déchiqueté et grouillant d'insectes.

— Un loss bleu[1] ! s'exclama Lanfeust en s'approchant. Je me demande bien de quoi il est mort...

Il se pencha sur la dépouille, puis alla s'agenouiller au bord de l'eau. Il examina le courant d'un air soupçonneux.

— Le ruisseau est peut-être empoisonné. Nous devrions nous méfier.

Absorbés par cette macabre découverte, aucun des compagnons ne remarqua la lointaine rumeur qui avait progressivement remplacé le silence de la plaine. Un roulement sourd, à peine perceptible, qui semblait venir des tréfonds de l'horizon.

— Hélas ! Je crains que ce ne soit bien pire ! rétorqua Nicolède qui avait rejoint le petit groupe.

Il désigna la plaie béante ouverte sur le flanc de l'animal.

— Regardez, dit-il en traçant un cercle d'une impressionnante circonférence autour de la blessure. C'est tout simplement une morsure... Formidable dentition, n'est-ce pas ? Pas de doute, ce loss a été victime d'un troll. Un adulte, et de grande taille. Je crains fort que nous ne soyons sur son territoire de chasse.

— Un troll ? Mais c'est terrible ! s'exclama C'Ian.

— Oui. Il va falloir se tenir sur nos gardes, ajouta Nicolède. Les trolls sont les créatures les plus cruelles et

1. Un loss est un gros marsupial grognon, au menton carré et au poil ras et bleuté. Il se tient sur deux puissantes pattes arrière, et a l'habitude de filer des petits coups énervants avec ses pattes avant. En fait, là où il devient le plus sympathique, c'est après sa mort, lorsqu'on le fait rôtir avec des parottes braisées.

les plus dangereuses de Troy. Certains sont capables de suivre leurs proies sur des centaines de lieues, comme ça, juste pour se distraire[1]. Ils n'aiment pas que le gibier leur échappe.

— Il paraît aussi qu'ils raffolent des pucelles ! s'exclama Cixi. On dit qu'avant de les dévorer, ils leur font subir de terribles outrages.

— Oui, bon... Passons, maugréa Nicolède avec un geste de contrariété. Hâtons-nous de reprendre notre voyage. Plus vite nous serons repartis, plus vite nous serons en sécurité à Eckmül.

La rumeur avait gagné en intensité et résonnait à présent dans toute la plaine. Un grondement régulier et implacable. Une nuée d'oiseaux s'envola. Le pétaure se mit à renâcler comme à l'approche d'un orage. Lanfeust, aux aguets, escalada un monticule pour scruter l'horizon.

— Écoutez ça, maître Nicolède... Est-ce que les trolls font autant de bruit ?

Le vieux Sage tendit l'oreille en fronçant les sourcils.

— Non, à moins qu'il ne s'agisse d'une armée. Ce qui ne s'est jamais vu.

— Et soulèvent-ils autant de poussière ? demanda Lanfeust en désignant le nuage qui semblait monter inexorablement vers eux.

— De la poussière ? Montre-moi ça...

Nicolède grimpa sur le talus. Masquant de ses mains le soleil aveuglant, il fixa le point désigné par Lanfeust. Il vit d'abord une longue écharpe de scories qui se soulevait dans les airs. Puis il devina les formes qui progressaient en dessous. Le vieux Sage se mit à trembler.

1. Contrairement à l'espèce humaine, l'espèce trolle adore jouer avec la nourriture.

Le nuage de poussière se rapprochait à grande vitesse tandis que le grondement sourd gagnait en puissance. Une clameur destructrice, faite d'entrechoquements de carapaces et de crissements hideux. Au cœur du tumulte on percevait, de loin en loin, l'appel désespéré d'un animal supplicié ou le hurlement d'une agonie douloureuse.

— Dépêchons-nous ! lança Nicolède. Grimpez sur le pétaure, ou c'est la mort qui nous attend !

— Mais père, vas-tu enfin nous dire ce qui se passe ? demanda C'Ian.

— De terribles créatures ! répondit le Sage en entraînant ses filles vers leur monture.

Lanfeust allait demander quelque chose, mais il n'en eut pas le temps. Surgissant à travers les nuées de poussière, des dizaines d'animaux apparurent devant eux. Des shrinks détalant de leurs quatre pattes, jusqu'aux loss bondissants sur leurs puissants jarrets, toute la faune de la prairie fuyait devant un ennemi implacable.

— Mille enclumes ! lâcha Lanfeust.

Il attrapa les deux filles par la taille et les propulsa littéralement sur l'échelle de poils tressés. Il fit de même avec Nicolède, et grimpa à sa suite. Les premiers animaux galopaient déjà tout autour d'eux.

— Cramponnez-vous ! cria le Sage. Si l'un d'entre nous lâche prise, il mourra piétiné !

Un nuage couleur de terre envahit l'atmosphère. On devinait, à l'intérieur, les contours flous d'une multitude de silhouettes : carnivores et herbivores, proies et prédateurs, tous unis dans un même élan de survie pour fuir la calamité lancée à leurs trousses.

Lanfeust se masqua le visage pour ne pas être aveuglé par la poussière.

— Bon sang, Nicolède ! Qu'est-ce qui les terrorise à ce point ?

— Des voraces ! répondit le vieux Sage, les yeux agrandis par l'effroi.

Si les pouvoirs magiques conjugués des habitants des villes et des villages protègent le citadin des dangers, il en va tout autrement pour celui qui s'aventure dans les plaines désolées. Troy est une terre fascinante, surprenante, mais surtout dangereuse. De tous les fléaux qui hantent les steppes, il en est un particulièrement terrible : la migration des voraces. Ces immondes créatures ressemblent à des crustacés terrestres flanqués de six pattes musculeuses et d'une paire de pinces au tranchant aiguisé comme des rasoirs. Leur mâchoire, très puissante, est capable de sectionner un jarret de buffle comme une simple brindille. Rapides et très mobiles, ils semblent n'avoir été créés que pour détruire.

Les voraces se déplacent sans cesse, en hordes de plusieurs milliers d'individus. Devant progressent les adultes, déchiquetant végétaux et animaux, absorbés derrière par les plus jeunes. Lorsqu'ils vieillissent, ils cessent de se nourrir et finissent par tomber de fatigue et d'inanition. Leurs cadavres servent alors de pâture au reste du groupe. Rien ne peut stopper une troupe de voraces en marche, sauf la mer. Non pas qu'ils s'arrêtent : ils essayent aussi de la dévorer. Mais là, pour une fois, ils se noient.

Le gros des animaux en fuite était passé. Mais le crissement qui emplissait la plaine se rapprochait. Lanfeust sauta sur la selle du pétaure et jeta un bref coup d'œil en arrière. L'horizon tout entier vibrait d'ombres mouvantes. Elles coulaient sur le sol tel un liquide rouge sombre s'apprêtant à déferler sur eux.

— Il n'y a plus un instant à perdre ! dit Nicolède. Nous avons encore une chance de leur échapper. Il faut atteindre ces rochers là-bas.

Il désigna un amas rocailleux à quelques centaines de coudées.

— Mais enfin, pourquoi tant d'affolement ? intervint Cixi. Vu d'ici, il est évident que ces bestioles sont toutes basses. Je dirais même qu'elles rasent les pâquerettes. Notre pétaure va piétiner tout ça sans même s'en apercevoir, non ?

— Il va surtout se faire dévorer les pattes ! rétorqua le vieux Sage. Allez, nous devons faire très vite. Chantez tous avec moi.

La voix cassée par l'anxiété, les compagnons tentèrent de pousser le pétaure au-delà de ses limites. Chacun se mit à chanter avec ferveur, parcourant le répertoire le plus rythmé qu'il connaissait.

— « *Oyez, oyez ! La bourrée du joyeux laboureur, qui toujours se mit à l'heure du semeur...* » criaient-ils à l'unisson.

— « *Écoute mon ode, laboure ton champ...* » s'égosillait Lanfeust.

— Mille grimoires, accélérez ! supplia Nicolède en regardant derrière lui.

— « *Et bourre la ribaude ! Un coup par-derrière, un coup par-devant !* » hurla Cixi.

Mais malgré l'allure forcée, les voraces se rapprochaient inexorablement.

— Le rocher ! On y est presque ! cria Lanfeust sur la selle.

— GRÏ-Ï-Ï-Ï-Ï-Ï-HHKKK ! ! !

Le pétaure ralentit brutalement, tandis que son cri résonnait comme un glas lugubre. Les premières créatures l'avaient rejoint. Elles déchiquetaient déjà le cuir épais de ses pattes. Il tenta encore d'avancer. Désormais, il ne suivait plus qu'une seule voix : celle de sa survie.

Horrifiés, les compagnons ne purent que contempler l'efficacité de la horde déchaînée. Galvanisés par le flot de sang qui s'écoulait par les larges blessures, certains voraces commençaient à s'insinuer à l'intérieur de l'animal et lacéraient ses tripes.

— Tout est perdu ! s'écria Nicolède. C'Ian, Cixi : grimpez sur le toit de la nacelle immédiatement et n'en bougez plus. Ces monstres ne s'attaquent pas au métal. Je vous suis.

— Lanfeust ! hurla C'Ian en direction de son fiancé.

Ignorant sa propre peur, le jeune homme était resté sur sa selle, dans une ultime tentative pour guider les pas du pétaure.

— Allez, plus que quelques coudées, chantonnait-il penché sur la vaste oreille. Courage ! Un dernier effort, afin que ta mort ne soit pas vaine !

Il flatta l'encolure de l'animal, comme si cette caresse dérisoire avait le pouvoir d'apaiser son agonie. Le pas de la monture était devenu lourd. La marée des voraces recouvrait ses pattes, déchirant ses chairs, sectionnant les nerfs, réduisant ses muscles en lambeaux. Lanfeust lui-même était recouvert par des gouttelettes de son sang.

La bête lutta encore quelques secondes, puis l'une des créatures atteignit son cœur. Le pétaure se figea tandis que le muscle explosait sous la puissance des pinces.

Lanfeust lâcha un juron. Le rocher était presque à portée de main. Définitivement inaccessible.

— Ton pouvoir, Lanfeust ! rugit Nicolède. C'est le moment : fais appel au Pouvoir Absolu !

— Ça oui, gronda le jeune homme dans un rictus. Je vais réduire ces saletés de bestioles en petits tas fumants.

Il se leva sur la selle et écarta les bras, prêt à déchaîner les flux de la magie. Son regard brillait d'une lueur sinistre, attisée par l'envie de vengeance. Il se concentra... Rien.

Perplexe, Lanfeust songea que l'affolement avait dû altérer ses capacités. Il fit le vide dans son esprit. Il visualisa les trombes de feu qu'il désirait abattre sur les voraces, se concentra à nouveau, et... toujours rien.

— Je... Je ne sais pas ce qui se passe. Je n'y arrive pas, maître Nicolède !

— Tant pis, viens ! articula le Sage au milieu d'un concert d'atroces crissements. Rejoins-nous tant qu'il est temps !

Le jeune homme se libéra de ses étriers. Il fila quelques coups de pied pour repousser les créatures les plus proches, puis trottina en équilibre sur l'échine du pétaure. Il atteignit le sommet de la carcasse. Derrière lui, le claquement des pinces se rapprochait. Lanfeust n'avait plus qu'à escalader le petit dôme en fer martelé du palanquin. Les autres l'attendaient au-dessus, criant et tendant leurs mains. Plus bas, l'encolure de l'animal partait déjà par lambeaux entiers.

— Par la foudre ! s'exclama soudain Nicolède. Mes grimoires ! Mes textes, mes cartes ! Tout est resté dans ma besace ! Sans eux, nous sommes fichus !

— Tant pis, c'est trop tard, supplia C'Ian. Ta sacoche est enroulée autour du pommeau de la selle. On ne peut plus la récupérer. Lanfeust, donne-moi ton bras...

Mais au lieu de s'exécuter, l'apprenti forgeron interrompit son mouvement. Il plongea son regard dans les yeux de C'Ian. Il les trouva d'un azur doux et infini. Il adressa un bref sourire à la jeune femme, puis fit volte-face.

— Je vais chercher vos grimoires, Nicolède, lança-t-il en sautant.

— Nooooon ! hurlèrent en même temps les trois autres.

Ils se précipitèrent au bord du toit du palanquin, persuadés d'assister à la mort de Lanfeust. Mais contre toute attente, le jeune homme s'en sortait plutôt bien. Après avoir dansé d'un pied agile entre les créatures perchées sur la carcasse, il avait atteint la selle en deux bonds rapides. Il saisit la sacoche et défit la boucle qui l'attachait à la selle.

Brusquement, une monstrueuse pince jaillit à travers l'encolure du pétaure.

— Funérailles !

Lanfeust eut à peine le temps de retirer sa main.

— KLAAC !

La pince sectionna net la lanière, et la sacoche tomba dans le vide. Le jeune homme considéra une fraction de seconde la marée de monstres au-dessous de lui.

« Maintenant ou jamais. »

Il saisit la bride et sauta. Il décrivit un immense arc de cercle, tendit l'autre bras, et...

— Yabahaaah !

La sacoche atterrit dans sa main avec un bruit mat, à quelques pouces des voraces. Lanfeust acheva son mouvement de balancier et retomba de l'autre côté sur la selle avec un « han ! ». Il venait d'accomplir un vol plané de trois cent soixante degrés !

— Salut, les monstres ! se permit-il de lancer en riant.

Il remonta aussi vite qu'il le put jusqu'à la nacelle et jeta la sacoche sur le toit. Nicolède lui tendit la main. Le jeune homme cala un pied sur une aspérité de la paroi de fer et poussa pour grimper.

— Hé ! Les filles ! J'espère que vous n'avez pas raté ça ! Vous avez vu comment j'ai... Arrhhh ! Ma jambe !

Un autre vorace, émergeant de la carcasse, venait de refermer ses mâchoires sur son mollet. Il sentit les pinces pénétrer le muscle. Il essaya d'articuler un son, mais il avait le souffle coupé par la douleur. Il vit ses amis tenter de le tirer sur le toit. Ils avaient l'air de lui crier quelque chose, mais leurs voix semblaient lointaines.

Lanfeust entendit un horrible craquement.

Il comprit brièvement que c'était le son de son tibia sectionné par la pince. Ensuite, il perdit connaissance.

Une souffrance lancinante réveilla Lanfeust. Il ne savait pas combien de temps s'était écoulé. Peu sans doute, puisque les voraces étaient encore là. Cixi, C'Ian et Nicolède étaient penchés sur lui. Le vieux Sage criait des instructions tandis que ses deux filles s'agitaient. L'air tout entier vibrait de claquements de pinces et de mâchoires. Un brouillard sanglant gênait la vue de Lanfeust. Il avait du mal à comprendre ce qui se passait. Il entendait les commentaires de ses trois compagnons lui parvenir comme à travers une lourde tenture.

— Il faut lui faire un garrot, sanglotait C'Ian en déchirant un pan de sa robe...Tu dois tenir, mon amour ! Quelques heures seulement, et je vais pouvoir te guérir...

— Courage, Lanfeust, dit Nicolède, les dents serrées. Le pouvoir de guérison de C'Ian est très efficace, mais tu sais qu'il ne fonctionne que la nuit. Nous allons tenter de maintenir en vie en attendant. Accroche-toi, mon garçon...

Lanfeust regarda le vieux Sage faire un garrot autour du moignon de sa cuisse. Nicolède serra. La douleur explosa dans son crâne, et le jeune homme s'évanouit à nouveau.

Il ne restait pas une brindille, pas un lambeau de chair, rien. Là où étaient passés les voraces régnaient à présent le désastre et la désolation. La lande, jadis fleurie, exhibait sa terre mise à nue, telle une plaie gigantesque ouverte vers le ciel. L'air lui-même semblait avoir été vidé de tous ses parfums. À l'intérieur du palanquin de métal tordu, en équilibre sur la carcasse du pétaure, planait encore un relent tenace : l'odeur écœurante du sang.

La jambe de Lanfeust n'était plus qu'un moignon sanguinolent. Le liquide visqueux gouttait toujours de l'affreuse blessure. Il avait imbibé la soie des coussins et gorgé le doux cocon jusqu'à le transformer en une gangue poisseuse. Le garrot qui enserrait le haut de la cuisse avait permis de ralentir l'hémorragie, mais l'issue demeurait prévisible. Rien ne permettait d'affirmer que cela suffirait pour tenir jusqu'à la nuit.

Le garçon, plongé dans un état comateux, respirait faiblement. Nicolède le contempla avec gravité.

— Il ne résistera pas jusqu'au crépuscule. Il perd bien trop de sang, sans compter les risques d'infection. Je vais essayer de trouver de quoi fabriquer un onguent pour ralentir l'hémorragie et calmer la douleur.

Le vieux Sage se tourna vers Cixi. Tous deux avaient les traits tirés.

— Laissons-les. Viens avec moi, ma fille. À deux, nous irons plus vite.

— Oui, papa, répondit Cixi.

Elle se leva. La jeune femme aux cheveux noirs paraissait lasse et ne tentait même plus de dissimuler son angoisse sous ses habituelles fanfaronnades. Elle adressa un regard compatissant à sa sœur. C'Ian tenait son fiancé entre ses bras. Elle semblait le bercer comme au chevet d'un enfant malade.

— Nous allons vite revenir, sœurette, dit Cixi doucement.

Puis elle se laissa glisser le long des côtes du pétaure nettoyées de leur chair et rejoignit Nicolède. Ils s'éloignèrent en direction des rares bosquets épargnés, à la lisière du passage des voraces.

De toute sa vie, C'Ian ne s'était jamais sentie aussi seule.

— Ne t'endors pas, mon amour. Accroche-toi au son de ma voix. Dans quelques heures, tu auras oublié tout cela, je te le promets...

Une larme perla du regard azur de la jeune femme. Elle serra ses poings avec colère. Le filet salé s'écoula sur sa joue, puis tomba sur ses lèvres. Pourquoi parlait-elle ? Elle savait parfaitement que Lanfeust ne l'entendait pas. D'un geste amer, elle essuya son visage et s'assura que le jeune homme n'avait rien vu. Mais, bien sûr, il avait conservé ses paupières closes.

Les traits de Lanfeust étaient tirés par la souffrance. C'Ian épongea son front inondé de sueur. Il lui parut brûlant. La fièvre devait dévorer son organisme.

Il entrouvrit soudain les yeux.

— C'Ian... Tu es là ? On dirait que c'est fini...

La jeune fille sursauta, surprise par le timbre lugubre de la voix.

— ... Je veux dire... les voraces... c'est fini... ils sont partis, ajouta Lanfeust dans un souffle.

Ses yeux gris étaient clairs comme l'eau d'un ruisseau limpide. Quel endroit invisible pouvaient-ils contempler en cet instant ? C'Ian ne le savait pas.

— Oui, répondit la jeune femme. Tout s'est arrêté depuis près d'une heure. Quand tu m'as dit que c'était fini, j'ai eu peur que... Mais peu importe ce que j'ai cru.

Lanfeust émit un rire sec qui s'acheva dans un bruit de gorge.

— Décidément, je ne vois pas le temps passer entre tes bras, tenta-t-il de plaisanter, les mâchoires contractées par la douleur.

La jeune femme lui renvoya un sourire triste.

— Comment te sens-tu ?

— Pas terrible. J'ai perdu une jambe et mon nouveau pouvoir. Il n'était pas si absolu que ça, finalement... Mais surtout, j'ai mal.

— Repose-toi, mon aimé. Évite de parler. Papa et Cixi ne vont pas tarder. Ils vont trouver de quoi te soulager en attendant que je puisse faire quelque chose. Je... Je suis désolé.

Lanfeust lui prit la main. C'Ian plongea son regard dans le sien. Ils cessèrent de parler et engagèrent un dialogue muet, bien au-delà des mots.

Nicolède avait fini par dénicher quelques plantes utiles, en particulier une minuscule fleur rosâtre et pleine d'épines. Seul son œil exercé avait pu l'identifier : ce végétal rabougri n'était autre que la fameuse hantalgye, aux vertus médicinales inestimables. Le Sage préleva avec délicatesse les quelques brins dont il avait besoin. Puis il tira de sa besace un flacon d'huile, un petit pilon et un creuset. Il y jeta les débris végétaux ainsi qu'un peu d'amadou. Agenouillé dans la poussière, broyant les plantes d'un geste précis, il entreprit de mélanger plantes et huiles au rythme d'une formule qu'il psalmodiait lentement.

Cixi, elle, avait refusé de se laisser démoraliser. Elle arrachait des fleurs par touffes entières et les jetait rageusement dans un panier destiné à son père.

— Le voyage avait bien démarré, on commençait juste à s'amuser, et voilà, grogna-t-elle. Et voilà ! Voilà ! Voilà ! Et encore voilà...

— Cixi ?

— Heu, oui, papa ?

— Arrête d'arracher ces plantes de la sorte, veux-tu ? Tu fais concurrence aux voraces.

— Pardon, papa.

De toute façon, Cixi en avait marre de cueillir des fleurs. La cueillette et les pleurnicheries, ce n'était pas pour elle. Elle abandonna son panier et se rabattit sur une exploration en règle de la carcasse. Après quelques minutes de fouille acharnée et une bonne douzaine de jurons, elle était parvenue à réunir quelques objets utiles : une sangle de cuir par-ci, des morceaux d'étoffe par-là, quelques couvertures, et aussi un poignard à lourde lame qui servait à découper la viande.

Elle considéra les arcs solides de la cage thoracique du pétaure et réfléchit un instant. Puis elle saisit le poignard et commença à sectionner les tendons qui retenaient encore les côtes. Les voraces avaient déjà bien avancé le travail. Elle n'eut aucune difficulté à dégager deux os longs de plusieurs coudées.

Elle les allongea parallèlement sur le sol. Puis elle étendit les couvertures entre les deux, troua le tissu avec sa lame et entreprit de les attacher aux montants avec les lambeaux d'étoffe. Quand elle eut terminé, elle fixa la sangle de cuir à l'avant, et considéra son travail d'un air satisfait.

— Voilà qui devrait faire une civière acceptable, dit-elle.

Elle regarda son père remonter sur le gigantesque squelette. Elle s'apprêtait à le héler pour lui montrer son œuvre, mais Nicolède la devança :

— Reste là, Cixi. Je t'envoie ta sœur pour préparer notre départ. Nous ne pouvons pas rester ainsi. Nous sommes bien trop vulnérables à découvert. Surtout si un troll rôde dans les parages.

— Bien, papa, répondit la jeune fille un peu vexée.

Le vieux Sage avait rejoint le palanquin. Il contempla un instant le couple lové dans l'ombre, silencieux.

« Décidément, ces deux-là sont faits pour aller ensemble », songea-t-il, un peu ému.

— Hum... Hum...

— Oh, père ! Tu étais là, sursauta C'Ian en se retournant. Il... Lanfeust, je crois qu'il souffre énormément tu sais...

Nicolède passa une main ridée dans la chevelure de sa fille.

— Ne t'inquiète pas, il n'est pas perdu. J'ai préparé un onguent qui devrait l'aider à tenir jusqu'à la nuit. Allez, va rejoindre ta sœur. Nous partirons dès que ton fiancé aura recouvré des forces.

Le Sage regarda C'Ian descendre le long du pétaure puis revint à Lanfeust. Il contempla les bandages raides de sang coagulé et commença à les défaire lentement. Le jeune homme, plongé dans une torpeur profonde, ne réagit même pas. Nicolède examina la blessure béante : la jambe avait été sectionnée de façon nette et précise. L'os du tibia, ainsi qu'un autre, dont il ne connaissait pas le nom, étaient apparents. Plus haut, la patelle semblait saine. Le Sage appuya sur la peau pour rechercher des bulles d'air, heureusement sans succès : aucune gangrène n'avait infiltré la cuisse.

Satisfait, il enduisit la face mutilée d'une épaisse couche de l'onguent rosâtre qu'il avait confectionné. Le sang qui suintait s'arrêta de couler. Lanfeust s'éveilla en sursaut.

— Aaaaah ! Mais, que... Oh, c'est vous, maître Nicolède.

— Oui, ne t'inquiète pas. Cela devrait te soulager. Bientôt tu ne sentiras plus la douleur. Cela te soutiendra jusqu'à ce soir. Ensuite, ce sera à C'Ian de tirer le maximum de son pouvoir de guérison. Mais nous ne pouvons pas rester ici, c'est trop exposé. Nous devons aller nous réfugier dans la forêt pour la nuit.

Le Sage désigna l'orée d'une futaie que l'on apercevait à l'horizon. Les arbres grimpaient en pente douce sur les contreforts des Monts Sombres. Le salut les attendait là-bas. Mais cela faisait loin.

« Trop loin ? » songea le Sage avec amertume. Il chassa ces pensées funèbres et reprit :

— Dès que l'onguent aura fait son effet, je t'aiderai à descendre.

Lanfeust ne fit aucun commentaire et sombra de nouveau dans le sommeil.

Ils patientèrent ainsi longuement, pendant que les filles achevaient les préparatifs du départ. Nicolède contemplait la plaine désolée. Déjà, quelques animaux revenaient sur leur territoire. De loin en loin, un brin d'herbe se relevait à la faveur d'un coup de vent.

Le vieux Sage sourit. La végétation ne repousserait qu'à la

saison prochaine, mais la vie reprenait ses droits. Il décida d'y voir un signe de bon augure.

Il tourna de nouveau son regard vers son jeune protégé. Les joues de Lanfeust avaient repris des couleurs. Le garçon rouvrit les yeux.

— Je crois que ça va mieux, dit-il. Enfin, je ne me sens pas très vaillant, mais la douleur est lointaine, comme contenue derrière un mur.

— Parfait, il nous faut partir à présent. On ne peut pas attendre plus longtemps.

Nicolède arrima Lanfeust au bout d'une corde et utilisa le pommeau de la selle comme une poulie. Arc-bouté de toute la puissance de ses vieux muscles, il fit descendre le garçon jusqu'au sol. Cixi et C'Ian l'installèrent ensuite le plus confortablement possible sur la litière de fortune.

Le Sage les rejoignit, le souffle court et le visage encore marqué par l'effort.

— Excellente idée, cette civière, glissa-t-il à Cixi, qui en rosit de satisfaction.

Il saisit la sangle de cuir à l'avant de la litière et la noua autour de ses épaules. Puis, tel un animal de trait, il se mit à avancer, tirant le fragile attelage et soufflant à grand bruit. Les deux filles suivirent en silence, le cœur lourd.

Ils progressèrent ainsi durant deux heures interminables. On n'entendait plus que la respiration haletante de Nicolède et les soupirs de Cixi dont les pieds, gonflés par la chaleur et les piqûres de chardons, la faisaient souffrir. Malgré tout, petit à petit, l'état de Lanfeust semblait s'améliorer :

— Dites, maître Nicolède, pour ma jambe...

— Je ne m'inquiète pas pour ta jambe, souffla le Sage.

C'Ian peut faire des miracles. En revanche, la perte du Pouvoir Absolu me préoccupe. Je ne parviens pas à comprendre...

— Ah, ça, je ne l'ai pas conservé bien longtemps.

— Attends une seconde, nous allons faire une pause. Je suis épuisé !

Nicolède s'assit sur une pierre. Il sortit une gourde, s'aspergea d'un peu d'eau fraîche, puis s'approcha pour faire boire le jeune homme.

— Est-ce que tu peux toujours faire fondre les métaux ?

— Ben, je n'ai pas essayé...

L'apprenti forgeron avala quelques gorgées et s'essuya sur le revers de sa chemise. Il se redressa sur un coude, et fixa un instant la boucle de ceinture de Nicolède. La magie afflua aussitôt en lui, tandis que ses mèches rousses se dressaient vers le ciel.

— Holà, arrête ! protesta le Sage.

Il se frotta le ventre, là où quelques poils avaient roussi.

— Eh bien, on dirait que ton pouvoir est toujours là. Puisqu'il en est ainsi, tout n'est pas perdu. Courage, Eckmül nous attend ! Les Érudits sauront bien répondre à nos questions.

Nicolède fouilla dans sa besace et en sortit de nouveau sa vieille carte de Troy.

— Hum, voyons... Puisque nous n'avons plus de pétaure, nous allons couper par la montagne, dit-il en désignant les reliefs qui obscurcissaient l'horizon.

Cixi se racla ostensiblement la gorge. Elle s'était assise sur un parterre moelleux de truffles aux larges pétales rouges, et arborait une mine renfrognée. Elle se massa la plante des pieds.

— Dis, papa... Si j'ai bien compris, Eckmül est encore

très, très loin d'ici. Et nous n'avons plus de monture. Ni rien à manger. Ni rien à nous mettre – ce qui est presque pire, soit dit en passant. Alors je pose franchement la question : pourquoi ne pas renoncer et rentrer chez nous ? Je n'ai vraiment pas envie de marcher pendant des centaines de lieues !

— Elle n'a pas tort, ajouta Lanfeust. D'autant que moi, je n'ai plus rien à montrer aux Sages.

Nicolède étudiait la carte avec application.

— Qui parle de tout faire à pied ? Regardez, dit-il en faisant courir son doigt sur le tracé d'un sentier. Nous allons traverser ici. Sur l'autre versant, nous arriverons au port de Jaclare. De là, nous n'aurons plus qu'à embarquer pour Eckmül. Si tout va bien, nous serons au Conservatoire dans une semaine ou deux !

Son enthousiasme et sa détermination semblaient inébranlables.

— Fouacre de brotte ! On ne rentre pas chez nous, alors ! gémit Cixi.

De colère, elle écrasa un insecte innocent qui passait à proximité. Le destin est cruel parfois. Surtout avec les insectes innocents, ou les gentils petits escargots. La jeune femme se mit debout et reprit la marche. Elle n'avait de cesse de grommeler et de donner des coups de pied dans les cailloux. C'Ian alla marcher à côté d'elle et la prit par l'épaule :

— C'est toi qui as insisté pour venir, petite sœur. Mais je crois que tu as bien fait. Dans l'autre cas, n'oublie pas que tu serais resté avec Almisuifre...

— C'est bon, n'en rajoute pas !

Nicolède réinstalla son harnachement et cala les extrémités de la civière sous ses aisselles. Il fit quelques exercices de respiration, se força à afficher un sourire jovial et démarra d'un bon pas.

« Et si ça se trouve, songea-t-il, nous allons même survivre à ce voyage. »

Quelques heures plus tard, la petite troupe atteignit enfin les premiers sous-bois. La lumière du jour s'étiolait rapidement sous les feuillages de la forêt. Nicolède se débarrassa de sa charge avec un soupir de soulagement.

— Nous devons abandonner la civière. Elle ne passerait pas dans les broussailles. Lanfeust, il va falloir marcher. Tu t'appuieras sur moi.

Le jeune homme fit la grimace. L'effet de l'onguent commençait à s'estomper et la perspective d'une balade en forêt sur une seule jambe ne suscitait pas chez lui un enthousiasme forcené. Il se leva malgré tout et suivit le rythme.

Pendant une demi-heure, il se concentra de toutes ses forces. Pour tenir, il gardait son regard rivé sur la tache bleutée que faisait la robe de C'Ian. Progressant péniblement, les compagnons atteignirent ainsi la berge d'une large rivière. L'état du jeune homme leur fit renoncer à traverser le cours d'eau. Ils longèrent la rive à la recherche d'un abri. Nicolède était plongé dans ses pensées. Il aida Lanfeust à franchir un buisson de ronces, puis déclara :

— Lanfeust, ton Pouvoir Absolu a été passager. Mais le fait demeure d'une grande importance. Tu dois comparaître devant les Érudits du Conservatoire. J'y ai bien réfléchi : je pense que cette magie ne se manifeste qu'en présence de l'ivoire du Magohamoth.

— Alors nous n'aurions pas dû laisser l'épée au chevalier

Or-Azur, dit le jeune homme. Il aurait fallu au moins conserver la poignée, comme ça...

Il n'acheva pas sa phrase, grimaçant de douleur et d'épuisement. Il continua cependant de marcher. Malgré ses efforts, il faiblissait sur son unique jambe. Il devint évident que, très bientôt, il ne pourrait plus avancer.

— Père, intervint C'Ian, je crois qu'il faut nous arrêter. Cet endroit convient parfaitement, et Lanfeust ne peut pas aller plus loin.

— Tu as raison, ma fille. Nous sommes tous éreintés.

Ils s'arrêtèrent et adossèrent Lanfeust contre un rocher. C'Ian et Nicolède s'installèrent à côté de lui pour le réconforter. Cixi se déchaussa et alla faire quelques pas dans l'eau.

Le soleil était bas, ses derniers rayons frappaient de biais la surface de la rivière. On percevait déjà l'ombre diaphane des trois lunes qui montaient dans le ciel.

— La nuit approche, dit Nicolède. Je pense que nous devrions être en sécurité, maintenant.

Le vieux Sage sortit de sous son ample vêtement une petite gourde qui avait échappé à la rapacité de Sbonthe. Ils se partagèrent quelques lampées de vin gris de Klostope. Jamais breuvage ne leur avait paru plus revigorant !

Nicolède prit une grande inspiration. L'air fleurait bon le bois et la mousse fraîche. Pour la première fois depuis bien des heures, les voyageurs se détendirent. Lanfeust ferma les yeux et soupira, alors que C'Ian posait sa tête contre son épaule. Aucun d'entre eux n'avait remarqué les feuillages qui s'étaient écartés, sur la rive d'en face. Une minuscule trouée d'ombre, où luisaient deux yeux rouges, surmontant une impressionnante mâchoire. Puis le visage s'effaça dans la verdure.

9

Perché sur la plus haute branche d'un arbre, un murne au long bec dentelé observait le ciel. Les nuages y avaient coagulé en longues traînées orange sous les feux du soleil couchant.

Le rapace poussa un croassement et reporta son attention sur ses plumes. Il les lissa en hochant la tête par saccades.

Autour du murne, la canopée ondoyait dans la brise du soir. Le volatile se rafraîchissait les serres dans les vagues nonchalantes d'un océan de verdure, effleuré par une brise tiède aux reflets d'or.

Un être humain aurait sans doute apprécié cet instant. Un rare moment de paix, au milieu de la nature sauvage du monde de Troy. L'oiseau, lui, éprouvait juste une sensation indéfinissable. Il cessa de lisser ses ailes et son cerveau primitif tenta de l'analyser : il décida de la classer parmi les choses agréables. Mais moins agréable, cependant, que la perspective de son dîner proche.

Le rapace darda un œil noir à travers la mer de feuilles pour en percer la surface.

Là, dans les profondeurs des futaies, la mort rôdait. Bientôt, elle aurait accompli son œuvre. Le murne, qui se nourrissait à l'occasion de charognes et de cadavres, n'avait qu'à attendre son tour pour goûter de la viande fraîche.

— Arrhhh !

Un cri de souffrance venait de déchirer la forêt. Le rapace, prudent, s'envola dans un battement de plumes. Il décrivit un large cercle et revint se poser un peu plus loin.

Il fallait être patient. Ces humains, en dessous, semblaient ignorer la présence du monstre qui les suivait. Le murne croassa de plaisir en faisant claquer son long bec : ils paraissaient si primitifs parfois !

Finalement, le rapace se tut et attendit. Il n'y en avait plus pour longtemps.

— J'ai trop mal, gémit Lanfeust. Abandonnez-moi là, je veux mourir. De toute façon, j'entends déjà les cris des charognards qui volent dans le ciel...

Cixi acheva de défaire le bandage du jeune homme.

— Non mais quel douillet, celui-là ! On lui change trois pansements et on l'entend beugler jusqu'à Glinin. Un peu de patience ! C'Ian va s'occuper de toi.

La petite troupe avait installé son campement au pied du gros rocher contre lequel Lanfeust était adossé. L'endroit lui-même n'était pas désagréable. La terre était meuble et tiède. Des saules géants poussaient au bord de la rivière, non loin, et formaient une rassurante palissade de verdure. Quant à leurs branches noueuses, elles traînaient dans l'eau en produisant un clapotis doux et apaisant.

Lanfeust fixa son regard sur le feu de camp. Il préférait ne pas contempler les contours de sa jambe sectionnée. Il ne sentait presque plus l'effet de l'onguent de maître Nicolède et le moindre mouvement était redevenu une torture. Seconde après seconde, il luttait pour ne pas perdre à nouveau connaissance.

— Je crois qu'il n'est vraiment pas bien, dit le vieux Sage en observant ses lèvres exsangues. Cixi, tu ferais mieux de rappeler ta sœur.

C'Ian avait escaladé les premières branches d'un arbre. Le cou tendu, elle guettait la course du soleil et priait pour qu'elle s'achève.

— Hé, sœurette ! cria Cixi. Papa dit qu'il faut se dépêcher de rendre sa jambe à ton fiancé. Où en es-tu ?

— Le soleil a presque disparu, répondit C'Ian en redescendant rapidement. Le crépuscule approche. L'énergie afflue en moi. Tiens bon, mon Lanfeust !

Elle s'agenouilla à côté de lui, tandis que Nicolède soutenait sa tête.

— Tu as mal ? dit-elle.

— Bein... un peu, oui.

— La plaie semble saine. Détends-toi. Bientôt, tu ne sentiras plus rien.

C'Ian écarta les mains. Ses cheveux se dressèrent vers le ciel tandis que son corps s'éclairait d'une aura bleutée.

— Ça y est ! s'écria Nicolède.

— Vite ! ajouta la jeune femme. Commençons par les os...

Lanfeust écarquilla les yeux, soudain réveillé.

— Comment ça, les os ? Euh, finalement, on ne peut pas remettre ça à plus tard ? Je me sens mieux, là...

— Tais-toi, amour, dit C'Ian sur un ton à la fois ferme et rassurant. Il faut te soigner, cela ne va pas te faire mal. Enfin, pas trop.

Un nuage de magie évanescente apparut entre les mains de la jeune femme. Les volutes bleutées s'enroulèrent autour du genou de Lanfeust et descendirent selon deux lignes parfaites. Tibia et péroné apparurent, bientôt suivis par l'engrenage complexe de la cheville et du pied.

Le jeune homme ne ressentait pas grand-chose, mais il préféra fermer les yeux et serrer les dents.

— Tendons et fibres, maintenant, ordonna C'Ian en se concentrant.

Des gouttes bleutées tombèrent sur les os à peine formés. Elles bourgeonnèrent et donnèrent naissance à des masses rougeâtres et striées. Les chairs vinrent s'attacher en quelques secondes à des centaines de points d'ancrage osseux. Puis elles se resserrèrent jusqu'à se tendre comme des câbles d'acier.

Lanfeust poussa un grognement.

— Le plus pénible, enfin...

Les pédicules des veines et des artères apparurent, s'enfonçant comme des serpents à travers la jambe. Lanfeust hurla au moment où ses nerfs se reconstituaient, propageant à nouveau les sensations douloureuses.

— Courage, mon amour, c'est presque fini, dit C'Ian, le visage crispé.

Une peau rosée recouvrit la jambe peu à peu, et la lueur de la magie se dissipa.

La jeune femme passa une main sur le front glacé de son fiancé. Il était trempé de sueur, mais sa terrible pâleur avait disparu. Lanfeust jura, rit et termina le tout par une quinte affreuse. Puis il s'essuya la bouche. Quand il retira sa main, la souffrance sur son visage avait été remplacée par un sourire.

— Eh bien, dit le jeune homme, je ne recommencerais pas ça tous les jours !

Pendant que C'Ian et son père s'occupaient de Lanfeust, Cixi avait décidé de se mettre en quête de branches mortes pour alimenter le feu. Une marmite y mijotait déjà. C'était le seul ustensile que Cixi avait réussi à sauver de la carcasse du pétaure, et elle n'en était pas peu fière. Grâce à elle, tout le monde goûterait ce soir une bonne soupe fumante.

Elle alla fouiller du côté des saules géants et choisit quelques débris d'écorce parmi les plus secs. Elle constitua un semblant de fagot. Une appétissante odeur commençait à monter dans l'air du soir. La jeune femme s'apprêtait à revenir près du feu, mais elle dut s'arrêter pour écarter un insecte qui dansait devant ses mèches brunes. Son regard s'attarda sur la rive opposée.

Elle hurla.

Le fagot dégringola à ses pieds dans un craquement sinistre. Nicolède bondit aussitôt vers elle.

— Ma fille ! Qu'y a-t-il ?

— Là ! montra Cixi.

Nicolède fronça les sourcils. Sa fille désignait un point situé entre les arbres, sur l'autre berge. Mais lui ne voyait rien. Puis, ce qu'il avait tout d'abord pris pour un gros rocher se détacha à la lueur des flammes. Nicolède se dit alors que les rochers possédaient rarement autant de poils.

La chose bougea un pied, puis un autre, et se mit à avancer.

Les yeux du Sage s'agrandirent. À l'évidence, le comportement de ce rocher était de plus en plus inhabituel. Sans compter que la plupart des grosses pierres n'avaient pas de pieds. Ni les petites non plus, d'ailleurs.

La chose arriva au bord de l'eau et se tint dans la lueur des lunes. Nicolède fut soulagé de comprendre son erreur. Un véritable rocher n'aurait pas non plus possédé deux yeux rouges, ni une mâchoire aussi immense, hahaha !

En revanche, un troll, si.

— Grands dieux du Darshan..., murmura le Sage, les yeux écarquillés.

La monstrueuse créature faisait plus de cinq coudées de haut. Une montagne de muscles, bardée de colifichets et de trophées. Il tenait à la main une énorme masse reliée à son poignet par une lourde chaîne. Ses yeux rouges scintillaient comme des braises dans la nuit.

— BRRRAAOORRGGGG !

Le hurlement transperça la forêt et glaça le sang de toutes les créatures vivantes à des lieues à la ronde. Les deux jeunes femmes se figèrent. Le troll était sans nul doute la créature la plus terrifiante qu'elles aient jamais vue.

Le monstre continua de gronder en découvrant ses gencives. Un filet de bave se mit à couler le long de ses crocs, et tomba sur les galets.

— Je ne veux pas vous affoler, dit Lanfeust, toujours adossé à son rocher, mais cette bestiole a l'air affamée. Il faudrait peut-être songer à un plan d'évasion, non ?

Aucun de ses trois compagnons ne parvint à lui répondre. La vision du monstre semblait leur avoir ôté toute volonté.

Le troll les considéra un à un, en se passant une main sur le ventre, puis se mit à marteler la berge boueuse avec sa masse. Il émanait de lui une incroyable puissance. La vibration des chocs sourds dessinait de petits cercles à la surface de la rivière.

Cixi se cramponna à son père.

— Il... Il va attaquer ? murmura-t-elle d'une voix blanche.

— Je ne sais pas, répondit Nicolède. Pour cela, il faudrait qu'il trouve le courage de traverser l'eau. Par chance pour nous, il en a absolument horreur.

— Et pourquoi donc ?

— Ça pourrait le laver.

Le troll scrutait le groupe en faisant des allers et retours au bord de la rivière. Même à cette distance, on pouvait percevoir son odeur particulière : une sorte de mélange de musc, de cadavre séché et de fauve faisandé. Une poignée de mouches bourdonnait d'ailleurs au-dessus de sa tête.

Lanfeust se redressa sur ses jambes, heureux de sentir qu'elles étaient de nouveau au nombre de deux. Il ne se faisait aucune illusion sur ses chances d'affronter un monstre pareil. Pour l'instant, c'était plutôt sa capacité à courir qui l'intéressait.

Il testa sa nouvelle jambe du bout des doigts : elle était comme neuve. Il la fléchit et l'étendit plusieurs fois sans éprouver de difficulté. Il sauta alors à pieds joints. Il ne se sentait même pas fatigué.

« Quelle merveille ! songea-t-il. Le pouvoir de C'Ian est véritablement miraculeux ! Juste un peu douloureux. »

— Si seulement nous pouvions le retourner..., dit Nicolède.

— Retourner qui donc ? répondit Lanfeust en retombant sur ses pieds.

— Le troll.

— Ah ? Je ne savais pas que les trolls étaient moins dangereux de dos.

— Ce n'est pas ce que je voulais dire, répondit le Sage. Je parle d'un enchantement. Un sortilège de retournement. Sous son influence, un troll peut devenir une agréable créature et un gai compagnon.

Lanfeust se demanda si Nicolède ne se trompait pas de créature. Même en examinant très attentivement la masse de muscles et de dents qui beuglait de l'autre côté de la rivière, on avait du mal à imaginer un gai compagnon.

— Vous... seriez capable d'un tel prodige ? demanda le jeune homme.

— Naturellement. Je suis un Sage d'Eckmül, tout de même ! Il s'agit d'un travail très simple. Mais pour le réaliser, il me faut un sujet immobile pendant trois ou quatre minutes.

Sur l'autre berge, le troll s'était arrêté comme pour écouter la conversation. Il cassa négligemment le tronc d'un arbre entre deux doigts et entreprit de se curer les dents avec. Il souriait d'un air goguenard.

— Bien sûr, reprit Nicolède, dans le cas présent, l'immobilisation risque de poser un problème.

Lanfeust regarda la rivière. Puis le troll. Puis la rivière encore. Une intense réflexion déformait son visage.

— Un sujet qui se tienne tranquille, hein ? Donnez-moi une seconde. Je vais vous trouver ça.

Lanfeust s'avança au bord de l'eau.

— Mais où vas-tu ? demanda C'Ian, inquiète.

Le jeune homme ne répondit pas et s'adressa au troll :

— Hé, toi ! lança-t-il dans sa direction.

Le monstre redoubla de coups sur la grève. Ses yeux s'étaient plissés en deux minces fentes braquées sur Lanfeust.

— Ouais, toi, gros tas puant ! Alors, lopette, on a peur de l'eau ?

— Mais arrête, Lanfeust ! Tu es devenu complètement fou ? s'exclamèrent les deux sœurs en chœur.

— Laissez, les filles, je sais ce que je fais.

Lanfeust attrapa chacune d'elles par un bras qu'il brandit bien haut.

— Alors tas de boue ! Je t'offre deux belles pucelles et tu crains une flaque ? T'es pas un homme... heu, un troll, ou quoi ?

Le troll cessa de taper et fit des yeux ronds. Puis il fronça les sourcils. Ses naseaux s'élargirent et il souffla bruyamment.

Lanfeust se tourna et fit mine de s'en aller.

— D'accord, cria-t-il par-dessus son épaule, laissons tomber, les filles. De toute façon, ce troll est complètement impuissant.

— GGRRWWWAARRRRR ! ! !

Le souffle fétide fit pencher la plupart des buissons ainsi que quelques arbustes. Le sol se mit à trembler. Le bruit évoquait celui de rochers dévalant les profondeurs d'un torrent : le troll s'était finalement décidé à traverser la rivière. Cixi se prépara à grimper à un arbre.

— Ça y est, il attaque, bredouilla-t-elle.

— Lanfeust ! Il va nous dévorer ! s'écria C'Ian.

Le troll avait déjà atteint le milieu de la rivière. Il était trempé jusqu'à la taille, ce qui sembla le rendre encore plus furieux. Nicolède restait campé sur ses deux jambes, les dents serrées, le regard fixé sur Lanfeust. Puis un sourire gagna le coin de ses lèvres :

— Je crois que je commence à comprendre ton idée ! Pas bête du tout, ça !

Le jeune homme s'agita :

— Attention... Cixi, tiens-toi prête...

— Mais prête à quoi ? Il est presque à la moitié de la rivière ! On est fichus !

Lanfeust ne quittait pas le monstre des yeux. Traversant avec répugnance, la créature franchissait la partie la plus profonde. L'eau atteignait presque sa poitrine. Lanfeust frémit : c'était le moment.

— Cixi ! À toi maintenant ! Gèle l'eau ! s'écria-t-il.

— Que je... Oh !

Comprenant en un éclair, elle braqua son regard sur l'eau autour du troll et envoya la plus magistrale décharge de magie dont elle était capable. Une onde de choc traversa la rivière. La surface mouvante se figea en mille particules argentées. Un son puissant envahit la nuit : le grincement profond et caverneux de la coque de glace en train de se former.

Piégé, le troll comprit immédiatement ce qui lui arrivait. Sentant contre lui l'eau se solidifier, il faisait des mouvements désordonnés et violents pour tenter de s'en extraire. Il abattit de toutes ses forces son arme sur la rivière, faisant voler des échardes de givre. Mais le processus se poursuivait inexorablement. Le troll frappa à nouveau, fou de rage. Las ! Le pouvoir de la jeune fille était trop puissant. La gangue de glace se refermait déjà autour de lui.

Le monstre laissa échapper un hurlement de colère et de dépit. Enfoncé jusqu'à la poitrine, il était prisonnier d'une masse gelée qu'il ne pouvait réduire en miettes malgré son incroyable puissance.

Le troll était vaincu.

— On l'a eu ! s'écria Lanfeust en dansant une gigue de victoire. Et maintenant je vais achever cet horrible monstre ! Regarde, C'Ian !

Il s'élança, l'épée au clair, un sourire carnassier aux lèvres.

— Lanfeust, non ! cria Nicolède.

Mais le jeune homme était déjà parti.

— Ne t'inquiète pas, papa, dit Cixi, je te l'arrête.

Alors qu'il avait progressé de quelques pas sur l'eau gelée, un cercle fondit juste sous les pieds du jeune homme. Il patina quelques instants sur place et s'effondra à travers la glace dans un plongeon retentissant.

— Ha ! C'est froid ! s'écria Lanfeust en émergeant. La peste ! Deux fois qu'elle me joue le même tour. C'est aa..., c'est aaaa...

— Amusant ? suggéra Cixi, un sourire en coin. Admirable ? 'Achement bien fait ? Alambiqué ? Andouille, peut-être ?

— C'est aaaatcha !... C'est ASSEZ !

Nicolède s'approcha en veillant à conserver son équilibre et aida le jeune homme à sortir de l'eau.

— Je comprends ton agacement, Lanfeust. D'autant que Cixi semble prendre beaucoup de plaisir à t'asticoter. Mais tu dois réaliser que capturer un troll vivant représente pour nous une chance inestimable. Il faut absolument en profiter pour l'enchanter. Une fois à notre service, il pourra considérablement faciliter notre voyage.

Pendant que Lanfeust reprenait pied sur la glace, Nicolède sortit de son sac une courte branche d'if durcie à la flamme.

Elle était gravée de runes anciennes sur toute sa longueur. Le Sage s'empara d'un petit pot de terre cuite et fit sauter le sceau qui en ornait le goulot. Il trempa la branche dans le pot et la ressortit imbibée d'un liquide rougeâtre. Il considéra son aspect et déclara :

— Attention, écartez-vous tous, je vais commencer.

Il peignit sur la glace une première série de signes cabalistiques. Puis il entreprit de faire le tour du troll, en poursuivant un entrelacs complexe de figures écarlates.

Le monstre le regarda procéder en poussant des grognements menaçants. Il fit même claquer sa terrible mâchoire une ou deux fois, mais l'exercice était de pure forme. Il était bel et bien prisonnier. Le Sage continua de graver ses runes, en prenant tout de même la précaution de se tenir à une distance un peu plus respectable. Il entama une mélopée gutturale et alluma trois petits braseros d'encens.

L'ouvrage achevé, Nicolède assouplit ses chevilles. Il se préparait pour cette danse rituelle, assez surprenante, qui accompagne nombre d'enchantements majeurs[1].

— Bien, je vois que vous êtes occupé, je vous laisse, maître Nicolède. J'ai un peu froid, dit Lanfeust à travers ses lèvres bleuies.

Alors que le vieux Sage entamait sa ronde frénétique en psalmodiant des formules incompréhensibles, le garçon se dirigea vers la berge. Grelottant et se tenant les côtes, il alla se planter près du feu.

C'Ian était occupée à défaire les cheveux de Cixi, entremêlés dans le feuillage d'un saule.

---

1. À vrai dire, cette danse n'est pas toujours complètement indispensable. Mais elle aide le Sage à parvenir au point de concentration nécessaire. Par ailleurs, ça fait un peu de spectacle, ce qui n'est pas à négliger lorsqu'on pratique une profession où un minimum de représentation est souvent nécessaire.

— Aïe ! Ça tire ! C'est horripilant, ces cheveux qui se dressent chaque fois que nous utilisons notre pouvoir.

— Il suffit de faire attention, répliqua C'Ian. Et cesse donc de bouger où l'on n'y arrivera jamais. Quant à toi, Lanfeust tu ferais mieux de te déshabiller et te sécher près du feu.

Lanfeust s'approcha des flammes, tandis que Cixi arrachait elle-même ses dernières mèches. Elle se tourna vers le jeune homme :

— Oh ! Regardez-moi ce pauvre garçon. Il est tout trempé.

Avant que Lanfeust ait eu le temps de répliquer, elle avait franchi la distance les séparant d'un simple bond. Elle se retrouva à genoux devant lui, en train de défaire son pantalon.

— Attends, mon grand. Je vais t'aider. Tes petites mains doivent être toutes gelées et rabougries. Comme le reste, d'ailleurs.

C'Ian se campa à côté d'elle et lui tapota l'épaule.

— Dis donc, Cixi, je crois que *mon* fiancé y arrivera tout seul, non ? Parce que, tu sais, Lanfeust est *mon* fiancé. À *moi*, tu vois ? Quant à toi, grand benêt, j'aimerais que tu évites de prendre cet air ravi dès qu'une fille vient t'aider à enlever ton pantalon !

— Euh... oui, sûrement, bien sûr, comme tu veux, ma chérie, articula Lanfeust avec prudence.

C'Ian leva les yeux au ciel : on aurait pu croire que son inépuisable patience approchait de ses limites. Pourtant, elle se contenta de respirer un grand coup, de se masser le coin des yeux entre le pouce et l'index, et un sourire bienveillant revint illuminer son beau visage.

— Ce n'est rien, mon chéri.

— Pfff ! railla Cixi. Il n'y a pas moyen de se dérider, ici. J'espère que le troll enchanté sera plus rigolo que vous.

— RIGOLO, MOI ? !

La voix caverneuse, grave et profonde, avait fait sursauter les trois jeunes gens. Une ombre énorme s'avançait sur eux. Le troll alla droit sur Cixi, leva une gigantesque patte griffue et... exécuta une parfaite révérence à ses pieds.

— Je vous présente Hébus, le troll, dit Nicolède.

— Je suis enchanté, précisa celui-ci sur un ton d'une exquise politesse.

Les compagnons se regardèrent, incrédules.

— Heu, nous de même, répondit C'Ian en rompant le silence. Voulez-vous... Voulez-vous partager notre souper ?

Elle désigna la marmite qui mijotait sur le feu.

— Volontiers, merci, répondit le troll. À vrai dire, je meurs de faim. Je comptais sur vous pour le dîner et voilà que la situation a fâcheusement tourné à mon désavantage. Pourtant, mon estomac gargouille toujours !

C'Ian avala sa salive une ou deux fois et reprit son sang-froid.

— Oh, je suis sincèrement navrée pour vous ! dit-elle. La déception doit être terrible ! Vraiment, servez-vous sans façon.

— Ah ? Très bien, merci.

Le monstre attrapa la marmite brûlante à pleines mains, et en trois coups de glotte engloutit l'intégralité du ragoût. Il avait avalé pêle-mêle les morceaux de viande fumée, les légumes et les racines épicées. Il éructa d'aise.

— BRÖOOT... 'Scuzez... Ah, votre en-cas, ça requinque ! Permettez-moi à mon tour d'aller vous chercher un petit quelque chose à grignoter... Je reviens.

Le troll s'éloigna dans la forêt.

— Eh bien, fit Lanfeust en considérant la marmite broyée et abandonnée à terre. Quel changement !

C'Ian ne semblait qu'à moitié rassurée.

— Père, demanda-t-elle, es-tu sûr que nous pouvons faire confiance à cette créature ?

— En théorie, l'enchantement dure plusieurs mois. Mais on dit que sous le coup d'une vive émotion, le plus parfait des serviteurs peut redevenir une redoutable bête féroce.

— En tout cas, fit remarquer Cixi, il est assez civilisé pour porter un pagne. Je ne suis absolument pas arrivée à voir son...

Elle ne put achever sa phrase car Hébus revint à cet instant précis. Il portait un ruminant sur le dos. Il abattit la carcasse sanglante aux pieds du groupe.

— J'ai trouvé ça. Vous le préférez cuit ou cru ?

— Déjà ! dit C'Ian. Eh bien, plutôt cuit je suppose, précisa-t-elle avec un frisson.

— Parfait, je vous le dépèce.

— Gardez-moi un beau morceau de cuir, dit Nicolède. Je dois confectionner une nouvelle botte pour Lanfeust.

La soirée était déjà bien avancée lorsque les compagnons achevèrent leur dîner. Chacun se préparait à passer la nuit le plus confortablement possible. C'Ian était déjà endormie sur un lit de mousse. À côté d'elle, Hébus et Cixi contemplaient les étoiles, allongés sur une roche plate. Lanfeust surveillait le feu qui ronflait doucement.

Nicolède fouilla dans son sac et ressortit sa carte. Il ajusta son monocle.

— Comme je le pensais, le port de Jaclare n'est qu'à quelques jours de marche à travers les Monts Sombres.

— Pourquoi ne pas avoir choisi cet itinéraire tout de suite ? dit Lanfeust en se curant les dents avec un bout d'os.

— Je préférais remonter le fleuve à dos de pétaure. Ces montagnes sont peu sûres. Elles abritent de redoutables prédateurs et sont infestées de canailles.

— Des bandits dans le même, heu, genre physique que ce Sbonthe du Delta Bileux ? dit Cixi, dont l'œil venait de s'allumer.

— Non, bien pire que lui : des Sans-Magie qui ont préféré s'exiler dans les forêts et vivre de rapines. En temps normal, aucun voyageur sensé ne passerait par ici. Mais avec un garde du corps comme Hébus, les choses sont différentes.

— Huk ! Huk ! Huk ! Ça c'est vrai ! ricana le troll. Avec moi, c'est pour les bandits que les montagnes deviennent peu sûres.

Cixi se tourna vers le monstre.

— On discute, on discute, mais nous oublions les bonnes manières. Nous avons un invité, tout de même. Parlez-nous un peu de vous, Hébus. Mmmm, vous êtes marié ?

— Hélas ! J'ai connu une fougueuse compagne. Mais je l'ai dévorée un jour de colère.

— Vous... Vous avez fait ça !

— Vous savez, douce Cixi, sans les enchantements de votre père, je vous croquerais comme un biscuit apéritif.

La jeune femme déglutit et se tourna de l'autre côté, le regard épouvanté. Elle rampa discrètement quelques pouces plus loin, et tenta de s'assoupir.

Hébus adressa un clin d'œil à Lanfeust, qui riait silencieusement.

Le jeune homme écrasa une bûche ou deux pour atténuer les flammes, et se prépara également à s'endormir. Il retira ses bottes, roula en boule une couverture sous sa tête, et jeta un dernier regard à la splendide voûte étoilée. Il ferma les yeux. Tandis que le sommeil le gagnait, il songea que la compagnie de ce monstre risquait de s'avérer fort intéressante, finalement. Puis il plongea dans les ténèbres.

Quelques minutes plus tard, le feu n'était pas seul à ronfler.

La rencontre avec Hébus avait marqué une sorte de changement au sein de la petite troupe. Sans que les compagnons ne se soient concertés, une ambiance de joyeuse insouciance semblait revenue. Le fait que Lanfeust et ses amis soient protégés par un troll monstrueux armé jusqu'aux dents avait peut-être quelque chose à voir avec ce sentiment soudain. Mais pour l'instant, personne n'avait vraiment envie d'y songer.

La journée avait bien commencé, le soleil brillait, les collines verdoyaient et Cixi avait cessé de râler. La raison en était simple : elle n'avait plus mal aux pieds. Et pour cause, cela faisait deux bonnes heures que Hébus la transportait sur ses épaules. Au début, elle était montée dessus avec défiance, et aussi pour le taquiner. Puis elle avait trouvé ça confortable et elle n'était finalement pas redescendue.

Les compagnons avaient poursuivi à travers la forêt pour suivre l'élévation progressive du paysage, et atteignaient maintenant les premiers reliefs montagneux. Les plaines de Souardie n'étaient plus qu'un souvenir. À présent, le sentier serpentait entre les souches et les blocs de pierres recouverts par la mousse. Les forêts étaient devenues plus denses tandis que les fralétuviers aux racines démesurées étaient remplacés par des massifs de conifères et des bosquets de pins-berceaux. De loin en loin, des roches de basalte noires affleuraient entre les rares clairières plantées d'herbes grasses. Les parfums eux-mêmes se modifiaient, l'air s'emplissait de délicates fragrances fleuries et de nombreuses guêpes à miel bourdonnaient dans les arbres.

Si l'on en croyait les cartes du vieux Sage, il ne faudrait pas plus de quelques jours pour longer les hauts plateaux puis redescendre au sud vers le port de Jaclare. De là, les compagnons pourraient embarquer sur un cotre marchand et naviguer jusqu'à Eckmül... Si tout se déroulait sans problème. Car les Monts Sombres – qui tiraient surtout leur nom de leur concentration en roches basaltiques – étaient réputés pour être un véritable coupe-gorge.

Jusqu'à présent, cependant, le trajet s'était déroulé sans incident. Les seuls dangers auxquels les cinq compagnons avaient dû faire face étaient les morsures d'un soleil au zénith et les piqûres de quelques plantes urticantes...

La petite troupe s'étirait sur une centaine de pas. Devant marchaient les deux jeunes femmes. Cixi avait rejoint sa sœur pour débattre de leurs accoutrements respectifs : s'ils étaient adaptés pour un voyage à dos de pétaure, disaient-elles, ils paraissaient d'un choix plus discutable pour ce genre d'expédition. Bras dessus, bras dessous, elles devisaient ainsi de choses aussi essentielles que les avantages des sous-vêtements en dentelle, ou de l'incorrigible tendance du feuillage à ne pas s'accorder avec la couleur de leurs yeux.

En arrière, Nicolède, chaussé d'une paire de loupes-bésicles, papillonnait d'un bord à l'autre du sentier. Il s'arrêtait sans cesse, émerveillé par le moindre caillou, la moindre fleur. Il noircissait des pages de carnets avec des croquis et des notes illisibles, tout en marmonnant de mystérieux noms à rallonge dans une langue obscure mais néanmoins scientifique[1].

Enfin, fermant la marche, Lanfeust cheminait dans l'ombre de leur nouveau compagnon. Du coin de l'œil, il observait en silence cet être étrange à l'odeur forte, entouré d'une nuée de mouches. Le troll, lui, ne semblait pas porter attention à l'attention qu'on lui portait. Il affichait un enthousiasme sans faille et goûtait aux joies de cette expédition au grand air. Il faut dire qu'un enchantement, ça change son homm... heu, son troll. Il se tenait un peu plus droit qu'à l'accoutumée, souriait de toutes ses dents et parvenait même à oublier les grondements de protestation que sa nature sauvage émettait.

Lanfeust rompit soudain le silence :

— Dites, hem, Hébus ?

— Tu peux me tutoyer, tu sais. En dépit de ta pilosité défectueuse, je reste le monstre et toi le maître. Sauf si tu m'autorises à te massacrer. Je me ferais alors un plaisir de t'obéir, ajouta-t-il en refermant la main sur le manche de sa masse incrustée de fragments minéraux.

— Je me demandais... Ça te fait quoi d'être avec nous ?

Le troll jeta son arme sur l'épaule d'un geste désinvolte et reprit d'un ton léger :

— Pas grand-chose, à vrai dire. J'ai juste la désagréable impression d'être le gardien d'un troupeau que je rêverais de dévorer.

---

1. Selon une étude du Conservatoire, un nom scientifique se doit toujours d'être obscur et à rallonge. Ça rend le Sage crédible, et ça permet de dire plein de trucs d'un air intelligent. Il faut reconnaître que « Placez-vous en décubitus dorsal, que j'ausculte votre fondement », ça en jette quand même plus que « Mets-toi sur le dos, faut que j'te palpe les hémorroïdes. »

Lanfeust fixa la créature avec un mélange de méfiance et d'amusement. Il demanda, espiègle :

— Dis, l'organe le plus développé chez le troll, c'est l'estomac ?

— Pour ce qui est de l'intérieur, certainement.

— Hé ! J'ai faim moi !

Le cri avait résonné comme un coup de tonnerre. Une nuée d'insectes se dispersa, effrayée, tandis qu'un couple de rougelets s'envola vers l'azur. Cixi s'était plantée au milieu du chemin, les bras croisés sur sa poitrine[1]. Elle affichait une mine renfrognée tandis que sa sœur, visiblement fatiguée, approuvait en silence.

— Dans « promenade digestive » il y a le mot « digestive », insista-t-elle en fixant les garçons. Et là, j'ai comme l'impression qu'on a sauté une étape.

— Ça, c'est parler ! acquiesça Hébus.

Nicolède avait fini par interrompre son manège. Il leva la tête, évitant de justesse une collision avec sa fille. Il s'arrêta, déplaça de quelques millipouces ses bésicles et regarda Cixi. Il ne disait mot, mais fixait alternativement la lippe contrariée de celle-ci et un florissant mangrousier, à l'arrière-plan, d'une variété rare et passionnante.

— Cet endroit m'a l'air idéal pour déjeuner ! Je vais aller chercher un peu de bois pour faire un feu. Pendant ce temps, C'Ian, Cixi, vous allez nous aménager un petit coin douillet. Quant à toi, Lanfeust, tu vas suivre notre nouveau compagnon. Je suis certain qu'Hébus va nous dénicher quelque chose à manger dans les environs. N'est-ce pas ?

---

1. Ou plutôt, « les bras croisés *sous* sa poitrine ». Parce que les filles savent bien qu'en croisant en dessous, on peut provoquer des effets de remontée assez fascinants pour les garçons.

— Pour sûr ! déclara Hébus en mimant un maladroit garde-à-vous.

Il singeait le sergent d'une patrouille qu'il avait jadis observée juste avant de la décimer. D'ailleurs, à l'époque, il s'était un peu trop précipité, dévorant les cinq hommes sans prendre la peine de les désarmer. Depuis, les soirs de pleines lunes, il sentait encore la boucle de ceinturon du sergent qu'il avait du mal à digérer et qui était restée coincée quelque part. Bah, à la longue, ses sucs gastriques finiraient bien par avoir raison de l'acier !

Hébus fit tinter la chaîne de son poignet, flatta sa masse du plat de la main et se tourna vers Lanfeust.

— Allez, on y va, je vais te montrer comment chasse un véritable troll !

Il asséna une formidable tape dans le dos de l'apprenti forgeron, puis s'enfonça sans hésitation dans un buisson épineux. Lanfeust, pour sa part, avait pris une avance notable grâce à cette propulsion inopinée. Hébus le récupéra quelques dizaines de coudées plus loin, empêtré dans un lacis de lianes. Nicolède les regarda disparaître dans la végétation puis se tourna vers ses filles.

— Ils ne vont certainement pas tarder à revenir, hâtons-nous de préparer un campement acceptable.

Cixi inspecta les abords à la recherche de baies ou de fruits comestibles, tandis que C'Ian dégageait du pied quelques branches mortes pour révéler un confortable tapis d'aiguilles. Nicolède déposa dessus un carré de tissu en guise de nappe, et il s'installa pour patienter.

La forêt se taisait. Chaque branche, chaque feuille semblait retenir son souffle au passage du carnassier. Hébus avançait avec une remarquable agilité, foulant les brindilles sèches, évitant de rompre les branches basses. Il se fondait avec la végétation. Ses pieds se posaient avec précision, là où il fallait. Et surtout ne se posaient pas là où il ne le fallait pas.

Lanfeust tentait, tant bien que mal, de suivre le troll. Il restait coi d'admiration devant ce surprenant compagnon. Décidément, les trolls étaient bien autre chose que ces bêtes féroces qui peuplaient les contes de son enfance. Ils faisaient preuve d'une remarquable intelligence et d'un instinct prédateur à toute épreuve. Il songea qu'il valait mieux l'avoir de son côté.

Hébus, tous sens en éveil, s'arrêtait de temps à autre pour examiner une trace, se baissait pour humer une piste puis repartait, sûr de lui. Il observait d'un œil vif, remarquait le moindre fragment d'indice. Ils progressèrent ainsi durant de longues minutes et Lanfeust perdit toute notion d'orientation.

Soudain, le troll se figea. Il désigna la trouée d'une petite clairière qui s'ouvrait à quelques coudées devant eux. Au centre, une curieuse créature se prélassait dans une flaque de boue et poussait de petits grognements de satisfaction.

— Là ! Un loubrik ! souffla-t-il.

La créature recouverte d'un affreux pelage noir et ras faisait rouler sa masse rebondie pour se frotter le dos contre une racine. Ses quatre courtes pattes vibraient de plaisir tandis que son mufle évoquant une trompe tronquée produisait de petits bruits. De part et d'autre de la mâchoire, d'impressionnantes incisives formaient deux défenses aiguisées.

Hébus se tourna vers Lanfeust et chuchota ses instructions :

— Bon, puisque tu es avec moi, on va faire simple. Tu

vas t'avancer dans la clairière tandis que je le contournerai pour le rabattre vers toi.

— Hein ?

— Toi aller devant et moi derrière. Ça y en être clair ?

— Oh ! Ça va, j'avais compris, je me demandais juste pourquoi je devais m'exposer et pas toi.

— Parce que c'est moi l'expert, conclut Hébus d'un ton sans appel.

Il allait s'élancer, mais se reprit. Il tendit le bras et arracha une fleur maculée de terre qu'il tendit au jeune homme :

— Attends, tu empestes le paysan glabre, tu vas le faire fuir. Frotte-toi avec ça, c'est de la spareille. C'est sale mais ça masquera ton odeur et le bestiau ne se méfiera pas tout de suite.

Un peu réticent, Lanfeust le regarda, un sourcil levé en signe de doute.

— Et pourquoi tu ne fais pas la même chose ? demanda-t-il.

Hébus désigna son pelage peu ragoûtant d'un air désolé.

— Y'a rien qui puisse masquer mon odeur.

Le troll plongea dans les buissons qui encerclaient la clairière, et les contourna en quelques instants. Parvenu de l'autre côté, il adressa un signe discret au jeune homme. Le loubrik n'avait même pas levé la tête, il ne se doutait de rien. Lanfeust émergea de sa cachette. Il se demanda si cette tactique ne manquait pas un peu de subtilité. Tout cela paraissait trop simple. Est-ce que le troll lui avait caché quelque chose ?

Il n'eut que le temps d'apercevoir une forme se jeter sur lui. Par pur réflexe, il se plaqua à terre. Quelques secondes plus tard, il étouffait à moitié, écrasé par les quelques centaines de livres du loubrik obèse qui lui labourait le dos. La bête approcha son mufle. Lanfeust pouvait sentir son haleine fétide dans le cou. Le monstre ouvrit une gueule démesurée, hérissée de dents acérées. Le jeune homme voulut se débattre mais la masse pesante du loubrik entravait le moindre de ses mouvements. Lanfeust ne voulait pas finir comme ça, dévoré par une bestiole affreuse au beau milieu d'une forêt malfamée !

Soudain, il sentit le contact râpeux d'une langue qui le léchait affectueusement. Affectueusement ?

— Hébus, fais quelque chose ! hurla Lanfeust, immobilisé.

Le loubrik se frottait maintenant contre lui avec une langueur équivoque. Il manifestait sa joie en maculant le jeune homme de longs filets de bave. Désinvolte, Hébus s'approcha pour contempler la scène.

— Huk ! Huk ! Ne bouge pas, le loubrik semble te trouver à son goût... Ces créatures raffolent du parfum des spareilles, ça leur rappelle l'odeur de leur femelle pendant la saison des amours.

— Quoi ? ! ?

— Allez, arrête de te tortiller, tu l'excites encore plus ! Je vais l'assommer...

— Dépêche-toi !

La tête du loubrik explosa dans un affreux craquement. Lanfeust se releva, maculé de la tête aux pieds de boue et de sang. Il balança un terrible coup de poing vengeur dans les côtes du troll qui s'en rendit à peine compte. Le troll s'amusait encore de la tête de Lanfeust. Il chargea la dépouille de leur proie sur ses épaules et reprit la direction du campement.

Rouge de colère, Lanfeust fulminait.

— Déshonoré, je suis déshonoré !

— Meuh non, tout juste un peu boueux.

— Ouais, ben on voit bien que tu n'étais pas dessous !

— Huk ! Huk ! Huk !

— Et pas un mot de tout cela aux filles, bien évidemment !

— Bien évidemment, foie de bois, foie de fer, si je mens, j'me lave dans la rivière ! conclut Hébus en crachant sur un arbrisseau fleuri.

Quelques secondes plus tard, la pauvre plante s'étiolait, asphyxiée.

Le retour des deux amis au campement fut salué par des cris d'allégresse. Le loubrik fut rapidement dépecé et vidé, puis mis à rôtir. Les sourires forcés de Lanfeust s'effacèrent rapidement devant la bonne odeur de viande grillé. D'autant que les filles avaient déniché une variété de blonkasses sauvages dont la chair s'avérait délicieuse. Hébus enroba sa part d'une pulpe de gros vers blancs pour lui donner un goût caramélisé, et tout le monde fit un excellent repas. Après quoi, les compagnons se remirent en route sans presser le pas.

Il restait encore plusieurs jours avant d'attendre Jaclare, et les bois étaient pleins de loubriks.

10

Quatre mille trois cent vingt minutes dans la forêt vierge ! Cet endroit horrible avec des bois inextricables ! Et rempli de plantes vertes, en plus ! Ce truc sans rues, sans auberges, sans échoppes, sans matelas de plumes et sans rien à acheter ! Quatre mille trois cent vingt minutes à affronter les ronces perfides, à se tordre les chevilles sur les chemins boueux, à supporter les effluves musqués d'un troll ! Telles étaient les pensées qui s'agitaient sous la brune chevelure de Cixi tandis que s'écoulait la quatre mille trois cent vingtième minute de son calvaire.

Depuis que la petite troupe avait quitté les abords sereins de la rivière, trois jours plus tôt[1], la bonne humeur de la jeune

1. Ce qui fait exactement quatre mille trois cent vingt minutes.

femme s'était peu à peu évanouie, et elle s'était remise à pester. Cixi aurait fait n'importe quoi pour revoir la civilisation. Même la chair savoureuse des loubriks qu'Hébus ramenait tous les jours commençait à l'insupporter. Mais comme personne ne semblait prêter attention à ses mouvements d'humeur, elle employait maintenant une tactique différente : elle marchait en arrière, traînait les pieds et répétait inlassablement d'une voix morne « Dis, papa, c'est encore loin Jaclare ? »

Au début, chacun tenta de l'égayer. Hébus osa même quelques plaisanteries galantes à propos de la fragilité de son postérieur, apparemment sensible au moindre chardon. Cixi se reposait à ce moment-là sur le perron d'une cabane en ruine au bord du chemin. Furieuse, elle fouilla quelques instants parmi les décombres de la masure, avant de ressortir armée d'un vieux manche à balai. Elle poussa un cri de triomphe et se mit à poursuivre le troll en essayant de le frapper à grands coups de manche. Ce numéro fit beaucoup rire ses compagnons. Notamment lorsque Hébus, protégé par son cuir épais, ne se donna même plus la peine de parer les assauts. Il leva un index et le balai vint se casser en deux contre le doigt.

La jeune femme vexée se mit alors à bouder. Rien ne pouvait plus la réconforter. Les autres cessèrent de lui parler et se tournèrent vers les joies de la promenade champêtre au cœur de la végétation exubérante des Monts Sombres. En dépit d'une réputation détestable, la région s'avérait l'une des plus belles provinces de Troy. De petits sentiers bucoliques serpentaient d'un vallon à l'autre, bordés de conifères embaumant la sève fraîche, un peu comme ces petits pots en terre cuite que l'on dépose dans les latrines pour sentir bon. On y croisait souvent des créatures fascinantes occupées à paître dans le sous-bois. Et parfois d'autres, cachées derrière un buisson, attendant de croquer les premières.

Depuis les frondaisons provenaient des cris sauvages ou des trilles mélodieux. L'observateur avisé y aurait reconnu le chant délicat du cougnouflier à ailes palmées, le roucoulement du virifileur ou le vol sonore du célèbre jonramier, qu'on surnommait aussi pluitch'ouille, en raison de ses fientes acides qui attaquaient la peau. Dès qu'un voyageur s'approchait, tout ce petit monde ailé s'égaillait dans un bouquet de couleurs chatoyantes. Partout, la nature respirait la beauté et la pureté. Du moins, tant que les jonramiers ne volaient pas trop bas.

Tandis que Cixi était occupée à faire la tête, Nicolède poursuivait ses notes. C'Ian, quant à elle, se laissait enivrer par les charmes romantiques de cette balade en forêt. L'ambiance était si agréable qu'elle pardonnait même sa muflerie à son fiancé, car Lanfeust l'avait temporairement délaissée en raison de son amitié naissante avec Hébus.

Le jeune homme disparaissait souvent de longues heures en compagnie du troll. Officiellement, il s'initiait à la chasse afin de ramener quelque chose à dîner. Mais depuis qu'Hébus avait repris en charge la capture des loubriks, le troll s'acquittait seul de cette corvée en quelques minutes.

Les deux compères s'installaient ensuite au soleil sur une roche plate. Les yeux plongés dans l'azur, ils abordaient des questions plus essentielles pour les garçons, telles que la qualité de la fermentation de l'orge, la meilleure façon de fendre la tête d'un dragon à crête, ou les quatre mystères de la gent féminine[1].

— Finalement, les trolles ne sont pas très différentes des humaines, se plaisaient-ils souvent à conclure.

— Un peu plus poilues, peut-être, ajoutait Lanfeust.

— Oui, et avec un peu plus de mouches, renchérissait Hébus.

— Oh, glissait Lanfeust, ça, ça dépend lesquelles ! J'ai connu quelques demoiselles fort mouchues !

Et tous deux éclataient de rire.

Le troll se révélait être un compagnon précieux et surprenant. Il connaissait parfaitement les bois et ses talents de pisteur garantissaient un repas toujours succulent. En outre, Hébus était doté d'un solide sens de l'humour. Lorsqu'ils ne lézardaient pas, Lanfeust et lui passaient leur temps à rire et titiller les filles. Ils les surprenaient en train de se baigner dans les cascades, chipaient leurs vêtements ou leur jouaient des tours pendables. Ce qui ne manquait pas de leur faire pousser toutes sortes de petits cris aigus[2]. En fin de compte, les seuls véritables défauts du troll étaient le vrombissement permanent de ses fidèles mouches et son odeur entêtante.

Progressant d'un bon pas, la petite troupe avait ainsi tra-

1. Si l'on en croit la théorie des Sages Pythe et Crasz, responsables de l'enseignement d'éthnofessologie fondamentale au Conservatoire d'Eckmül, quatre mystères essentiels perturbent les jeunes mâles : 1) Pourquoi les filles émettent des petits cris aigus pour un oui ou pour un non ? 2) Pourquoi dissimulent-elles les parties les plus intéressantes de leur anatomie sous des tonnes de tissus hors de prix ? 3) Pourquoi quand on essaie de retirer les seconds, produit-on forcément les premiers ? 4) Pourquoi, quand on n'essaie pas, font-elles la tête toute la journée ?

2. Ce qui prouve bien la théorie précédente ! Les demoiselles estiment que, lorsqu'on cherche à les surprendre en petite tenue ou à voler leurs sous-vêtements, cela reflète un comportement idiot et puéril. Permettez-nous de nous insurger contre de telles vilenies : l'objectif est rigoureusement scientifique ! Il s'agit d'étudier les quatre mystères précédents. Certes, au Conservatoire d'Eckmül, les Sages Pythe et Crasz se sont attirés quelques ennuis en creusant un trou pour observer le vestiaire où se déshabillent les femmes de chambre. Mais répétons-le, le motif était strictement pédagogique. C'est pourquoi nous clamons leur innocence, et exigeons leur libération immédiate. Des savants de cette valeur ne sauraient croupir plus longtemps dans les geôles municipales !

versé les Monts Sombres sans aucune anicroche. Jaclare ne se trouvait plus qu'à quelques heures de marche...

— Dis, papa, c'est encore loin ? répéta une fois de plus Cixi, les yeux révulsés et le teint blême, mimant l'évanouissement.

— On vient de te le dire : une dizaine de lieues à peine...

— Comment ça, *à peine* ? Cette fois c'en est trop. Je refuse de faire un pas de plus.

Cixi se laissa tomber sur un épais tapis de mousse. Elle croisa les jambes et se prit la tête à deux mains.

— C'est bon, on a compris, soupira Nicolède, on va faire une petite pause. Regardez, dit-il en désignant un majestueux pin-berceau aux aiguilles d'un bleu profond. Allons nous installer là-bas, nous y serons bien. Allez, Cixi, ne reste pas plantée au milieu du chemin.

— Nan, nan et nan, marmonna-t-elle entre ses dents.

— C'est comme tu veux, ma fille, mais sache que tu es assise sur une trillière[1], et que ses occupants ne vont pas tarder à s'intéresser à la partie la plus charnue de ton anatomie.

— Hiiii ! fit-elle en rejoignant le groupe d'un bond.

Nicolède et C'Ian avaient déjà gagné l'ombre rassurante de l'arbre. L'énorme tronc du pin-berceau formait une niche accueillante autour de laquelle ses branches se refermaient en un geste protecteur. Lanfeust s'agenouilla près de sa fiancée et l'aida à s'étendre sur une couverture de fortune. Sans dire un mot, Cixi passa devant tout le monde et alla se lover au creux de l'arbre.

1. Une trillière est une petite motte de terre patiemment érigée par une colonie de trilliens : des insectes travailleurs, capables d'en remontrer à bien des créatures. Il ne faut pas les confondre avec les paresseux tuloras (qui ont la même carapace). Ceux-là se contentent de chanter tout l'été, et à tous les coups, ces fainéants se retrouvent complètement dépourvus quand la bise est venue. On dit d'ailleurs « Un trillien vaut mieux que deux tuloras. »

Lanfeust sortit une pomme sauvage et la croqua à pleines dents.

— Dites, maître Nicolède, vous ne prétendiez pas que ces montagnes étaient infestées de coupe-jarrets ?

— C'est pourtant ce qu'affirmaient les cartes. Je suis aussi surpris que toi de n'avoir vu aucun de ces Sans-Magie...

Hébus, qui se tenait à l'écart, émit un gloussement.

— Détrompez-vous, dit-il. Nous avons croisé exactement deux cent soixante-treize malandrins, dont quatre nains et un manchot aveugle. Et je ne tiens même pas compte des traces grossières laissées par un dracosaure monté par un cavalier.

— Pardon ? s'étonna Lanfeust.

— La racaille n'a pas cessé de nous observer. Mais ils considèrent que cela porte malheur de s'attaquer à un troll. Ou alors il faut l'avoir du premier coup. Si je puis me permettre une pointe de préciosité : voilà une superstition pleine de bon sens ! D'ailleurs, je suis moi-même très superstitieux. Tenez, je porte justement un collier tressé avec des dents de brigands pour me préserver des mauvaises rencontres. Huk ! Huk ! Huk !

— Tu sais, Hébus, ajouta Lanfeust, on t'aime bien... Mais si tu pouvais changer de rire, ça nous ferait plaisir. Ça n'est pas qu'il soit vulgaire ou désagréable, c'est qu'il est vraiment très... très...

— Animal, compléta Cixi.

— Oui, c'est ça, renchérit Lanfeust. Exactement comme le rire de l'ogre, dans l'histoire du Darshanide qui grimpe sur un haricot géant jusqu'au château dans les nuages. Ma grand-mère me la racontait tout le temps, quand j'étais petit. Ça me filait une de ces trouilles...

— Je comprends ça, répondit Hébus. Moi aussi, je détestais cette histoire. L'idée d'un légume géant, beuark ! Quelle horreur ! J'ai toujours trouvé les légumes absolument répugnants. Un peu comme l'eau, quoi.

Le troll grimaça et secoua son échine dans un tremblement de répulsion. Un peu plus haut, dissimulé dans l'ombre d'un bosquet, un archer visa son dos avec application, et banda son arc...

Fermant un œil, le brigand riva son regard entre les omoplates du monstre. Il attendait que celui-ci s'immobilise enfin.

L'homme était le meilleur archer civil que la région ait jamais connu. Hélas, un désagréable concours de circonstances, connu sous le nom de « pas-de-bol-aux-dés », l'avait amené à perdre son travail, son épouse, ses amis et son honneur. Il avait donc opté pour une vie de proscrit, et avait rejoint une de ces bandes de malandrins qui écumait les grands chemins.

Malheureusement pour lui, le jeu de dés était aussi très répandu dans le monde des malhonnêtes gens, et le soir au bivouac, ses camarades d'embuscade lui raflaient souvent sa part de butin.

Cette fois, il tenait une chance de se refaire. Abattre un troll constituait un exploit. Il réclamerait la peau de la bête, il en tirerait une belle somme. Il sentait déjà les pièces d'or tressauter dans sa poche...

Pour le moment, l'archer respirait lentement, accordant le rythme de son souffle à celui de sa cible. Il ajusta une dernière fois la tension de la corde. Dans son dos, deux autres flèches attendaient leur tour. Le troll était enfin immobile. Un ultime soupir et... Maintenant !

L'archer lâcha la corde.

La première flèche fusa dans un vrombissement. Moins d'une seconde plus tard, la seconde était partie. Puis la troisième. L'archer était précis et rapide. La volée troua le feuillage, longea les branches et surgit du bosquet. Les trois flèches, parfaitement équilibrées, s'alignèrent dans la lueur du soleil. Trois éclats de mort qui survolaient la clairière dans un souffle de vent. Quelques mètres encore.

— Attention ! hurla Cixi en apercevant les traits du coin de l'œil. Hébus voulut se retourner.

Trop tard.

Les trois flèches traversèrent simultanément son cuir épais. Du sang jaillit dans un bruit écœurant.

— Gottferdom ! Je suis touché ! mugit Hébus dans un râle monstrueux.

Il chancelait sur ses jambes, le visage tordu par un rictus de douleur. Malgré ses blessures, il tentait de rester debout. Il se tourna vers Lanfeust, fit quelques pas et s'écroula lourdement aux pieds du jeune homme. Il grattait la terre, essayant vainement d'atteindre les traits plantés dans son dos. Sa respiration devint haletante.

— Adieu, mes amis ! Arrhhh je me meurs..., murmura-t-il dans un souffle, les yeux vitreux.

Les mouvements de sa cage thoracique diminuèrent, puis cessèrent complètement, et il ne bougea plus. Un silence dramatique s'abattit sur le groupe. L'archer se promit que cet or-là, il ne le jouerait pas. Enfin, pas tout de suite.

Lanfeust fut le premier à réagir. Il enfila d'un trait ses gants de cuir et tira son épée du fourreau accroché dans son dos. Il bondit, l'arme à la main. Son regard balaya toutes les directions à l'exception du sol devant lui. Il ne voulait pas penser au corps du troll gisant à terre. Le jeune homme fit quelques pas, scruta encore le feuillage et proféra un juron. Pas moyen de localiser l'origine du danger. Rien ne bougeait.

— Nicolède, les filles, derrière moi, dit Lanfeust. Cette fois, on ne va pas y couper.

Le vieux Sage attrapa sa précieuse sacoche d'une main, C'Ian de l'autre, et ils rejoignirent Cixi blottie contre le bois protecteur de l'arbre.

Le chant des oiseaux s'était brusquement tu. On n'entendait plus que la respiration nerveuse de Lanfeust et ses halètements, tandis qu'il effectuait quelques moulinets. Le jeune homme vérifiait sommairement l'équilibre de sa lame. Maître Gramblot ne lui avait pas menti : le système des contrepoids en plomb mis au point par Huques l'Ancien améliorait l'épée. Il pouvait fendre l'air d'une simple torsion du poignet et avec une plus grande puissance de frappe. En revanche, l'idée des gants de cuir était de lui. Sans ça, les deux anneaux plombés qui pendaient au bout de leur lanière auraient pu heurter ses avant-bras, notamment lors d'un mouvement violent.

Et les mouvements violents, c'est aux autres que Lanfeust comptait bien les faire subir. Il défia soudain les fourrés :

— Montrez-vous, lâches ! Venez m'affronter face à face ! J'ai là quelques pouces d'acier qui brûlent d'envie d'empaler un cœur ou deux.

Un bruit fit sursauter Lanfeust. À quelques coudées de lui, un gros buisson venait de ricaner. Puis de nouveau le silence. Les nerfs à fleur de peau, il se mit en garde. Un autre massif de verdure gloussa à sa gauche. En un éclair, il avait pivoté. Silence encore.

Une nouvelle salve moqueuse fusa à sa droite, ricocha

quelques mètres plus loin, pour s'amplifier en une clameur diffamante. Lanfeust tentait de faire face à chaque fois. Mais il dut se résigner : la forêt tout entière se moquait de ce jeune présomptueux qui la menaçait.

— Lanfeust, attention ! l'avertit Nicolède.

Le Sage referma ses bras sur ses deux filles pour tenter de les protéger. Écrasant fleurs et insectes, broyant feuilles et branchages, une cinquantaine de brigands, tire-laine et coupe-jarrets surgirent du sous-bois. Leurs visages couturés de cicatrices empestaient l'alcool de contrebande. Ils encerclèrent le petit groupe en quelques secondes. Sur leurs figures se peignait un sourire mauvais.

— C'est nous que tu traites de lâches ? déclara l'un d'entre eux en s'avançant.

— Tu dirais pas ça si qu'on serait plus nombreux ! cracha un petit sans dents.

— Mais on *est* plus nombreux ! intervint un troisième.

— Ouais mais bon, moi j'me comprends..., maugréa le petit.

— Soyez pas grossiers, les gars, vous faites peur au garçonnet ! reprit le premier en désignant Lanfeust d'un mouvement de tête.

Le ruffian, vêtu d'un simple pagne de lin ouvert sur son thorax velu, était bardé de ceinturons de cuir. Une multitude de couteaux y étaient glissés ou pendaient au bout de chaînes cliquetantes. Il faisait jouer les muscles de son corps athlétique à chaque pas.

L'homme se planta devant l'apprenti forgeron et releva le bord de son chapeau tressé. Il dévoila un visage buriné, envahi d'épaisses moustaches tombantes.

— Alors, étranger, tu t'es perdu ? fit le brigand. Ça tombe mal, je crois que ton guide troll vient tout juste de trépasser.

Il donna un coup de pied dans le cadavre de Hébus.

— Quelle tragédie, n'est-ce pas ? Vous voici abandonnés, seuls, dans cette forêt hostile. Mais je vais t'aider. Ouvre bien tes oreilles, car voici un précieux renseignement : il paraît que ces bois sont infestés de dangereux individus !

Une multitude de rires gras fusèrent. Lanfeust ne bougea pas, campé dans une attitude de défi. Le moustachu dirigea son regard vers le groupe réfugié au creux du pin-berceau.

— Oh ! Oh ! Jolis brins de filles, fit-il en caressant les poignards à sa ceinture.

— Ouais, ça se viole sans faim, ça, ajouta un grand échalas au regard benêt.

Les yeux chargés de haine, Lanfeust resserra la prise de sa garde. Il déplaça légèrement son centre de gravité.

— Il faudra d'abord me passer sur le corps ! déclara-t-il d'une voix profonde.

— Ça peut se faire aussi, mon mignon, ricanèrent les brigands en chœur[1].

L'homme à la moustache vrilla son regard dans celui de Lanfeust. D'un mouvement vif, il tira deux énormes poignards. Il exhiba les lames devant ses comparses, ce qui entraîna des sifflets appréciateurs et quelques applaudissements. Puis il se tourna à nouveau vers Lanfeust, et se mit à les faire tournoyer à grande vitesse.

Le jeune homme observa la danse des poignards.

L'air vibrait, lacéré par leur ballet mortel. Une goutte de

1. Il est vrai que de longues nuits dans la forêt sans présence féminine avaient quelque peu altéré leur discernement en matière de séduction.

sueur perla sur la tempe du bandit. Son visage était déformé par un rictus malfaisant.

Lanfeust semblait fasciné. La sarabande de métal s'accéléra, de plus en plus vite. Son adversaire était en transe. Dans quelques secondes, il abattrait sur le jeune homme une tornade dévastatrice.

Lanfeust se concentra sur les armes. Il étudiait le rythme, la vitesse et la trajectoire de chacune tout en reculant doucement, laissant son adversaire prendre faussement confiance.

Quelque part au fond de lui, le temps s'était arrêté. Il se rappelait les leçons de maître Gramblot. Le maître forgeron enseignait qu'on ne pouvait pas façonner de bonnes armes sans les connaître. Aussi obligeait-il ses apprentis à de longues heures d'entraînement[1]. Épée, sabre, hache, poignard, aucune arme n'était inconnue à Lanfeust. Et s'il n'avait pas la pratique d'un vrai guerrier, son agilité naturelle faisait de lui un adversaire qu'il ne fallait pas sous-estimer.

Erreur qu'était en train de commettre le brigand.

Brusquement, Lanfeust se détendit : un pas en avant, une parade pour bloquer les lames. Il tourna sur lui-même et se baissa : il transperça la garde de son ennemi, et son foie, juste derrière. Puis il se redressa et lui porta un second coup d'estoc en plein cœur.

Le bandit se figea, embroché.

— Khaar Hamba[2] ! eut-il à peine le temps d'ajouter.

Lanfeust fit un saut en arrière et retira son épée luisante de sang. Le corps sans vie s'abattit, poisseux d'hémoglobine, devant les bottes du jeune homme.

---

1. Lanfeust s'était toujours félicité de ce que la théorie ne s'appliquât pas aux socs de charrue, aux pelles et aux pioches.

2. Les érudits auront sans doute reconnu dans cette expression une référence au dieu Hamba, l'une des nombreuses divinités du Darshan. Khaar Hamba est le protecteur des porteurs de chapeaux à large bord, des lanceurs de couteaux et des mangeurs de plats épicés.

Un vent glacé de stupéfaction souffla parmi la troupe des Sans-Magie. Ils hésitaient à présent, refroidis par l'exécution de leur camarade. On a beau être une canaille sans foi ni loi, on n'en est pas moins homme ! Enfin en gros, on a surtout envie de le rester : cadavre n'est pas un métier d'avenir. La perspective d'affronter un adversaire coriace n'enchantait personne.

L'archer allait intervenir. Il savait d'expérience qu'une flèche entre les deux yeux résolvait bien des problèmes. Mais avant qu'il ait pu bouger, un géant hirsute bouscula ses compagnons de pillage et s'avança, une gigantesque hache à la main.

— Laissez-le-moi, bande de pleutres ! beugla-t-il. Son crâne ornera bientôt l'entrée de ma hutte !

Il prit position à son tour devant Lanfeust. Le jeune homme leva la tête pour détailler son nouvel adversaire : plus de trois cents livres de muscles, l'assurance d'un dracosaure en train de charger, et une arme dont le seul poids l'aurait fait trébucher.

En gros, un troll sans les poils. Mais avec les mouches.

L'apprenti forgeron sentit un filet de sueur inonder son dos. Les forces en présence semblaient légèrement déséquilibrées. Il chercha une faille dans la machine à tuer qui le surplombait de deux têtes.

« Oublie la peur et réfléchis. Il doit bien y avoir un moyen », songea-t-il en fixant l'éclat sinistre que lui renvoyait la hache. C'était une arme impressionnante forgée d'une seule trempe dans le meilleur métal, de la garde au tranchant.

En métal ?

Lanfeust sourit. Une idée venait de germer dans son esprit. Soudain rasséréné, il se planta solidement sur ses jambes.

— Viens donc, gros tas ! J'ai une petite surprise pour toi !

— Tais-toi et meurs ! fit le géant.

Il leva le tranchant de sa hache pour fendre Lanfeust comme un arbre mort. Le jeune homme resta étrangement immobile. Il se concentrait, le regard rivé au manche de l'arme. Sa chevelure rousse s'éleva, tandis que la magie affluait en lui.

— WAAAARGGHH ! ! ! hurla le géant.

Il lâcha sa hache portée au rouge et souffla sur ses paumes brûlées.

— Voilà ce qui arrive lorsque l'on s'attaque à un forgeron ! cria le garçon en se précipitant sur son adversaire.

Lanfeust sauta avec le bras tendu, puis le replia brusquement. Le manche de son épée fouetta l'air. Les anneaux plombés voltigèrent au bout de leur longue lanière en décrivant un arc de cercle. Le géant, qui s'attendait à un coup de lame, ne parvint pas à les éviter : ils rencontrèrent son crâne avec un craquement terrible. L'homme écarquilla les yeux sans comprendre, puis s'effondra dans un bruit sourd.

Lanfeust retomba sur ses pieds.

— Et de deux ! fanfaronna le jeune homme. Au suivant !

Impressionnés par ses exploits, les brigands reculèrent. C'Ian et Cixi se repoussaient mutuellement pour mieux apercevoir les détails du combat.

— Nom d'une pucelle borgne ! On ne va pas y passer la nuit, tonna une voix profonde, en retrait derrière les brigands. Allez, ça suffit comme ça maintenant. Massacrez-moi ce jeune coq !

En guise de réponse, les malandrins fixèrent leurs chausses, détournant le regard ou sifflotant comme s'ils n'avaient rien entendu. L'archer sut, cette fois, que c'était le moment de se placer. Il s'apprêta à intervenir, lorsque la voix reprit :

— Bon, d'accord ! Le premier qui m'abat ce gamin pourra choisir la fille qu'il veut. Les autres devront se partager le vieux ou le cadavre du troll.

— À l'assaut ! hurlèrent les bandits, noyant de leurs exclamations enthousiastes les bredouillements de l'archer.

Tous se ruèrent sur Lanfeust dans un même élan. Le jeune homme recula de quelques pas, utilisant les branches du pinberceau pour protéger ses flancs. S'il parvenait à conserver cette position, il n'aurait à affronter que trois adversaires de front au maximum.

Nicolède et les deux filles se tenaient à l'abri. Le vieux Sage farfouilla dans sa musette, à la recherche de quelque chose d'utile. Hélas ! Les malandrins ne seraient sensibles ni à ses livres, ni à un vieux morceau de pain sec. Le Sage lâcha un juron et, en désespoir de cause, se plaqua à nouveau pour protéger C'Ian. Cixi, de son côté, avait refusé de faire retraite. À la place, elle avait agrippé une grosse pierre et se tenait prête à défoncer le crâne du premier qui s'approcherait.

Les brigands se battaient sans ordre ni tactique. Lanfeust, lui, développait des trésors d'ingéniosité. Prenant appui sur une racine, il s'éleva d'un bond et tournoya. Son épée siffla dans les airs. La lame décrivit une spirale mortelle. Lorsqu'il retomba sur le sol, les têtes décapitées de deux adversaires l'accompagnaient. Il fit un saut en arrière. Une hallebarde venait d'érafler son flanc. Le brigand marqua une seconde d'hésitation. Lanfeust bloqua la hampe et trancha sa main.

Il marqua une pause pour souffler et jeter un coup d'œil circulaire. Les brigands autour de lui semblaient plus nombreux que jamais.

— Courage, Lanfeust ! cria C'Ian.

— Ouais ! Montre-leur qui tu es, à ces pouilleux ! hurla Cixi en balançant sa pierre dans les dents d'un brigand.

Lanfeust sourit rageusement. Couvert de sang, le jeune homme se déchaîna. Il frappait de taille et d'estoc, transperçant chairs et armures. Il parait, fouettait l'adversaire de ses anneaux plombés et contre-attaquait ensuite, ne laissant aucun répit à ses ennemis. Des hurlements de douleur s'élevaient de toutes parts. Il tournoyait et distribuait la mort à chacun de ses gestes. À ses pieds agonisaient déjà six adversaires, répandant leur vie en flaques écarlates sur le sol.

Plus haut, l'archer se saisit d'une nouvelle flèche. Plus personne ne faisait attention à lui, mais il se sentait capable d'atteindre sa cible malgré la mêlée. Il banda son arc. Une main puissante se posa sur son épaule. L'archer hocha la tête d'un mouvement interrogateur :

— Je l'abats ?

— Laisse, répondit la voix caverneuse qui commandait la troupe de brigands. J'ai envie de me dérouiller les articulations. Sonne l'arrêt des combats que je puisse donner une leçon à ce jeune impétueux.

Lanfeust se démenait comme un beau diable, lorsqu'un cor retentit. La mêlée se figea. Les malandrins se retirèrent à distance respectueuse. Un silence pesant s'abattit de nouveau sur le champ de bataille. Hors d'haleine, Lanfeust tentait de reprendre son souffle. Sans lâcher son épée, il vérifia d'une main anxieuse l'absence de blessure grave sur son corps. En dehors de quelques estafilades, il était miraculeusement sauf.

Un mouvement agita la troupe devant lui. Les brigands s'écartaient pour aménager un passage dans leurs rangs. Le sol trembla légèrement. Des pas puissants, bottés et ferrés. Un bruit de chaînes. Leur chef soignait son entrée. L'homme était impressionnant : six pieds de haut, une mâchoire carrée aux dents limées en pointes. Son torse était enserré dans une curieuse cotte de mailles tressée de lourds chaînons. Il posa son regard froid sur Lanfeust et tira un énorme cimeterre. L'autre main portait un gant de cuir orné de quatre griffes métalliques acérées. Lanfeust ravala sa salive tandis que l'ombre de son adversaire le recouvrait entièrement.

— Alors, maraud, on massacre mes hommes ? demanda le coupe-jarret d'un ton ironique. Ton courage n'a d'égal que ta fureur au combat. J'aime cela. C'est pourquoi ta mort sera rapide.

Le temps d'un souffle et l'homme fut sur Lanfeust. Ce dernier, surpris, tenta d'esquiver. Il se jeta au sol. Mais les griffes mordirent son flanc. Il laissa échapper un râle de souffrance.

— Lanfeust ! cria C'Ian.

Une tache rouge s'épanouit sur la chemise blanche du jeune homme tandis qu'il se relevait. Il passa sa main sur la blessure.

« Ce n'est rien », se dit-il.

Il avisa une branche au-dessus de lui. L'homme l'observait, attendant que sa proie tente quelque chose. Lanfeust s'élança. D'une main, il agrippa la branche et s'y suspendit. Puis il se lâcha pour envoyer ses pieds en direction du visage ennemi. Celui-ci s'écarta et abattit son sabre au passage. Lanfeust échoua dans la poussière, désarmé par le coup puissant qui avait frappé son épée.

— Ton petit jeu est terminé ! déclara l'homme en ricanant.

Les brigands se rapprochèrent. Certains observaient déjà les filles en gloussant, passant leur langue sur leurs lèvres grasses.

Cixi serra un nouveau caillou pointu encore plus gros, et avec tellement de détermination que ses jointures en blanchirent.

— Pouah ! cracha-t-elle. Moi qui rêvais de rencontrer un bel homme des bois viril, je n'en demandais pas autant ! Ceux-là sont trop moches ! Et trop poilus ! Surtout le costaud qui se relève là-bas. (Sa voix baissa d'un ton et elle ajouta prudemment :) c'est drôle, d'ailleurs... Il ressemble à...

— Le troll ! cria quelqu'un.

— Ça y est ? Ils sont tous là ? demanda Hébus en se redressant. Alors à moi de jouer !

À la stupéfaction générale, le troll se tenait debout, juste derrière le cercle des brigands. Les filles et Lanfeust laissèrent échapper un cri de joie :

— Hébus ! Tu es vivant !

— Hé oui, mais eux ils sont morts !

Dominant de toute sa puissance la horde figée de stupéfaction, le monstre leva son énorme masse cloutée. Et frappa. La tête du chef explosa dans une gerbe de sang.

D'une pirouette, Hébus se retourna face à ses deux adversaires les plus proches. L'un d'eux tenta de lui asséner un coup d'épée. Hébus lui attrapa le bras et l'arracha d'un coup sec. L'autre était l'archer qui l'avait atteint. Le troll abattit une nouvelle fois sa masse et réduisit la taille de l'homme à la moitié de ce qu'elle était avant. Finalement, il n'y avait pas qu'aux dés que l'archer manquait de pot. Hébus se jeta ensuite dans la mêlée. Il déchirait les chairs à pleines dents, et broyait os et armures, tout en riant aux éclats. Disséquer les corps à mains nues semblait beaucoup l'amuser. Ses adversaires étaient pétrifiés d'horreur.

Lanfeust, un instant surpris par la résurrection de son ami, avait repris le combat. Il se plaça dos à dos avec le troll. Ainsi protégé, il pouvait multiplier moulinets et feintes mortelles. Hébus écrasait, brisait et fracassait ses ennemis dans d'horribles craquements. Lanfeust tranchait, fendait, empalait avec une égale frénésie. Unis dans une danse macabre, ils formèrent un véritable cyclone de mort. Tout n'était plus que sang et hurlements. Un étourdissant massacre qui teinta la forêt en rouge.

En quelques minutes, tout fut terminé. Il ne restait plus rien de vivant. Seuls Lanfeust et Hébus, dégoulinant d'hémoglobine, émergèrent du champ de cadavres. Le troll se lécha les doigts d'un air gourmand.

Haut dans le ciel, un rapace muni d'un long bec dentelé décrivait des cercles au-dessus du carnage. Le murne émit un croassement de satisfaction : il aurait à manger pour quelque temps.

Lanfeust frissonna lorsqu'il reprit conscience de la réalité. Il était abasourdi par l'horreur qu'il contemplait. Non seulement il avait tué aujourd'hui son premier homme, mais aussi le second, le troisième, le quatrième et un paquet d'autres. C'Ian s'approcha de l'apprenti forgeron et plaça avec douceur une main sur son épaule. Elle ne dit rien, se contentant de la présence du jeune homme. Il était en vie.

Cixi aidait son père à rassembler les quelques affaires abandonnées avant le combat. Chacun semblait ébranlé par la fureur de ces derniers instants. Ce fut Hébus qui ramena tout le monde sur le plancher des gramoches. Son rire inimitable brisa le silence pesant qui s'était à nouveau installé.

— Huk ! Huk ! Tu ne te défends pas mal, rouquin... pour

un homme bien sûr ! déclara-t-il en assénant une bourrade virile dans le dos de Lanfeust qui s'agenouilla sous le coup.

— Hé, doucement ! fit le garçon en cherchant à reprendre sa respiration.

Une tornade vêtue de rouge se jeta sur le troll et le cribla de petits coups de poing.

— Monstre répugnant ! hurla Cixi en tambourinant le torse puissant d'Hébus, pourquoi avoir joué cette comédie ?

— Si je n'avais pas fait semblant d'être mort, ils nous auraient arrosés de centaines de flèches jusqu'à ce que plus rien ne bouge, répondit le troll d'un air amusé.

Il désigna les trois pointes fichées dans son dos.

— À ce propos, douce Cixi, auriez-vous l'obligeance de m'ôter ces cure-dents ? Ça me gratte.

La jeune fille s'arc-bouta dans le dos du monstre et tira de toutes ses forces sur l'empennage. La première flèche, barbelée, vint avec pas mal de viande déchiquetée, les deux autres glissèrent plus facilement. Hébus sembla à peine s'en apercevoir.

— Nous ne devrions pas nous attarder ici, soupira Lanfeust.

— Tu as raison, ne traînons pas, confirma Nicolède, Nous ignorons si d'autres dangers se tapissent encore dans ces bois. Nous serons bientôt en sécurité au port de Jaclare. De là, nous pourrons embarquer pour Eckmül. Si tout se déroule bien, nous serons devant les Érudits dans moins de trois semaines...

— Trois semaines ? ! s'écria Cixi. C'est pas possible, on compte pas pareil, on avait dit quelques jours !

— Hem, non, ma fille, ça c'était juste pour aller à Jaclare. Eckmül est un peu plus loin, mais c'est beaucoup mieux, susurra diplomatiquement Nicolède. Tu verras, il y a plein de rues, de gens, de boutiques. Ça te plaira beaucoup.

La petite troupe reprit son chemin d'un pas leste. Cixi, légèrement en retrait, fulminait toujours. Hébus empestait tout autant. Lanfeust souriait vaguement, en proie à des sentiments contradictoires. Il avait pris plaisir à se battre, mais il n'avait pas aimé tuer.

11

La nature sur Troy est parfois surprenante. Elle dépense une énergie incroyable à créer des êtres d'une complexité effarante et, au bout du compte, il y a toujours un élément qui cloche. Oh, pas grand-chose la plupart du temps : une couleur de poil qui ne convient pas, un postérieur trop haut, une oreille trop basse. Des détails, quoi.

Oui mais, parfois, Dame Nature est plus étourdie et affuble ses créatures les plus élaborées d'imperfections rédhibitoires. Ainsi, si l'on prend par exemple ces petits bipèdes charmants, à la pilosité peu développée, aux décolletés affables et aux conversations interminables... Elles ont beau être agréables à regarder, voire même pour certaines tout à fait attrayantes, elles présentent de façon quasi systématique les mêmes défauts. Lesquels ?

Hum, en définitive, ce n'était pas un bon exemple.

Donc, Dame Nature commet parfois des bourdes. Ainsi avec les trolls : elle se décarcasse pour créer des prédateurs redoutables à l'efficacité sans égale, et elle leur colle une ridicule phobie de l'eau. Quand on voit ça, on est en droit de se poser de sérieuses questions sur la rigueur de son travail. Dame Nature a furieusement tendance à bâcler les finitions !

C'est ainsi qu'Hébus, troll de son état, souffrait de cette répulsion de l'eau, typique de son espèce. Et ce, surtout lorsque l'eau était propre. Même celle de la mer ? Même. Et la pluie venue du ciel ? Aussi. L'eau, Hébus la haïssait. Et personne ne se serait avisé de le contredire.

Or quelques heures après le combat contre les brigands, le temps avait brusquement tourné. En fin d'après-midi, Hébus fixait d'un air sombre la valse des nuages dans les cieux de Troy. Un vent violent s'était levé, soufflant des bourrasques glacées sur le petit groupe. Des conditions météorologiques à l'image des sombres pensées que chacun ruminait.

Malgré la bonhomie du troll, les événements du matin avaient marqué les esprits et les cœurs. Nicolède ne s'intéressait plus guère à la nature environnante. Il était soucieux d'atteindre Jaclare au plus vite afin de mettre ses filles en sécurité. Cixi et C'Ian demeuraient silencieuses, blotties l'une contre l'autre, encore sous le choc de l'assaut et de la peur qu'elles avaient ressentie. Lanfeust, pour sa part, songeait que la victoire avait un goût amer dont il se serait bien passé.

Après la rituelle sieste digestive – coutume imposée par Hébus depuis son arrivée dans la troupe – les compagnons avaient repris la route. Quelques pitreries du troll étaient parvenues à les faire sourire, mais le cœur n'y était pas. Et maintenant qu'Hébus lui-même s'assombrissait, l'ambiance devenait franchement morose.

Le troll, qui marchait en tête pour repérer le chemin, fit signe à ses compagnons d'accélérer le pas. Il leva de nouveau son visage vers le ciel : de larges traînées nuageuses répandaient leur sillage sinistre dans l'azur, et déposaient des ombres grisâtres sur le paysage. Le tonnerre roula dans le lointain. L'air était chargé d'ozone. La forêt semblait courber l'échine, attendant que l'orage éclate. Les insectes se taisaient, et l'on n'entendait plus que le pas empressé de quelques loss regagnant leur tanière.

— Je n'aime pas ça, gronda Hébus. La luminosité décline à grande vitesse, le vent forcit, et les jonramiers volent bas.

— Et c'est dangereux ? demanda Lanfeust.

— Pour eux, drôlement. Ils savent que je pourrais sauter pour les attraper. Mais malgré cela, ils ont plus peur de l'orage, en haut, que de moi, en bas.

Hébus prit quelques coudées d'avance sur le reste du groupe et se mit à chercher activement un abri. Il scrutait la moindre part d'ombre, le moindre bosquet en quête d'une grotte ou d'un arbre creux. Rien. Ou plutôt si : le troll remarqua que le sentier comportait de multiples traces de passage. Des empreintes récentes, laissées par des hommes lourdement armés et des chariots.

— Et même des pétaures ! grommela-t-il en s'essuyant les pieds contre une touffe d'herbes hautes.

Épuisé, le reste de la compagnie suivait à distance, incapable de soutenir le rythme du troll. Ils regardaient Hébus fouiller d'un bord à l'autre du sentier dans l'attente d'un miracle, comme la découverte d'une auberge confortable avec eau chaude et paille fraîche à tous les étages. Mais il faut reconnaître que de tels établissements étaient plutôt rares dans la forêt. Quant aux capacités d'Hébus à réaliser des miracles, elles se limitaient à engloutir d'une seule bouchée un buffet pour vingt personnes ou à émettre des météorismes mélodieux[1].

— Je ne voudrais pas vous bousculer, dit Cixi, mais si on ne s'abrite pas rapidement, on va tous se prendre une sacrée saucée. Personne n'a une idée ?

Les trois autres firent un signe d'impuissance en désignant le troll plongé dans les buissons.

— Ça vient, ça vient, grommela Hébus.

Il s'était arrêté pour arracher une dizaine de feuilles de palmanier, et confectionner d'un geste sûr d'astucieux chapeaux à large bord. Puis il cassa deux longues branches qui se terminaient chacune par un large bouquet de feuilles, dont il colmata les trous avec des aiguilles de pin, agglutinées avec sa salive.

Il revint fièrement auprès du groupe avec les quatre articles élaborés par ses soins. Il coiffa Nicolède et Lanfeust de ses couvre-chefs maison, et tendit les deux branches aux jeunes femmes.

— Les chapeaux ronds pour les garçons, les aiguilles pour les filles ! déclara le troll.

Lanfeust et Nicolède examinèrent leurs coiffes d'un air dubitatif. Cixi, en revanche, semblait ravie.

— C'est marrant ton truc contre la pluie, c'est un peu dégoûtant, mais c'est large en haut et ça arrête bien l'eau.

Hébus se rengorgea et gonfla sa poitrine :

1. Le jeu des météorismes mélodieux, ou karaopêt, est typique des jeux trolls. Le mode d'emploi est simple : il suffit de réunir un groupe d'amis, d'ingurgiter chacun six buffles aux haricots et un tonneau de bière d'algue (pour faire passer), puis de laisser faire la nature. Chacun doit essayer ensuite de deviner le titre de la chanson interprétée par les autres. Ambiance trolle garantie !

— Ouaip, c'est un palm' à pluie. C'est moi qui l'ai inventé !

— Ce serait intéressant d'en créer avec du tissu élégant et de jolis motifs, fit remarquer C'Ian.

Soudain Hébus se mit à hurler :

— Gottferdom ! Je suis touché !

— Oh ça va, tu nous as déjà fait le coup !

— Non, regardez !

D'un doigt tremblant, il désigna le ciel. Une goutte tomba, puis une seconde, suivie d'un bon milliard de semblables. Et toutes mouillaient.

En quelques secondes, ce fut le déluge. Les trombes liquides firent résonner les feuilles comme les peaux tendues de centaines de tambours et les animaux se blottirent dans leurs tanières. Hébus rajusta son couvre-chef puis fila à l'abri d'un gros mangrousier. Il leva la tête et se mit à parler à un interlocuteur invisible sous l'œil stupéfait de ses compagnons :

— Allez, Fifine, rameute tes copines !

En y regardant de plus près, on s'apercevait qu'Hébus n'était pas fou. Enfin, pas complètement : il parlait à une grosse mouche noire qui virevoltait devant lui. Aussi incroyable que cela paraisse, cette dernière semblait l'écouter avec attention. Fifine amorça un grand virage pour rabattre ses consœurs vers la paume ouverte du troll. Les diptères se posèrent au creux de la puissante main, replièrent leurs ailes diaphanes et attendirent. Hébus les compta d'un œil attentif, puis les plaça dans sa bouche d'un geste rapide.

— Elles chupportent pas la pluie, expliqua-t-il à ses compagnons ébahis. Cha mouille. Mais il faut que che me méfie, l'autre fois chai failli en avaler une et elles m'ont fait la tête pendant plusieurs chours !

— Tu sais, on peut faire pire à une mouche, glissa Cixi souriante.

La petite troupe se remit en route. Les éléments se déchaînaient et le sol commençait à se gorger d'eau. Lanfeust, allongeant le pas, posa le pied sur un morceau d'écorce. Emporté par son élan, il glissa en équilibre sur le bout de bois mort pendant quelques coudées, puis s'étala de tout son long dans la boue.

— Huk ! Huk ! Huk !

Lanfeust cracha une poignée de feuilles.

— Au lieu de ricaner bêtement, trouve-nous une solution !

— Cha che précise. J'ai aperchu une grotte là-bas, dit le troll en désignant le pied d'une colline.

La pluie formait à présent une véritable muraille liquide, transformant chaque arbre et chaque rocher en formes menaçantes. La nuit tomba précocement. Les compagnons voyaient à peine à quelques coudées, et durent progresser en se tenant mutuellement par la main. Guidés par Hébus, ils parvinrent à l'endroit repéré plus tôt : une tonnelle de roche noyée sous un manteau de verdure.

Dès qu'ils furent passés en dessous, une agréable odeur de sous-bois humide monta à leurs narines. Le vent avait balayé dans l'entrée un épais tapis d'épines. Les pierres étaient recouvertes de mousses légèrement phosphorescentes. Les cinq compagnons se regardèrent en silence, baignés par la lueur fantomatique qui leur donnait un teint cadavérique. On pouvait lire sur leurs visages un mélange d'épuisement et de soulagement d'être enfin à l'abri.

Nicolède tira une feuille parcheminée de sa sacoche et consigna l'emplacement de la caverne dans ses notes, tandis que les deux filles se laissaient tomber à terre, éreintées. Hébus recracha une à une ses fidèles mouches tout en leur adressant quelques paroles de réconfort.

— J'ai froid ! J'ai faim et cette fois-ci, j'en ai vraiment marre !

Dans un même élan, tous se retournèrent vers Cixi. Mais cette dernière écarta les bras en signe d'incompréhension. C'était Lanfeust qui avait émis cette protestation : il s'était assis, les genoux dans les mains, et se frictionnait.

— En plus, impossible de faire du feu, tout est trempé ici.

— Je vous préviens, annonça Hébus, il est hors de question que je parte à la chasse par un temps pareil. Les trolls, même enchantés, ont leurs limites.

— Oh ! Ça va, j'ai compris...

Lanfeust se remit debout et, en soupirant, s'engouffra sous le rideau de pluie. Quelques secondes plus tard, sa silhouette grise se diluait dans le paysage.

Hébus partit en éclaireur explorer la caverne. Avec surprise, il découvrit que l'excavation rocheuse n'était pas une simple grotte : elle se ramifiait en un véritable réseau de tunnels et de boyaux courant sous la colline.

Les deux sœurs profitèrent de son absence pour se débarrasser de leurs vêtements trempés. Chastement enroulées dans une couverture de fortune, elles étendirent leurs effets sur le sol. Cixi utilisa son pouvoir pour transformer l'eau en vapeur, et les sécha en un clin d'œil. Lorsqu'elle eut terminé, elle s'occupa des effets de son père.

— Et moi, alors ? déclara Hébus, revenu de son expédition, mon pagne est tout humide !

Il fit mine de l'enlever mais le regard de Cixi l'arrêta :

— N'y pense même pas, avertit-elle, ou je vaporise le tout.

— Tu as raison, on ne va pas tenter l'expérience, tu risques de t'épuiser. Huk ! Huk ! Huk !

— Eh bien, ça fait plaisir de voir que les autres s'inquiètent pendant qu'on se sacrifie pour eux !

C'était Lanfeust qui avait parlé. Il venait de regagner la caverne, brandissant fièrement une paire de mangrouses mûres à souhait, ainsi qu'un minuscule rataupe. La récolte était bien maigre, mais personne ne songea à faire de remarque. Même lorsque Hébus engloutit le petit animal d'une seule bouchée. Tous étaient pressés de se réfugier dans l'oubli d'un sommeil réparateur. Après avoir grignoté du bout des lèvres, ils s'installèrent dans un coin confortable, loin de l'entrée, afin d'éviter les mauvaises surprises. Ils s'endormirent serrés les uns contre les autres sans même se donner la peine d'allumer un feu.

Quelques minutes plus tard, même les mouches avaient suspendu leur vol. Ils s'enfoncèrent dans une torpeur peuplée de rêves où s'entremêlaient les souvenirs des derniers événements : il s'était passé tant de choses en si peu de temps !

La nuit était déjà bien avancée lorsque Lanfeust s'éveilla en sursaut. Il leva la tête, cherchant ce qui avait bien pu le tirer de ses songes. Surtout que le songe en question s'appelait C'Ian et qu'elle s'apprêtait, dans le rêve, à dénuder ses épaules gracieuses...

Il attendit que ses yeux s'accoutument à la pénombre et scruta l'obscurité. Cixi dormait paisiblement, une main passée dans ses mèches brunes. Le jeune homme s'attarda sur le visage serein de C'Ian qui rayonnait d'une beauté paisible. Nicolède ronflait discrètement en serrant sa sacoche. Quant à Hébus... il n'était plus là.

Lanfeust s'accroupit, aux aguets. Au milieu du bruit de la pluie, il perçut des éclats de voix. Une délicieuse odeur de viande en train de cuire parvint jusqu'à ses narines : ils n'étaient plus seuls dans la grotte !

Le jeune homme se glissa en silence dans l'obscurité et revint vers l'entrée. Il progressa lentement, s'efforçant de rester discret. Soudain, il posa le pied sur une curieuse éminence du sol : chaude, moelleuse et poilue.

— Hébus !

— Chut...

Dans le vestibule de la grotte, éclairés par les maigres lueurs d'un foyer, une dizaine d'hommes se pressaient autour d'un repas de fortune. Ils portaient des armes et des vêtements qui laissaient songer à une compagnie de mercenaires. Le genre d'hommes qui, entre deux engagements, n'hésitent pas à travailler pour leur propre compte. L'un d'entre eux, doté d'une longue barbe qui pendait sur sa cuirasse rouillée, dit soudain :

— Z'avez rien entendu ?

— Non, lui assura un malandrin efflanqué. Détends-toi et viens t'asseoir.

La troupe de mercenaires hirsutes s'installa pour se prélasser à la chaleur du feu. La plupart, fourbus, s'étaient assoupis malgré l'appétissant fumet qui se dégageait. Le ventre d'Hébus se mit à gargouiller. L'homme à la barbe tendit de nouveau l'oreille.

— Et là ? Z'avez pas entendu un son sinistre, là ? On aurait dit un bruit d'égout dans une vieille canalisation...

— Il pleut, il doit y avoir des infiltrations, c'est tout. Allez, viens plutôt par ici, on va percer un tonneau de bière.

À ces mots, le visage d'Hébus s'illumina. Il faut dire que la bière, comme tous les alcools, n'exerçait pas la même répulsion que l'eau sur les trolls. Ce genre de substance avait même exactement l'effet inverse. Lanfeust craignit un instant que son ami ne se précipite sous l'impulsion d'une envie irrépressible, malgré le fait qu'il soit enchanté. Il posa sa main sur le biceps velu du troll et chuchota :

— Doucement, ils sont trop nombreux. Ils attendent peut-être des renforts. Pour une fois, on va faire à ma manière : on assomme ceux qui sont réveillés, on prend discrètement le gigot et la bière et on s'en va, d'accord ?

Hébus hocha la tête en souriant de toutes ses dents.

— C'est ça, ta manière ? Elle est drôlement bien, on dirait un plan troll.

— Tant mieux si ça te convient. Bon, tu prends celui de gauche, moi celui de droite, ajouta Lanfeust. Et en douceur, s'il te plaît.

— Heu...

Mais Lanfeust rampait déjà vers les malandrins.

— À gauche ? À droite ? ronchonna Hébus. Ces humains n'ont aucun sens pratique. Est-ce que je sais, moi, où est la gauche et où est la droite ? Il ne pourrait pas dire : « Tu prends le gros, je prends le petit », comme tout le monde...

Et le troll plongea à son tour dans l'obscurité.

L'homme à la barbe s'arrêta de boire et posa sa chope. Un nuage de mousse blanchissait les poils de sa moustache et gouttait sur son armure.

— Cette fois, il y a quelque chose, j'en suis sûr.

— Mais oui, allez, viens manger. On se repose quelques heures, et dès que la pluie s'arrête, on repart. Le camp où nous attendent les autres bandes des montagnes doit se trouver juste de l'autre côté de cette colline.

— Non. Il faut réveiller tout le monde, cette grotte me file la chair de poulkre. Il y a comme une odeur de cadavre d'un seul coup, j'aime pas ça...

Une ombre s'étira derrière l'homme, et une tête velue apparut à côté de la sienne.

— Là, t'as raison, il y a bien un cadavre : le tien. Huk ! Huk ! Huk !

Hébus abattit un poing sur son crâne. Il y eut un craquement, et le corps sans vie du barbu s'écroula en avant. Son armure rouillée se fracassa à terre dans un monstrueux bruit de ferraille.

— Oups..., chuchota le troll.

Les bandits s'éveillèrent en sursaut. En voyant Hébus, ils se mirent à hurler et à courir en tout sens. Certains écrasèrent le feu pour se précipiter dehors. La fumée et l'obscurité envahirent les lieux. Pendant quelques instants régna une confusion totale. On entendait juste, à intervalles réguliers, les coups sourds d'un poing qui s'abattait sur des crânes dans les ténèbres.

Lorsque le calme fut enfin revenu, Hébus souffla sur les braises pour raviver le feu. À ses pieds gisaient une dizaine de corps ornés de bosses volumineuses. Le troll se gratta le postérieur d'un air satisfait.

— Eh ben voilà, c'était pas si dur que ça, finalement. Pas vrai Lanfeust ?... Lanfeust ?

— Qu'est-ce qui se passe, ici ? demanda Nicolède qui

venait d'arriver. C'est vous qui faites tout ce bruit, les garçons ? On peut pas vous laisser cinq minutes...

Le vieux Sage jeta un œil ensommeillé sur le camp dévasté.

— Nom d'un grimoire écorné ! Mais c'est Lanfeust, là par terre !

Nicolède se précipita vers le corps inanimé du jeune homme. Après s'être assuré qu'il respirait bien, il se tourna vers Hébus d'un air soupçonneux. Celui-ci lui renvoya un regard désolé :

— J'y voyais rien, moi ! Ils bougeaient dans tous les sens ! C'est à cause de son histoire de droite et gauche, aussi. Ça embrouille, ces affaires de droite et gauche.

— On verra les excuses plus tard. En attendant, tu vas le porter. Il faut dénicher une autre sortie en vitesse, on ne peut pas prendre le risque qu'ils reviennent avec des renforts.

L'air piteux, Hébus chargea doucement le jeune homme sur ses épaules et suivit le Sage. Ils rejoignirent les deux filles qui s'étaient réveillées dans les profondeurs de la grotte.

— Lanfeust ! Que lui est-il arrivé ? demanda C'Ian, affolée.

— Un petit malentendu, s'empressa de préciser Hébus.

— Un malentendu poilu de cinq coudées de haut, compléta Nicolède. Mais nous n'avons pas le temps de nous attarder.

Pressée par le Sage, la compagnie s'enfonça dans les boyaux tortueux qui couraient sous la colline. Un long moment plus tard, après avoir chassé une colonie de chauves-souris angoras et patiemment contourné une famille de petites arkhgnes rouges, ils aperçurent enfin une lueur : le tunnel les avait conduits de l'autre côté de la colline. Les compagnons débouchèrent au milieu d'une végétation touffue. Il faisait encore nuit, mais l'aube approchait.

— Restez les uns à côté des autres, souffla Hébus. La forêt est dense par ici, on risque de se perdre.

Le troll s'interrompit soudain pour désigner un point à travers les arbres :

— Regardez !

Au-delà des épais bosquets, à quelques dizaines de toises à peine, on apercevait les lueurs d'un campement. Le troll écarta les branches pour dégager une trouée au milieu des feuilles. Les compagnons virent une cinquantaine de tentes qui dormaient sous la pluie. Elles étaient sommairement éclairées par des lanternes sourdes, abritées sous des auvents de toile. Quelques sentinelles ensommeillées veillaient de loin en loin. À proximité de Lanfeust et de ses compagnons, un enclos regroupait une douzaine de gramoches blotties contre l'imposante silhouette d'un pétaure.

Le jeune homme ne fit aucune remarque. Le regard vitreux, la mèche en berne, il demeurait curieusement silencieux. Il observait ses compagnons d'un air étrange et tortillait d'un geste machinal le chapeau de pluie fabriqué par Hébus.

— Pour un camp de brigands, c'est un camp de brigands, dit Hébus.

— C'est curieux qu'ils soient si nombreux, ajouta Nicolède. Ils ont l'air organisés.

C'Ian frissonna.

— Il faut nous en aller d'ici au plus vite, dit-elle. Je ne veux pas rencontrer d'autres malandrins dans le genre de ce matin. Ils... Ils me font peur.

— En tout cas moi, je ne refais pas le chemin à l'envers

dans la grotte avec les petites arkhgnes rouges, grogna Cixi. C'est plein de toiles dégoûtantes, là-dedans.

— Il en pense quoi, notre expert en stratégie ? demanda Hébus sans se retourner.

Devant l'absence de réponse, Cixi fit volte-face.

— Hé, Lanfeust, on te cause !

La jeune femme resta interdite. Ses compagnons contemplèrent le vide devant elle : Lanfeust avait disparu !

C'est Hébus qui le repéra le premier :

— Là !

Au beau milieu du camp, bien en vue, Lanfeust déambulait parmi les tentes et les chariots trempés de pluie. Il marchait d'un pas raide et traînait les pieds dans la boue. Il s'était coiffé de l'astucieux chapeau de pluie bricolé par Hébus et jetait un regard vide sur l'enclos à gramoches. Il s'approcha du pétaure et lui adressa un petit signe. Puis il obliqua brusquement en direction d'une casemate de fortune où ronflait une sentinelle en armes.

— Mais qu'est-ce qu'il fiche ? demanda Cixi. Il va se faire repérer...

— Il est tout bizarre, grommela Hébus en s'élançant, j'y vais !

C'Ian, blottie contre son père, suivait des yeux, impuissante, le curieux manège de son fiancé. Ce dernier semblait ignorer le danger, l'épée en main, une feuille de palmanier sur la tête. Cixi fulminait, partagée entre l'inquiétude et la peur.

— Mais il est fou, il veut affronter le camp à lui tout seul ou quoi ?

— Hum, non. Je crois plutôt que Lanfeust n'est plus tout à fait Lanfeust, déclara le Sage, gravement.

— Hein ? ! ?

— Je pense que le coup qu'il a reçu sur la tête l'a rendu amnésique. En tout cas, son comportement le laisse supposer.

Les compagnons s'avancèrent de quelques coudées, puis se couchèrent sur le sol afin d'observer la tournure qu'allaient prendre les événements. Ils devinèrent la silhouette du troll qui contournait le camp par l'ouest, le long de l'enclos à gramoches : il évitait soigneusement de se retrouver face au vent afin que les animaux ne donnent pas l'alerte en repérant son odeur. Ombre parmi les ombres, il progressait en souplesse et rasait les toiles maculées de boue.

À présent, Lanfeust s'était campé devant le garde endormi et tentait de le réveiller par de petites tapes sur l'épaule :

— Monsieur ! Hé ! Monsieur !

L'homme s'éveilla en sursaut, les yeux écarquillés par la surprise. Face à lui, surgie de nulle part, une silhouette affublée d'une sorte de grand chapeau à large bord le menaçait d'une épée. La sentinelle se rencogna au fond de la guérite tout en posant une main sur le manche de sa hache de combat.

— Qui... Qui êtes-vous ? demanda-t-il d'un ton menaçant.

— Ne-sais-pas, répondit Lanfeust d'une voix monocorde.

— Ness Hepa ? Connais pas !

— Moi non plus.

Une forme gigantesque se dressa derrière l'abri de fortune, le poil collé par la pluie battante. Serrant les dents, mal protégé par son chapeau de pluie quelque peu surmené par les trombes d'eau, Hébus avait posé un index sur ses lèvres en signe de silence. Mais Lanfeust ignora l'ordre et se mit à hurler :

— Un troll ! Wouaaa ! Là ! Attention !

L'homme n'eut même pas le temps de se retourner que la guérite volait en éclats. Une seconde plus tard, il gisait dans la boue, inconscient. Hébus se tourna vers Lanfeust, ouvrant les bras en un geste protecteur. Mais le jeune homme recula, effrayé. Il brandit son épée devant lui. Ses gestes étaient peu assurés, comme s'il n'avait jamais tenu un tel objet entre les mains. Le troll s'avança, ignorant la menace.

— Lanfeust, c'est moi, Hébus. Tu sais, le troll, Hébus.

Mais l'apprenti forgeron ouvrait déjà la bouche pour donner l'alarme. De toutes parts, les tentes s'agitaient : malgré le tumulte de l'orage, les cris avaient réveillé d'autres malandrins. Dans quelques secondes, le camp grouillerait de monde. Le troll ignorait s'il pourrait faire face et décida de se cacher. Il jeta un regard contrit à son ami.

— Désolé !

Fermant un œil, il assomma Lanfeust le plus doucement possible[1] et chargea le jeune homme sur ses épaules. Il s'engouffra, au hasard, dans la première tente proche de lui.

Un instant plus tard, une cinquantaine d'hommes à la mine endormie avaient envahi les allées du camp. Certains se précipitèrent vers le garde qui gisait au milieu de son abri détruit, d'autres allumèrent des lampes à huile et commencèrent à inspecter le sous-bois.

La tente où les deux amis avaient trouvé refuge était plus grande que les autres. C'était un chapiteau encombré d'un bric-à-brac d'armes, de vêtements et d'équipements de guerre. Quelques rations de viande séchée étaient soigneusement empilées à côté de flasques de vin. Un véritable matériel de campagne : tout cela était trop bien organisé pour de

1. C'est-à-dire à la limite juste avant la fracture du crâne.

simples brigands. Certaines pièces étaient curieusement frappées de blasons à demi effacés. Mais Hébus n'eut pas le temps de s'appesantir sur cette constatation, la voix de son ami l'appelait :

— Hébus ? Que... Que se passe-t-il ? Où sommes-nous ?

Lanfeust s'était levé et massait sa nuque, en proie à une migraine terrible.

— Lanfeust, tu as retrouvé tes esprits ?

— Euh, je crois... mais la grotte a changé, depuis tout à l'heure !

— On est plus dans la grotte, je t'expliquerai. Suis-moi, on va voir ce qui se passe dehors.

Les deux amis collèrent leur visage contre l'ouverture d'une couture défaite et observèrent l'agitation qui secouait le camp. Une centaine de mercenaires, visiblement plus organisés et mieux armés que ceux du matin, formait un demi-cercle autour d'une tente située au centre.

Une silhouette vêtue d'une bure de cuir sombre écarta les pans de toile. Ses bottes claquèrent sur les planches que l'on avait jetées hâtivement dans la boue afin de lui éviter de se salir. Parvenu au milieu des hommes, il repoussa d'un geste sec le froc qui dissimulait son visage. Son crâne chauve brilla à la lueur des flammes. Sa face ronde, ornée de moustaches discrètes, contrastait avec son regard empli d'une fourbe cruauté. Un regard froid et calculateur, enfermé dans un corps aux allures inoffensives.

— Que se passe-t-il ? demanda l'homme sèchement.

— Un des gardes a été assommé, seigneur Murne !

— Il a failli être fendu en deux, oui ! dit un autre soldat.

— Il a été attaqué par un troll ! affirma un grand échalas en crachant dans la boue.

— Un troll ! reprit la troupe, les yeux agrandis de terreur.

Un murmure d'effroi parcourut les hommes.

— Il suffit !

Murne toisa ses troupes d'un regard hautain : une bande de brigands et de mercenaires qu'il avait embauchés à la hâte sur les ordres de son maître. Certes, ils avaient piètre allure, et c'étaient pour la plupart des lâches. Mais avec un peu d'alcool et quelques promesses, ils se transformaient en une meute de chiens sauvages.

« Ma meute », songea Murne en souriant. Dans quelques jours, il la testerait avant de la livrer à son maître. Mais pour l'heure, il s'agissait de régler ce problème de troll.

— Qu'on m'amène le garde.

Deux ruffians aux ceinturons bardés d'armes s'empressèrent d'aller récupérer le malheureux qui gisait encore au milieu de sa casemate détruite. Il était assis, hébété et massait son crâne douloureux. Ils le saisirent par les aisselles et le déposèrent aux pieds de Murne.

— Que s'est-il passé exactement ?

— Heu... Ben, on n'y voyait pas grand-chose à cause de la pluie...

— Viens-en au fait !

— Un homme a surgi de nulle part, il avançait l'épée au clair et portait un drôle de grand chapeau, puis...

— Un chapeau et une épée ?

Le visage de Murne s'éclaira d'une lueur malfaisante. Les premiers rangs en frémirent de crainte.

— Or-Azur ! Ce chevalier d'opérette tente de passer nos lignes ! Nous devons le capturer avant qu'il n'atteigne sa destination !

— Et le troll ?

— Le troll ? Quel troll ? demanda Murne en vrillant son regard dans celui de la sentinelle.

Il approcha son visage jusqu'à sentir son haleine.

— As-tu vraiment vu un troll ? Prends ton temps, réfléchis. Si tu mens, je te fais trancher la langue.

Le brigand déglutit avec difficulté.

— À vrai dire, c'est l'homme qui a parlé d'un troll. Après je suis tombé, assommé, je n'ai rien vu moi-même...

— Tu t'es laissé abuser par une ruse vulgaire. Or-Azur est malin !

Murne colla son nez à celui du garde terrifié.

— Revenons à toi : tu empestes la bière d'algue : tu as dû t'assoupir, c'est ce qui a permis à Or-Azur de t'approcher ! Tu feras donc partie des premiers rangs d'assaut !

Murne se redressa, sec et précis :

— Trouvez-moi ce chevalier de pacotille ! De l'or pour celui qui m'apporte sa tête ! Mais s'il s'échappe, je m'occuperai personnellement des responsables !

Les mercenaires se dispersèrent tandis que Murne regagnait l'abri douillet de sa tente tapissée de peaux.

— Y rigole pas celui-là ! souffla Hébus.

— J'ai pas tout compris, j'ai encore mal à la tête, répondit Lanfeust en se frottant le crâne. Tu m'expliqueras, hein ?

— Promis !

Le garçon allait s'élancer lorsque son regard tomba sur le matériel qui encombrait la tente.

— Attends, on va emporter des bricoles, ça sera certainement utile.

Ils enroulèrent dans une couverture des lanières de viande séchée, un sac de pois secs, deux cruchons de vin et des vêtements. Une poignée de minutes plus tard, ils étaient prêts.

— Et maintenant ? demanda Lanfeust.

— Quoi, maintenant ?

— Ben... ça grouille de mauvaises personnes, dehors.

— On fait un autre plan troll ? Huk ! Huk !

— Je préférerais autre chose.

Le jeune homme chercha une idée pour franchir discrètement les quelques dizaines de toises qui les séparaient de Nicolède et des filles. Le rideau de pluie et l'obscurité pourraient les aider à passer inaperçus. Mais Hébus parviendrait-il à demeurer discret ? Un souffle de vent souleva un pan de la toile et Lanfeust entrevit un magnifique pin-boule derrière la tente. Il sourit.

— J'ai l'air de quoi, là ? demanda Hébus tout en s'efforçant d'avancer.

— Tu veux vraiment que je te réponde ? fit Lanfeust, réfrénant un fou rire.

Le garçon avait enfilée une cuirasse bosselée, un chapeau de feutre mou et arborait une hache imposante. À ses côtés, une chose mi-végétale, mi-animale, douée de parole et empestant le troll progressait par petits bonds, engoncée dans un camouflage de fortune.

— Sérieusement, tu trouves que je ressemble à un pin-boule ? demanda-t-il enfin.

— Ben, pour la boule, c'est sûr. Pour le pin, ça se discute. Imite un peu le bruit du vent dans les épines, pour voir ?

— Chut, voilà quelqu'un.

Lanfeust regarda l'homme s'approcher. Hébus s'était figé, les bras en l'air, et retenait sa respiration. Il soufflait entre ses dents, s'efforçant de reproduire le bruit du vent dans les branches. L'homme s'arrêta devant Lanfeust et cracha à terre.

— Hé, rouquin ! Viens un peu par ici...

L'homme portait une chemise de lin maculée de taches et ajourée d'accrocs. Il se gratta le nombril, rota, et exhiba un flacon qui empestait le mauvais rhum.

— T'es nouveau, toi ? Regarde un peu ce que j'ai à boire...

— Nous ne devrions pas plutôt chercher cet Or-Azur ?

— Ah, çà !

L'homme cura une de ses dents creuses avec un morceau de bois puis entreprit de défaire son pantalon. Il se tourna pudiquement et urina copieusement sur l'arbre - plus exactement sur les genoux d'Hébus - en chancelant. Il se soulageait à grand bruit tout en continuant à discourir :

— Laisse les autres s'agiter. Dans quelques jours, demain peut-être, il va falloir se battre. On ne sait jamais ce qui peut arriver. Alors, fais comme moi, prends un peu de bon temps.

L'homme rajusta le cordon de ses culottes et tendit la bouteille.

— Non, merci, répondit Lanfeust en faisant mine de s'éloigner.

L'ivrogne haussa les épaules. Il allait s'engouffrer dans une tente proche lorsqu'il se retourna vers Lanfeust :

— Au fait, méfie-toi, rouquin. Il y a des arbres bizarres dans le coin, dit-il à voix basse.

D'un air de conspirateur, il désigna Hébus du pouce. Puis il s'écroula, vaincu par l'alcool.

Un peu échaudés par cette rencontre impromptue, les deux amis reprirent leur progression en redoublant de prudence. Lanfeust avait mis au point une tactique : il marchait devant et vérifiait soigneusement que le chemin était dégagé. Puis il attendait qu'Hébus le rejoigne, en s'efforçant de ne pas éclater de rire. D'autant qu'à présent, le troll était secoué de curieux déhanchements qui affectaient sérieusement sa démarche.

— Mais qu'est-ce que tu fais ? chuchota Lanfeust. Si tu continues, on va se faire repérer ! Ce n'est pas parce que les brigands se sont dispersés dans la forêt, qu'il faut perdre toute prudence ! Il en reste sûrement dans le camp. Et puis c'est quoi ce tac-tac-tac-tac qu'on entend ? T'as les dents qui claquent, ou quoi ?

— Un troll n'a jamais peur, grogna Hébus. J'ai des ziboules.

— Des quoi ?

— Des ziboules : des oiseaux qui picorent les boules des pins-boules. Il est plein de bestioles, ton pin. Sauf que là, c'est pas sur ses boules, qu'ils tapent avec leurs becs.

Ils atteignirent l'enclos à gramoches sans encombre. En passant devant, il sembla à Hébus que l'un des ruminants esquissait un sourire. Mais non, ce devait être un effet de son imagination. Ils se retrouvèrent finalement devant Nicolède et ses deux filles. C'Ian se jeta au cou de son fiancé, tandis que Cixi avait du mal à retenir son rire.

— Au lieu de glousser comme une volaille déplumée, tu ferais mieux de me débarrasser de ça ! gronda Hébus en désignant les oisillons qui quittaient l'intérieur de son pagne de cuir.

— Pourquoi ? dit Cixi. Tu ne vas pas t'en prendre à ces pauvres petites bêtes, quand même ? Tu as déraciné leur maison, je te signale ! Le moins que tu puisses faire, c'est de la replanter un peu plus loin.

— Hein ? ! ?

— Du calme ! interrompit Nicolède. Vous vous disputerez plus tard. Si la pluie cesse, les bandits risquent de nous retrouver. Il faut nous remettre en route, Jaclare ne doit plus être bien loin maintenant.

— Ben, et moi ? dit Hébus.

— Pas le temps de te changer ! sourit Cixi. Bon, tu viens ou tu prends racine ?

Longeant les abords du camp, quatre compagnons et un pin qui grommelait se fondirent dans la forêt. Ils marchèrent une bonne heure. Quand ils furent certains d'être hors de portée des mercenaires, ils s'arrêtèrent pour finir la nuit. Le pin fut replanté sur une butte, et la petite troupe se lova à ses pieds. Ils n'étaient plus qu'à quelques lieues de Jaclare. On percevait déjà les odeurs iodées de l'océan tout proche.

12

La matinée était bien avancée[1] lorsque Lanfeust et ses compagnons atteignirent les hauteurs de Jaclare, sur la côte de la mer du Ponant. Le soleil déjà haut les avait surpris, quelques heures plus tôt, endormis au pied du pinboule. Ils étaient partis sans même déjeuner, pressés de mettre le plus de distance possible entre eux et les ennuis des jours précédents.

À présent, le sentier décrivait des lacets paresseux entre les troncs d'énormes bolbolongs ambrés. L'air était parfumé de fragrances marines et d'une douce odeur de sève. Les brindilles craquaient sous les bottes, formant un tapis moelleux.

1. Pas autant que certains fromages des Monts de Confluence, mais pas mal avancée quand même.

Cixi, qui marchait en tête, aperçut un écureuil assis au milieu du chemin. Le petit animal roux à grosse queue touffue grignotait tranquillement une pomme de pin. Il leva un œil rond et avisa la jeune femme. Non, elle ne ressemblait pas à une noisette. Il n'y avait là-dessus aucune méprise possible : les noisettes ne mettaient pas de petits trucs rouges pour cacher des bouts roses et des poils. De toute façon, une noisette, ça n'avait pas de poils. D'un naturel méfiant envers tout ce qui n'était pas noisette, l'écureuil choisit finalement de s'enfuir avec son dîner.

Lanfeust ne disait rien. Il scrutait les taches d'ombre au milieu de la verdure. Depuis l'épisode de la nuit, il guettait sans cesse la présence de nouveaux brigands. À travers les arbres, le jeune homme distingua une lointaine trouée bleutée : des vagues qui scintillaient et dansaient sous le soleil.

— Nous avons presque atteint la côte. Nous allons pouvoir nous restaurer dès que nous serons en sécurité derrière les murs de Jaclare.

Cixi marmonna un juron à voix basse. Les autres compagnons sourirent. La brunette ne ratait jamais une occasion de proférer quelques gros mots. Pas un instant ils n'eurent l'idée de lever le nez et de regarder en l'air. Pourtant, ils auraient aperçu deux ombres larges et inquiétantes qui venaient d'émerger des nuages à leur verticale. Les silhouettes décrivirent des arcs de cercle de plus en plus bas, puis fondirent droit dans leur direction...

— Yeepee ! C'est vraiment chouette d'être dragonnier !

L'homme qui avait parlé se tourna vers son compagnon qui volait à quelques coudées de lui, aile contre aile. Planant à une centaine de toises dans le ciel de Troy, les deux guetteurs chevauchaient de majestueux dragons portés par les alizés. Leurs bêtes sinueuses étaient de terribles créatures pour qui ne savait pas les manier. Elles ne disposaient ni de pattes ni de griffes, mais leurs crocs emplis de venin étaient largement suffisants.

— Du calme, Ebarth. Tes cris vont affoler ta monture. On est ici pour un travail précis, je te rappelle. Essaye plutôt de repérer ces fameuses bandes de brigands.

— Khast, quel rabat-joie tu fais ! Ça n'empêche pas de nous amuser, non ? Regarde en bas : les taches sombres que l'on aperçoit, c'est la toile des tentes noires de notre enclos à dragons, au milieu de Jaclare. Chiche, on fait une descente en piqué et on affole tout le monde ?

Khast ignora cette idée saugrenue et se contenta de rajuster son élégant béret vert : l'insigne de sa charge de capitaine dragonnier de Jaclare. Le dragonnier Khast. Son geste était sans ambiguïté. Il rappelait clairement à Ebarth que, lui, ne portait que l'écusson rouge des écuyers.

Au lieu de se montrer impressionné, ce dernier arbora une mine goguenarde. Il savait que bientôt, lui aussi serait admis dans le cercle très fermé des hommes volants. Il serait alors le dragonnier Ebarth. Il plaça une main en coupe devant sa bouche et déclara sur un ton militaire :

— Allô ! Allô ! Ici Leader Rouge, j'appelle Leader Vert, je plonge vers les toiles noires...

Il ponctua d'une petite musique martiale :

— *Ta ta tsan ta tatsan ta tatsan...*

— Eh ! C'est pas bientôt fini, ces âneries ? (Khast pointa son doigt vers la forêt.) Va plutôt y jeter un œil. C'est là qu'on a signalé les bandes, ces jours-ci.

— Ça va, ça va, grogna Ebarth. Si on ne peut plus rigoler...

Il écarta les rênes de son dragon pour le faire virer de trajectoire, et partit à grands coups d'ailes vers la pinède.

Après un ultime détour, le sentier émergeait du sous-bois. Dans la lumière crue du soleil, il se transformait en chemin de terre bordé de buissons de lavande. Les compagnons marquèrent une halte pour contempler le paysage côtier. Leur regard pouvait dévaler les pentes des collines abruptes jusqu'aux plages de galets blancs et embrasser l'horizon. Au-delà, l'écume des vagues naissait et mourait dans un perpétuel ralenti, jusqu'à se fondre avec le ciel scintillant. Intérieurement, chacun poussa un soupir de soulagement : le cauchemar semblait enfin pouvoir se terminer.

Hébus masqua le soleil avec sa main et tenta d'apercevoir une autre rive dans le lointain.

— Gottferdom ! C'est le plus grand lac que j'aie jamais vu !

— Ce n'est pas un lac, répondit Nicolède en souriant. C'est la mer du Ponant. Tu ne risques pas d'en voir le bout.

— De toute façon, les histoires d'eau, j'ai horreur de ça, grommela le troll. Salée ou pas, l'eau, ça reste de l'eau. Ça mouille et ça lave : c'est obscène.

C'Ian éclata d'un rire cristallin et glissa un regard en coin à Lanfeust.

— On croirait entendre les garçons du village ! C'est donc si désagréable de sentir bon ?

Lanfeust rougit jusqu'aux oreilles. Il se mit à bredouiller :

— J'espère que ce n'est pas pour moi que tu dis ça... Tu sais, moi aussi je prends des bains, maintenant. Enfin surtout depuis qu'on se fréquente, bien sûr, mais...

Sentant qu'il s'embourbait, il chercha un soutien autour de lui. Il interpella la première personne qui lui vint à l'esprit :

— Pas vrai que je prends des bains, Cixi ? Dis-lui, toi, puisque tu étais là !

Un oiseau qui passait à cet instant s'étonna du silence qui venait de tomber sur cette partie du sentier. Son instinct lui commanda de battre prudemment en retraite, et il s'en retourna à un bosquet plus loin. La nature tout entière retenait sa respiration. Jamais l'air n'avait été chargé d'une telle tension.

— Lanfeuuust ?

La voix de C'Ian s'était teintée une neutralité suspecte. Trop calme, beaucoup trop calme. Celle du garçon se résumait à un filet hésitant :

— Oui, ma chérie ?

— Tu viens bien de dire que ma sœur assistait à tes bains, là ?

— Ce n'est pas ce que tu crois ! Moi je ne voulais pas ! C'est elle qui...

— Oui, mais tu y étais ?

— Ben oui, puisque c'était mon bain.

— Et tu n'es pas parti ?

— Ben si ! Enfin non ! C'est-à-dire que, si je m'étais levé, elle m'aurait encore plus regardé et...

Le bruit sec d'une claque résonna dans l'atmosphère ensoleillée de la côte. La main de C'Ian avait fendu l'air si vite que personne n'avait vu son bras bouger.

— Aouch ! cria Lanfeust, frottant sur sa joue la marque de cinq doigts fins et délicats.

Le jeune homme dansa d'un pied sur l'autre, mimant la douleur tout en guettant la réaction de C'Ian du coin de l'œil. Il était trop heureux de s'en être tiré à si bon compte. En vérité, il n'aurait pas aimé révéler que la présence de Cixi avait comporté un aspect légèrement stimulant.

C'Ian pivota d'un quart de tour afin de changer de cible, et s'appliqua à fusiller sa sœur du regard. Cixi, maussade, s'intéressa soudain avec passion au bout de ses chaussures.

— Cixiiii ? Tu peux m'expliquer pourquoi tu espionnais les ablutions de mon fiancé ?

— Boaf... Pour ce qu'il y avait à voir, marmonna l'intéressée.

Nicolède, sentant approcher l'orage, se mit à faire de grands gestes frénétiques.

— Hop, hop, hop ! Regardez, c'est incroyable : le port de Jaclare est justement à nos pieds, niché dans cette anse rocailleuse que l'on devine là-bas. Nous sommes bientôt arrivés ! conclut-il gaiement.

Cixi retira ses chaussures et testa le sentier de terre du bout des pieds.

— Eh bien, c'est pas trop tôt ! Fini les orties et les chardons qui piquent ! Ce soir, nous allons dormir dans un vrai lit. Hum, en plus je suis sûre que c'est plein de fringants jeunes hommes, sur la côte... Et ça ne doit même pas les gêner qu'on les regarde se baigner !

Elle s'élança sur le chemin en pente

— Qu'est-ce qu'elle fait encore ? demanda C'Ian.

— Cixi, attends ! héla Lanfeust. Je n'ai pas encore inspecté les environs ! C'est peut-être dangereux !

Mais la jeune femme dévalait déjà le sentier.

— Yahou ! cria-t-elle. Le dernier arrivé aux portes de la ville est une vieille gramoche édentée !

Plus haut dans les airs, la monture d'Ebarth se mit à gronder. Un groupe de silhouettes venait d'émerger de la forêt quasiment sous ses naseaux.

— Par les vents ! fit le dragonnier. Rien n'arrête ces fripouilles ! En voilà encore une bande qui essaie de s'infiltrer.

Il se tourna vers son capitaine et se mit à faire de grands gestes, désignant les intrus. La réponse de Khast tomba depuis les hauteurs :

— On va les coincer !

Le capitaine des guetteurs de Jaclare plaça son béret à l'envers sur sa tête et l'y arrima fermement. Puis il se pencha sur sa monture et piqua des deux éperons.

— Va, mon dragon, haro sur ces soudards ! Allons chasser de nouvelles proies...

Lanfeust et ses compagnons s'apprêtaient à héler une seconde fois Cixi, lorsque la jeune femme fut recouverte par une ombre noire. Une bourrasque violente la jeta à terre. Elle poussa un cri.

— Seigneur, qu'est-ce que c'est que ça ? s'égosilla C'Ian.

— Des dragons ! cria Lanfeust en se précipitant vers Cixi. Hébus, avec moi ! Les autres à couvert !

— Attendez ! Du calme, intervint Nicolède. Ils ne sont pas sauvages. Sinon nous serions déjà morts.

Les monstres se posèrent près d'eux, dressés sur leur queue enroulée. Le battement de leurs ailes déplaçait un souffle puissant qui emmêlait cheveux et vêtements. La poussière se soulevait par nuages entiers, forçant les compagnons à se protéger les yeux. Les dragons rabattirent leurs ailes et le vent retomba. Leurs contours massifs apparurent tandis qu'une odeur âcre emplissait l'atmosphère.

C'était de formidables créatures. Des montures au thorax annelé, dotées d'un long cou plissé et d'une queue interminable. Leur extrémité caudale se redressait et fouettait l'air dans un vrombissement sinistre. Lanfeust parcourut du regard les écailles striées de bleu et d'émeraude. L'affaire se présentait mal. Il n'apercevait pas la moindre faille dans ce caparaçon naturel qui luisait au soleil.

Sur l'échine de chaque dragon était harnachée une nacelle de cuivre. L'arrière s'étirait en une selle fuselée tandis que l'avant, poli comme un miroir, se redressait pour former un bouclier aveuglant. Chacune supportait un dragonnier armé d'une longue lance.

« Ça ne va pas être évident, songea Lanfeust avec une grimace. En admettant que je parvienne à éviter les crocs de ces saletés, leur cavalier n'aura qu'à pointer sa lance pour m'embrocher comme un plutre qu'on met à rôtir. »

L'un des dragons se détendit brusquement vers Nicolède. Il darda une langue bifide dans un hideux sifflement. Le dragonnier s'arc-bouta sur ses étriers et tira fermement sur les rênes.

— Arrière, Godzillong ! L'heure n'est pas encore venue de cracher ton suc venimeux...

L'homme avait un visage buriné barré d'une fière moustache rousse. Un béret vert était enfoncé à l'envers sur sa tête, d'une façon quelque peu ridicule, si l'on considérait la gravité de la situation. Il s'adressa au groupe :

— Holà, marauds ! Je suis le capitaine dragonnier Khast. Et voici mon frère Ebarth. Sachez que vous êtes sur un territoire protégé, et nous sommes ses protecteurs. Un pas de plus et vous êtes morts.

— Ouaip, il a raison mon grand frère, ajouta Ebarth. Retournez dans vos bois et vous aurez peut-être une chance ! Sauf si Khing-Kâa et Godzillong décident de vous poursuivre dans la forêt. Lorsqu'ils sont affamés, ils adorent tout ravager, les biquets, hé-hé-hé-hé !

Son rire caquetant découvrit une rangée de dents jaunies et de chicots fétides.

Lanfeust fit un pas en avant.

— Nous ne cherchons pas à nous battre.

Il avait délibérément placé sa main sur la garde de son épée, mais l'avait laissée au fourreau. Il tourna la tête vers Nicolède et murmura entre ses dents :

— Ils n'ont pas l'air comme ceux de cette nuit. Vous croyez que ce sont des brigands ?

— Je ne pense pas, répondit le Sage. Je n'en ai jamais vu à dos de dragon. Ils ne disposent ni des dresseurs ni de la magie nécessaires pour maîtriser ce genre de créature.

Le capitaine Khast rajusta fièrement son béret vert, et reprit sur un ton péremptoire :

— Les maraudeurs dans votre genre ne sont pas les bienvenus sur le territoire de Jaclare. Rebroussez chemin, j'ai du mal à retenir mon fidèle destrier...

Sa monture considéra le groupe avec appétit. Un filet de bave chargé d'acide gouttait du coin de sa gueule béante. Le dragon commença à s'approcher de Nicolède en se dandinant. Cette fois, son maître ne fit aucun effort pour le retenir. Lanfeust s'interposa. Son épée jaillit dans sa main si vite que les anneaux de plomb attachés au pommeau sifflèrent au bout de leur lanière.

— Rappelez votre animal, capitaine. Je ne vous le dirai pas deux fois.

Hébus se plaça face au second dragon. Il commençait à faire osciller sa masse au bout de sa longue chaîne. Le sourire du troll s'était transformé en dangereux rictus. Les belligérants contractèrent leurs muscles. Une tension extrême crispait chaque visage.

— Holà, que se passe-t-il ? intervint Nicolède. Par mes grimoires ! Les habitants de cette contrée ne seraient-ils plus des gens honnêtes et bienveillants ? Capitaine Khast, regardez, dit-il en désignant le sentier. Nous nous trouvons sur le chemin du port de Jaclare. Or, la charte d'Eckmül vous ordonne de protéger tout voyageur arrivant par la route, pour peu qu'il agisse de façon honnête et sans intention belliqueuse. Ce qui était notre cas avant votre assaut.

Le dragonnier haussa un sourcil perplexe :

— Nos ordres sont...

— ... très clairs, coupa Nicolède, vous devez appliquer la charte d'Eckmül dans un périmètre d'au moins trois lieues autour de votre cité. À moins que l'on ne respecte plus la loi, par ici ? Ce qui serait très différent. Beaucoup plus grave, en fait...

Le Sage fit signe à Lanfeust et Hébus d'abaisser leurs armes, sans pour autant leur demander de les jeter à terre.

— Nous appliquons les lois du Conservatoire, répondit le capitaine Khast. Mais la charte ne dit rien sur ce genre de monstre.

Il désigna le troll de la pointe de sa lance.

— Parfaitement ! Hé-hé-hé, renchérit Ebarth. Pour les

demoiselles, on peut s'arranger. Mais les gros tas poilus dans son genre, ça ne fait pas partie des accords passés avec Eckmül. Je propose que mon fidèle Khing-Kâa se charge de lui.

Les babines du troll se retroussèrent sur son plus beau sourire.

— Cher dragonnier à la dentition déficiente, dit-il, je sais me tenir en société. Mais si tu continues à insinuer des choses désagréables, je te dévore sur-le-champ. Ou sur le sentier, comme tu préfères.

— Hébus, tu dois nous promettre de ne manger personne, exigea Nicolède.

Le troll fit une moue de déception.

— Comment ça ? Même pas un petit morceau, pour goûter ?

— Tais-toi, Hébus ! dit sèchement Nicolède. Hem, n'ayez aucune crainte, messieurs, notre troll plaisante. Il est enchanté.

— Enchanté ? (Le visage de Khast s'éclaircit.) Mais alors... vous devez être un Sage d'Eckmül ? !

— Tiens donc ? fit Ebarth, suspicieux. Je demande à voir ça...

L'écuyer défit sa boucle d'attache et sauta à bas du dragon. Il s'agenouilla, tendit les mains et se concentra. Ses cheveux rares et filasse s'élevèrent sur sa tête. Une coudée plus bas, dans les profondeurs de la tourbe, une graine germa. Le sol se fendilla et une gerbe de verdure apparut. La jeune pousse devint un tronc qui grimpa à une vitesse vertigineuse, forçant Ebarth à s'écarter. Branches et feuilles se déployaient en tout sens. Sous les yeux des compagnons ébahis, un superbe grublotier venait d'apparaître !

Hébus arracha une branche et happa les fruits d'un coup de dents.

— Mmiom, pas mal comme don, cha, dit-il entre deux bouchées. Vous savez faire pousser des pétaures farcis ?

Mais l'écuyer dragonnier l'ignorait. Il avait entamé une danse enthousiaste.

— Yeepee ! s'exclamait-il. Je peux à nouveau exercer la magie !

— C'était donc vrai, reconnut le capitaine Khast, rayonnant. Nos pouvoirs sont revenus !

Il descendit de sa selle et vint à la rencontre de Nicolède.

— Dans mes bras ! dit-il en l'écrasant contre lui. Vous êtes celui que nous attendions !

— Comment ça... ? tenta d'articuler le Sage. Vous nous attendiez ?

— Naturellement. Montez vite, tout le monde est impatient de vous voir. Nous devons annoncer la nouvelle.

— J'ai peur qu'il y ait une erreur..., reprit Nicolède.

Lanfeust lui assena une bourrade discrète entre les côtes. Il lui glissa à l'oreille :

— Pas un mot. Nous n'avons plus besoin de combattre et vos filles sont sauves. Pour l'instant, c'est tout ce qui nous intéresse.

Nicolède acquiesça du regard. La petite troupe monta sur le dos des dragons, et s'arrima aux sangles de sécurité.

— Il faut nous excuser pour tout à l'heure, dit Khast. Ebarth et moi sommes membres du clan des Wadhallas, qui administre Jaclare depuis des générations. Nous avons la réputation d'être un peu rustres. Dans cette région hostile, il faut savoir se faire de la place, sinon on vous marche sur les pieds. Le port est sans cesse l'objet de raids de brigands. Ils se montrent de plus en plus violents et téméraires. Évidemment, maintenant, les choses vont changer...

Avant que Nicolède ne puisse s'expliquer, le dragonnier donna l'ordre du départ et les deux montures prirent leur envol. Au premier coup d'aile, Lanfeust eut l'impression que son estomac remontait brutalement vers son cerveau. Le dragon changea de cap, et le jeune homme de couleur.

— Ça remue, hein ? plaisanta Khast. C'est toujours comme ça la première fois. Tenez bien les sangles et ne regardez pas en bas. Au fait, si votre troll se sent mal, dites-lui de ne pas vomir sur Godzillong. Son suc gastrique est encore plus corrosif que celui de nos bêtes.

— Vous avez aussi des trolls, par ici ? demanda Nicolède, qui se cramponnait les yeux fermés.

— L'un d'eux a dévoré notre Sage et son assistant il y a quelque temps, cria Khast entre deux bourrasques de vent. Il était un peu dans le même genre que votre ami. Sauf que l'autre parlait moins poliment. Depuis, nous n'avons plus de magie. Nous avons envoyé des messagers à Eckmül pour réclamer un remplaçant, sans obtenir la moindre nouvelle. Nous commencions à désespérer...

— Ne vous méprenez pas, nous sommes...

— Funéraill-HOC ! le coupa Lanfeust en évitant de justesse un haut-le-cœur. Chut, maître Nicolède, reprit-il plus bas. Ne dites rien pour le moment. Ces types comptent sur nous, et je ne suis pas sûr qu'ils soient du même genre qu'à Glinin. Le petit édenté, là, il a une drôle de façon de regarder Cixi. Si nous les laissons tomber, nous risquons de les décevoir et de nous mettre dans une situation délicate. Nous nous esquiverons dès que possible.

— Tu as raison, Lanfeust. Au fait, Hébus, dit Nicolède

en se tournant vers le troll. Rassure-moi. À propos du Sage et de son assistant, ce n'est tout de même pas toi qui...

— Bah ! De toute façon, le vieux était déjà malade, dit le troll en haussant les épaules. Il avait un atroce goût de bile et de fiel. J'ai mis au moins trois jours à le digérer.

Les compagnons regardèrent Hébus avec des yeux ronds.

À l'avant, Khast n'avait rien entendu.

— Vive nos sauveurs ! lança-t-il gaiement. Nous organiserons cette nuit un grand banquet en votre honneur. Tous à Jaclare !

13

Le soir avait tiré un drap d'ombre parfumée dans ciel de Jaclare. Les compagnons étaient logés dans une maison cossue, avec vue sur la mer. Nicolède avait obtenu une chambre indépendante. Lanfeust partageait la sienne avec Hébus, et la troisième était réservée aux filles.

Alors que les flambeaux installés dans la rue projetaient déjà les silhouettes des premiers cortèges sur les pavés, on percevait à travers l'une des fenêtres les éclats d'un débat houleux. Deux voix féminines paraissaient plongées dans une discussion animée...

— Je m'en fiche, je vais y aller !

— Et moi, petite sœur, je te dis qu'il serait plus sage de rester ici !

C'Ian se tenait campée devant Cixi et la foudroyait du

regard. La brunette ne lui prêtait pas la moindre attention. Elle était occupée à arranger ses cheveux d'une main, tout en s'examinant dans le miroir ovale qu'elle tenait de l'autre. Cixi saisit une élégante broche figurant une phalène d'or aux ailes de rubis et la piqua dans ses boucles voluptueuses. Elle appliqua ensuite une dernière touche de fard argenté de Questie sur ses paupières mi-closes. Puis elle reposa ses accessoires sur la commode et contempla le résultat. Le miroir lui renvoya l'image d'une jeune femme rayonnante. Ses dents immaculées étaient découvertes par un superbe sourire de satisfaction.

— Alors, comment me trouves-tu ? demanda-t-elle en se tournant vers C'Ian.

— Absolument insupportable ! Quand papa va te voir ainsi peinturlurée, il va t'enfermer dans ta chambre.

— Ça m'étonnerait. Ma chambre se trouve à des centaines de lieues d'ici. Et là dehors, toute une ribambelle de jeunes hommes m'ont déjà donné rendez-vous pour ce soir. On organise une fête en notre honneur, tu t'en souviens ?

— Pas en *ton* honneur : celui de notre père. C'est grâce à lui qu'on nous respecte, dans ce trou perdu. Ces gens ont l'air de l'attendre comme le Mais-Si[1].

— Eh bien, je suis tout autant convoitée, tu peux me croire ! fit Cixi agacée.

Elle se leva d'un bond, jeta une étole sur ses épaules et se dirigea vers la porte.

— Au cas où tu ne l'aurais pas remarqué, reprit-elle, je ne

1. Le Mais-Si, et son adversaire immémorial le Mais-Non, sont des créatures surnaturelles que personne n'a jamais vues. C'est pour ça qu'elles sont surnaturelles. Selon certaines légendes, la venue du Mais-Si annoncerait une période de grand bonheur, de joie, de fraternité, d'amour, de paix et de parking gratuit devant le Conservatoire d'Eckmül. Autant dire que ce n'est pas près d'arriver. En revanche, personne ne sait ce que donnerait la venue du Mais-Non. C'est incroyable, non ? Si.

suis plus une petite fille. Ce n'est pas parce que personne ne t'a donné rendez-vous, à part ton bouseux de fiancé, que tu dois être désagréable.

— Cixi, tu te comportes comme une enfant gâtée. Quant à Lanfeust, c'est un garçon sain et naturel.

— Oui, c'est ça, on est d'accord, un bouseux.

Un bruit dans l'entrée les interrompit.

— Salut, les filles ! Vous parliez de moi ?

Lanfeust venait d'apparaître dans l'encadrement de la porte. Arborant un sourire impeccable, il tenait un bouquet de petites fleurs à la main. Pour le reste, il était intégralement recouvert d'un limon indéfinissable. La substance verdâtre aplatissait ses cheveux, coulait le long de ses joues et dégageait une odeur fétide épouvantable.

— Au fait, euh... J'étais avec Hébus. On est allé voir l'élevage de bagroins pataugeurs, mais cet idiot m'a fait tomber dans l'enclos à purin. On en a profité pour faire une petite bagarre. Hahaha ! Ces trolls sont de sacrés lurons. Faudra qu'on pense à reconstruire l'enclos, aussi. En attendant, je pourrais utiliser votre baquet ? J'ai peur de m'être fait une tache ou deux.

— Tu... Tu..., fulminait C'Ian.

— Ah oui ! J'allais oublier, ajouta le jeune homme. Voilà un bouquet de touristales. Je les ai cueillies pour toi, C'Ian. C'est curieux, ces magnifiques fleurs ne poussent que sur le purin qui a fermenté au soleil pendant très longtemps. Tu savais ça ?

Cixi plaqua une main devant sa bouche pour se retenir de pouffer. Elle contourna Lanfeust avec précaution et se précipita dehors. On l'entendit hurler de rire jusqu'au bout de la rue.

C'Ian était pivoine. Une couleur qui faisait un curieux contraste avec le bleu de sa robe.

— Quoi ? demanda Lanfeust, qu'est-ce que j'ai dit encore ?

Jaclare n'était pas vraiment un port de toute première importance. Plus gros qu'un simple port de pêche mais pas encore un grand havre commerçant, il accueillait régulièrement quelques navires qui se livraient au cabotage le long des côtes. La plupart des habitants demeuraient de simples pêcheurs, fiers de leur indépendance et farouchement opposés à l'implantation de nouvelles familles.

Les marins se regroupaient en clans et travaillaient tous ensemble. Chacun sur son boutre, ils levaient l'ancre très tôt dans la journée. Leur petite flottille se dirigeait vers le large, guidée par les dragonniers qui repéraient les bancs et les meilleures zones de pêche. Aux lueurs rougissantes de l'aube, ils avaient déjà réduit la voilure et halaient doucement leurs filets.

La mer du Ponant était généreuse. Qu'il s'agisse de crapincettes à tête rose, de murges gloutues ou de délicieuses amesses, chaque jour voyait sa cargaison de poissons déversée sur le port.

Parfois les pêcheurs revenaient avec des prises exceptionnelles. C'était l'occasion de faire la fête. Le soir venu, les clans de Jaclare se réunissaient autour d'un grand feu. Ils préparaient de savoureuses grillades de poisson aux épices d'Armalie, des rôtis de mamouflons, des brochettes de fruits, et surtout les fameuses parottes géantes cuites à l'étuvée dans leur coquille. Ils mangeaient et buvaient, pendant que les bardes montaient sur les rochers pour chanter et raconter des histoires de bêtes fabuleuses, de monstres marins et de vierges plus ou moins blondes. Les festivités duraient souvent jusqu'à l'aube, heure où les navires levaient l'ancre.

Ainsi se déroulait la vie à Jaclare, au rythme du ressac et des alizés. Mais les choses étaient sur le point de changer... Depuis la disparition du Sage et de son assistant, les raids de brigands avaient lieu de plus en plus fréquemment, comme s'ils testaient les défenses du bourg. Désormais, la crainte sapait le moral des pêcheurs. Certains avaient interrompu la récolte du sel, traditionnelle à cette époque de l'année, pour consolider les palissades et ériger de nouvelles protections. Les dragonniers délaissaient la mer pour patrouiller au-dessus des crêtes et des forêts. La peur d'une invasion grandissait chaque jour. Les tensions s'exacerbaient. L'ambiance n'était plus au beau fixe...

Dans ce contexte, l'apparition de Nicolède avait soulevé une vague d'enthousiasme. L'arrivée du Sage d'Eckmül était une bénédiction pour Jaclare. À peine les compagnons avaient-ils sauté de leurs dragons, qu'on les portait déjà en triomphe sur la place du village. Les occupants de six demeures différentes avaient eux-mêmes tenu à héberger les nouveaux héros ! Le seul fait de les départager avait nécessité une bonne dose de tact et de diplomatie.

Alors que les filles se préparaient pour la soirée, Lanfeust et Hébus visitaient le port. Les dragonniers Khast et Ebarth s'étaient lancés dans une tournée endiablée en compagnie de Nicolède. Leur objectif semblait être de présenter le Sage au plus grand nombre possible de gens en un minimum de temps. En dépit du relatif chauvinisme des habitants, la promenade remportait un vif succès. Le trio s'arrêtait sous les acclamations dans la plupart des maisons. Après deux heures de ce rythme endiablé, le Sage n'en pouvait plus. Il demanda poliment :

— Chers amis dragonniers, je suis ravi de faire toutes ces rencontres, croyez-le bien. Mais voici que la nuit tombe. Ne devrions nous pas rejoindre mes compagnons ? D'autant que je perçois un délicieux fumet...

— Ouaip ! acquiesça Ebarth. Profitons du banquet tant qu'il est temps. J'veux pas être pessimiste, mais les bandes de brigands se rapprochent un peu plus chaque jour. Vous avez vu, il y en a plein la montagne. Qui sait si ce n'est pas eux qui nous grignoteront demain ? En parlant de grignoter, vous sentez cette odeur d'épices à l'étuvée ? À mon avis les parottes sont cuites...

— Par les vents ! s'exclama Khast. Mon cher frère ne serait-il donc qu'un ventre ? Voyons, je n'ai même pas fini de présenter maître Nicolède à nos différents cousins. Venez avec moi, noble vieillard. Vous devez tout savoir de votre nouvelle résidence !

— Je ne suis pas si vieux que ça, grommela le Sage. C'est juste que je suis un peu fatigué...

— Nos ancêtres sont arrivés dans cette rade par la mer, poursuivit Khast avec passion. Jaclare est pris entre l'océan, des collines abruptes et une épaisse forêt de pins géants, l'Ashin. Notre situation nous procure donc un isolement idéal. Voyez-vous, il est très difficile d'arriver à pied par l'Ashin, comme vous l'avez fait. Ce qui est parfait pour nous protéger des pillards, des casse-pieds et du mauvais temps. Jusqu'à présent, nous n'avions jamais été inquiétés. À part une fois : la mer déchaînée a emporté un de nos meilleurs navires, *L'Orme-Tatatan*. Sa coque était bâtie dans le plus solide des bois, mais ses amarres n'ont pas tenu. Ce fut une grande tragédie pour nous tous lorsque les flots nous l'ont ravi.

— Quand on y songe, fit remarquer Nicolède, cette anecdote a un petit côté paradoxal : ce n'est pas *L'Orme* qui prend la mer, c'est la mer qui prend *L'Orme.*

— *Tatatan !* s'exclama Khast.

— Plaît-il ?

— Vous devez dire *L'Orme-Tatatan.* Il faut toujours prononcer le nom complet d'un navire. Les marins sont très superstitieux à propos de ce genre de choses.

— Excusez-moi, dit Nicolède.

— Ouaip, ajouta Ebarth, *L'Orme,* la mer l'a pris. Je m'souviens, c'était un mât hardi.

— *Tatatan !*

— Heu, pardon frérot.

— Bon, tout cela est fascinant, dit Nicolède, mais je dois retrouver mes amis, à présent. Le banquet est sûrement commencé. Et si nous nous en allions ?

— *Tatatan !*

— Mais je n'ai rien dit !

— Désolé, un réflexe, répondit Khast.

Sur la place centrale de Jaclare s'élevait un buffet monumental. Des mamouflons entiers crépitaient au-dessus d'un feu gigantesque et la bière d'algue fermentée coulait à flots dans les gorges et les estomacs. Et après transformation, sur les troncs d'arbres. Sur de petits foyers individuels rôtissaient des poissons de toutes tailles. Regroupés par clans, les pêcheurs commentaient les récents événements. Des pieux étaient fichés en terre au pied de chaque attroupement, surmontés d'un bouclier frappé aux armes de différentes familles : les Deux-Gâges, les Han Vidhès, les Oterros...

Le capitaine Khast et Nicolède se dirigeaient vers le pavois de la famille Wadhalla où siégeait l'échevin de Jaclare quand le Sage s'arrêta.

— Un instant, j'aperçois ma fille qui vient à notre rencontre.

C'Ian avait fendu la foule pour lui sauter au cou.

— Père, te voilà enfin ! Tu nous as tellement manqué...

— Tu es gentille, ma petite, mais tu exagères. Nous ne sommes séparés que depuis quelques heures. Au fait, je ne vois pas ta sœur. Où est-elle ?

Le Sage promena son regard parmi les groupes de pêcheurs. C'Ian eut l'air ennuyée :

— Je ne sais pas où elle est, mais je sais avec qui. Elle m'a dit que toute une bande de garçons l'attendaient ce soir.

— Hum... Je vois. Ta sœur et toi avez toujours été un peu différentes. C'est ma faute. Je ne m'occupe pas beaucoup d'elle et elle veut t'imiter. Elle est précoce pour son âge. Les jeunes hommes lui tournent autour, elle n'y peut rien, il suffit de l'observer. Surtout de dos. Tout ça, c'est des histoires de popo...

— Popularité ? suggéra Lanfeust, qui venait d'apparaître à son tour avec Hébus.

— Je n'aurais pas choisi ce mot. Huk ! Huk ! Huk ! plaisanta le troll.

C'Ian fila une tape sur ses énormes fesses velues.

— Toi et ton ami, ce n'est pas la peine de faire les malins. Qu'est-ce que vous avez fichu tout l'après-midi à part vous rouler dans la boue ?

— Ben, on a fait le tour des défenses de Jaclare, dit Lanfeust. Pour des pêcheurs, ces gens sont drôlement bien organisés. Je me disais qu'on pourrait s'inspirer de leurs idées, lors de notre retour à Glinin.

— Tu voudrais pêcher au milieu des plaines ? s'étonna Nicolède.

— Non, pas vraiment. Je veux dire s'organiser en clans, installer des défenses, tout ça...

— C'est idiot, intervint C'Ian. Les gens se renferment sur eux-mêmes et ça ne fait pas des endroits sympathiques. D'autant qu'à Glinin, personne ne nous menace !

— Chut ! fit précipitamment Nicolède.

Le capitaine Khast s'approchait en lissant nerveusement sa moustache rousse.

— Eh bien, messires, notre échevin vous attend. Lui accorderez-vous enfin le plaisir de vous rencontrer ? Il brûle d'impatience.

— Nous venons, nous venons, répondit Nicolède.

Il emboîta le pas au capitaine et le reste de la petite troupe les suivit.

À quelques pas de là, le dragonnier Ebarth se tenait appuyé contre un empilement de paniers tressés débordants de melons d'eau. À peine Lanfeust et ses amis se furent-ils éloignés, qu'il tapota trois coups secs contre l'un des couvercles en osier.

— Vous pouvez sortir, mam'zelle Cixi. Ils ne sont plus là.

La tête de la jeune femme émergea du panier.

— Hi hi hi ! C'est drôlement amusant. Tu es sûr qu'ils ne m'ont pas vu ?

— Certain. Mon frère les a emmenés auprès de l'échevin. Ils en ont pour un bon moment.

— Bien, enfin libre ! La famille, qu'est-ce que ça peut être collant, parfois !

— Ouaip, j'comprends ça, mam'zelle. Mon frère Khast joue sans arrêt à être le chef. Ça m'énerve. Surtout que je suis drôlement plus costaud que lui.

Ebarth exhiba son thorax poilu et épais, lardé de cicatrices acquises au cours de multiples rixes. Il remarqua l'expression de Cixi et son rire découvrit ses chicots jaunis. La jeune femme réprima un frisson de répulsion.

— Hem, Barty, j'ai trouvé ce petit jeu de cache-cache fort sympathique. Mais comme je te l'ai dit tout à l'heure, j'aimerais rencontrer tes copains. Il doit bien y avoir ici d'autres garçons, disons... moins durement abîmés par ce rude labeur qui est le tien ?

— Pour sûr ! Tenez, en voilà justement un. Excusez-moi une seconde. Il faut que j'aille le saluer.

Le dragonnier s'approcha d'un bonhomme jovial affligé d'un gros nez rond et d'une touffe de cheveux noirs plantée au sommet du crâne. Il lui assena une grande claque dans le dos :

— Hé-hé-hé, ça roule pour toi, Orneste ?

— Comme tu vois, Ebarth, kr-kr-kr-kr ! s'esclaffa l'autre.

L'écuyer dragonnier revint vers la jeune femme.

— C'est un vieil ami, expliqua-t-il. On pêchait ensemble dans les îles, enfants.

— Je vois, dit Cixi. Tu sembles connaître beaucoup de monde. J'aime les gens qui connaissent beaucoup de monde et qui savent s'amuser.

— Vous n'avez encore rien vu ! Reprenez donc un verre de vin gris de Klostope. La soirée ne fait que commencer.

— Bonne idée. Mais un dernier détail, Barty...

— Ouaip, mam'zelle Cixi ?

— Si tu essayes de me présenter des types dans le genre d'Orneste, je te tue sur-le-champ.

— Bien, mam'zelle Cixi.

Nicolède et ses compagnons atteignirent le centre de la place. Sous un élégant pavillon vermillon siégeait un homme encore jeune, bien qu'une courte barbe noire ornât déjà son menton. Ses habits étaient sombres et de facture simple. Un verre à la main, il s'appliquait à sourire aux plaisanteries de ses concitoyens, mais son front était creusé de rides. On sentait bien que le cœur n'y était pas.

— Venez, Nicolède, dit le capitaine dragonnier, je vais vous présenter à mon frère Thyrm, le cadet de notre grande famille et surtout l'échevin de notre communauté, ajouta-t-il en lissant fièrement sa moustache. Notre oncle, le vénérable Hoth l'Ancien, l'a désigné pour être son successeur l'année dernière. Cela a été un grand honneur.

Le petit groupe fut entraîné dans l'allégresse sous l'impulsion du dragonnier et des pêcheurs avinés. À la vue de Nicolède l'échevin jaillit de son fauteuil de cérémonie.

— Cher ami, vous voilà enfin ! L'émotion m'étreint, les mots me manquent... En tant qu'échevin de Jaclare, sachez que je suis infiniment honoré d'accueillir notre nouveau Sage.

Il baisa distraitement la main de C'Ian, repoussa Lanfeust d'un geste machinal et se glissa devant Hébus avec une grimace. Puis il étreignit chaleureusement le Sage. Les autres compagnons furent invités à s'asseoir.

— C'est trop d'honneur, bredouilla Nicolède.

— Mais non. Par ces temps difficiles, votre venue est miraculeuse : vous êtes notre sauveur !

L'échevin leva sa chope en l'air :

— Pour le héros de Jaclare, hip hip hip...

— Houraaaa ! lancèrent mollement les marins éméchés.

Lanfeust, quelque peu renfrogné, alla s'installer à une table plus loin et s'empara d'une chope. Hébus s'approcha d'un tonnelet de bière mais un geste de Nicolède l'en dissuada : le troll aurait pu rompre son enchantement sous l'effet d'un abus d'alcool et le Sage ne tenait à courir aucun risque.

Hébus rejoignit Lanfeust en grognant. Il chassa quelques marins d'une pichenette et assit son imposante masse sur le reste du banc, qui se mit à ployer dangereusement.

— Par les mouches de mes ancêtres ! Il y a un joli feu, mais ça manque d'ambiance par ici, dit le troll.

— T'as raison. Depuis qu'on est arrivés, il n'y en a que pour maître Nicolède. Ça devient agaçant. En plus C'Ian a préféré rester avec les officiels. Elle n'arrête pas de me faire des reproches, ces temps-ci...

Ils devisèrent un moment à propos des abîmes d'incompréhension qui séparent parfois hommes et femmes, lorsqu'une tête ornée d'un béret vert jaillit entre eux.

— Foudre à dragon ! Les tristes sires que voilà ! rugit Khast, le visage vermeil et l'œil pétillant. Ne voyez-vous pas comme la nuit est belle ? La bière coule à flots, les parottes sont douces, profitez-en !

Décidé à illustrer ses propres conseils, le dragonnier saisit une chope sur le plateau d'une serveuse et l'engloutit d'un trait.

— Puisque vous êtes là, pourrais-je vous poser une question ? demanda Lanfeust. Pourquoi l'échevin semble-t-il si inquiet ?

Le capitaine essuya sa moustache pleine de mousse et émit un rot circonstancié.

— Oh, ce n'est pas un secret ! Cela risque d'être notre dernière fête avant longtemps. Les brigands des montagnes sont sans cesse plus nombreux depuis qu'ils ont appris la mort de notre Sage et de son assistant. Comme je vous l'ai dit, ils ont été tragiquement dévorés et...

— Excusez-moi une seconde, l'interrompit Lanfeust en se penchant par-dessus son épaule. Hébus, veux-tu faire disparaître ce sourire idiot ? Ce n'est pas bien de taquiner nos hôtes. Pardon, capitaine. Poursuivez...

— Hum, bref, nous n'avons plus de magie. Les brigands se regroupent à la lisière de la forêt pour nous attaquer. Même avec le concours de nos deux dragons, nous arrivons à peine à les tenir en respect. Sans nos pouvoirs, il est impossible de nous défendre.

— Il est vrai que ces bandes ont l'air de s'organiser, dit Lanfeust. Nous l'avons constaté de nos yeux. En fait, nous avons même eu de la chance de pouvoir leur échapper. Mais maintenant que maître Nicolède est là, vos pouvoirs sont rétablis. Vous voilà sauvés, non ?

— Rien n'est moins sûr. Le nombre des brigands a pris des proportions inquiétantes. Plusieurs centaines d'individus d'après nos derniers survols. Des mercenaires de tout poil se sont joints aux simples bandits de grand chemin. Une grande partie de la population est persuadée que nous allons subir une attaque d'envergure. Les réactions sont variées. Certains ont tenté de s'y préparer : comme vous l'avez vu, des défenses et une barricade ont été érigées autour de la ville. Mais la tension nous épuise. D'autres essayent d'oublier la peur en ouvrant quelques bonnes bouteilles.

— Ce n'est peut-être pas un moyen plus mauvais qu'un autre, fit Lanfeust d'un air désabusé.

— Il mériterait en tout cas que l'on s'y attarde en profondeur, dit Hébus qui zieutait un tonneau de liqueur plus haut que lui.

Khast contempla avec amertume le fond vide de sa chope. Il ôta son béret et se gratta les cheveux à la manière d'un gros chien en train de s'ébrouer. Puis il héla une serveuse.

— Crémortaille ! Ce jeune gaillard a raison. La belle, amène donc par ici quelques tonnelets ! Luttons contre cette tension qui nous accable, oublions notre labeur !

— Sus au boulot ! encouragea Lanfeust.

— Ouais, suçons le goulot ! reprirent les pêcheurs avinés. Faut qu'on se décontracte !

— Puisqu'on en parle, ajouta Hébus, je me sens un tantinet raidi au niveau des lombaires. Vous pensez que je pourrais grignoter un dragon ou deux, histoire de me détendre ?

— NON ! répondirent Lanfeust et Khast d'une même voix.

Pendant ce temps, Ebarth avait entraîné Cixi du côté des quais.

— Tenez, jolie mam'zelle, encore une petite goutte...

— Atten – HIC ! – tion, monsieur le dragonnier, je vois bien que vous essayez de me faire perdre toute contenance. Z'essayeriez pas de me saouler, des fois ?

— Ma fois, un tantinet, hé-hé-hé ! Venez plutôt admirer le reflet des étoiles sur la mer du Ponant. C'est un spectacle de toute beauté. Ça me rappelle vot' popotin, tellement c'est joli. Que d'la poésie, quoi. Ah, voici justement les amis dont je vous ai causé...

Loin des feux du banquet, trois jeunes pêcheurs discutaient sur l'embarcadère devant le cadavre d'une énorme baleine à corne. Le cétacé agonisait sur le dos, le ventre gonflé. Malgré l'heure tardive, de nombreux oiseaux voletaient autour et descendaient lui picorer le ventre.

— Mmm... alors, les aventuriers des mers, pas encore au lit ? dit Cixi en se faufilant au milieu du groupe. Y aurait-il parmi vous un galant pour remplir à nouveau mon verre ?

— Hé ! Salut, ma belle ! lança le premier.

— Ça fait plaisir de voir une jolie fille par ici, renchérit le second. Comment c'est, ton p'tit nom ?

— Je m'appelle Cix - HIC !... Hihihi... J'veux dire Cixi. C'est le gris de Klostope, ça... Trois gouttes, et je suis partie.

— C'est mignon tout plein, dit l'un des marins en posant une main sur sa cuisse.

— Pas les battes ! articula Cixi en le repoussant mollement... Vous z'ai vu venir, vous. Comme on dit en Souardie : « Faut pas mettre la fermière avant les bœufs. »

— Méfiez-vous, les gars, ricana Ebarth, c'est une sauvageonne !

— Vous êtes toutes comme ça, dans la famille ?

— Ben, y a aussi ma sœur C'Ian... Mais c'est une sacrée bêcheuse. Et puis elle a son fiancé, un grand dadais qu'est même pas capable de voir plus loin que le bout de son nez...

— Pourquoi parles-tu de la Souardie, beauté ? demanda un marin. Je croyais que les filles d'Eckmül comme toi détestaient la province ! À moins que tu ne sois attirée par les rudes gaillards au teint hâlé qui travaillent avec leurs mains, comme moi...

Il s'approcha d'elle jusqu'à la coller.

— Mais on vient pas d'Eckmül, hé, tête de shrink... Puisqu'on y va !

Le silence tomba sur l'assemblée. Les hommes échangèrent un regard.

— Comment ça, mam'zelle ? dit Ebarth. Vous êtes bien venus remplacer notre Sage, non ?

— PPPFFRRTTTT hihihi ! s'esclaffa Cixi, c'est la meilleure, celle-là ! Vous rigolez, non ? On s'en va dès demain. Vous croyez quand même pas que mon père et moi, on va passer notre vie dans ce coin minable avec des bouffeurs d'algues comme vous ? HIC !

À l'autre bout de la place, C'Ian venait de repérer l'endroit où se tenait assis son fiancé. Malgré la présence de la populace en liesse, la tâche avait été aisée : la jeune femme n'avait eu qu'à repérer la monstrueuse silhouette d'Hébus, et regarder sur le banc à côté de lui.

— Ah ! Lanfeust, je te retrouve enfin, dit-elle avec un petit sourire de reproche. Tu n'as pas honte ?

La jeune femme fit le tour de la table de banquet et retira doucement des mains du garçon la chopine qu'il s'apprêtait à vider.

— Mais je n'ai quasiment rien bu ! protesta ce dernier. Et nous n'avons pas bougé d'ici. C'est toi qui nous as abandonnés. Franchement, je ne vois pas ce qui t'attire chez ces marins.

— Sans compter qu'ils sentent drôlement l'eau propre, fit remarquer Hébus. Regardez, Fifine et mes autres mouches en sont toutes nauséeuses : elles volent en biais.

C'Ian se tordit les mains. Une fugitive anxiété assombrit un instant son beau visage. Elle reprit à voix basse :

— Je crois que vous ne réalisez pas toute la gravité de la situation. Ces gens sont accablés, ils sont persuadés que père a été envoyé par Eckmül pour les secourir. Et lui se laisse convaincre : un Sage est fait pour servir une communauté. Ses serments lui interdisent de les abandonner dans une situation difficile. Il ne sait plus comment s'en sortir. Il faut absolument que nous repartions pour Eckmül, mais je dois faire constamment attention à ce que père ne se trahisse pas, et vous... vous ne pensez qu'à boire et à manger !

— Ne vous inquiétez pas, douce C'Ian, dit Hébus. Je garde un œil sur tout ce qui se passe ici. Je puis vous assurer qu'il n'y a aucun danger immédiat.

— Ah oui ? Et Cixi ?

Lanfeust et le troll clignèrent des yeux.

— Pardon ?

— Ma sœur, où est-elle ? Je parie que vous ne l'avez même pas surveillée ! Elle est jeune et vulnérable. Un garçon lui fait deux ou trois compliments et elle est prête à se jeter à sa tête ! Une goutte de vin et elle se transforme en petite chose fragile et désemparée...

— Pas de panique, dit Hébus, j'ai une idée. (Il se leva et renifla la brise.) Par-là ! L'odeur de son parfum sucré semble conduire vers le quai.

Prenant appui sur quelques têtes, Lanfeust grimpa sur la table. Certains pêcheurs s'apprêtaient à protester, mais ils se ravisèrent devant le sourire d'Hébus. L'apprenti forgeron scruta les berges au-delà du gigantesque brasier.

— Je vois du monde, mais je ne suis pas sûr... Il y a un type bedonnant qui ricane en se tenant le ventre. Il a l'air de faire un commentaire salace à propos d'une silhouette qui se trémousse devant lui.

Malgré la rumeur ambiante, on entendit distinctement le bruit sec d'une claque traverser la place.

— Pas de doute, c'est bien Cixi, confirma Hébus.

— Le type se tient la joue et c'est la silhouette qui rigole, maintenant. Elle est bien habillée en rouge, mais elle n'a pas l'air très stable sur ses pieds.

— C'est ma sœur ! dit C'Ian. Elle a trop bu. Il faut aller la chercher, sinon un malheur va lui arriver.

— Je m'en occupe.

Lanfeust traversa la place en trottinant. Il quitta les lueurs du banquet et gagna l'obscurité des quais. L'air frais du rivage fouettait ses sens. Les dernières vapeurs d'alcool se dissipèrent lorsqu'il aperçut enfin Cixi. Elle était cernée par quatre marins patibulaires qui laissaient leurs mains traîner partout.

— Tiens donc, dit Lanfeust, Ebarth le dragonnier et sa clique. Pourquoi ne suis-je pas surpris de vous trouver ici ?

— Et voilà mon chaperon, répliqua Cixi. Toujours là quand il ne faut pas. Ce grand niais est aux ordres de ma sœur.

Son bustier était entrouvert.

— L'aube ne va pas tarder, Cixi. Viens te coucher.

— J'ai encore soif et je suis avec de charmants messieurs fort intéressés par ma conversation. Même s'il faut en gifler un ou deux lorsqu'ils se montrent trop coquins, hihihi-HIC !... Je sais me défendre toute seule.

Le jeune homme lui arracha son verre et la prit par le bras.

— Ça suffit ! dit-il sèchement. (Il ajouta, plus doucement :) Allez viens, ta sœur te réclame.

— Lâche-moi ! Marre de C'Ian... Toujours à s'inquiéter pour les autres, celle-là. J'veux rester ici.

Le plus ventripotent des trois marins s'approcha de Lanfeust et plaqua une main grasse et luisante sur son épaule.

— Dis donc, t'as pas entendu la fille ? Elle n'a pas envie

d'aller avec toi. Alors dégage, mon bonhomme ! Sinon, les matelots et moi, on va...

Il n'acheva pas sa phrase. Vif comme un loss, Lanfeust s'était retourné pour lui décrocher un direct à la mâchoire. Le maxillaire du pêcheur explosa dans un bruit mat. Il fit trois pas en arrière. Le sang giclait sur sa chemise. La surprise se peignit sur son visage. Il alla s'affaler au milieu des caisses et ne bougea plus. Ebarth le dragonnier n'attendit pas que la peur s'empare de ses compères. Il s'avança sur Lanfeust.

— Qu'est-ce qu'il veut exactement, le petit garçon ? Il a fait tout ce chemin jusqu'à Jaclare pour chercher la bagarre ?

Les marins avaient remonté leurs manches et s'étaient interposés entre Lanfeust et le banquet, afin que personne ne puisse les voir.

— Fais attention, étranger. On ne menace pas impunément un dragonnier. Même un écuyer.

Leurs silhouettes ténébreuses se découpaient contre la lueur du brasier et projetaient des ombres menaçantes jusqu'aux pieds de Lanfeust.

— N'approchez pas ! clama le jeune homme d'une voix ferme. Je suis simplement ici pour raccompagner la demoiselle. Je ne veux de mal à personne. Mais si l'un d'entre vous avance encore, il va goûter au cuir de mes gants...

Ignorant son avertissement, ou peut être même excité par celui-ci, un second marin s'élança. Il envoya son énorme poing en direction de la figure de Lanfeust. Cinq doigts serrés comme un marteau-pilon fauchèrent l'air à l'emplacement de la tête du jeune homme... mais elle n'était déjà plus là. Lanfeust, léger comme un souffle de vent, avait esquivé d'un pas de côté. Il saisit le col du marin et profita de son élan pour l'attirer contre lui. La face du pêcheur rencontra son front plat. Il y eut un craquement d'os brisé. L'homme tomba à genoux en se tenant le nez. Une rivière écarlate ruisselait à terre.

Cixi éclata de rire. Elle s'arrêta au milieu d'un hoquet et se mit à vomir.

— Beuh... Lanfeuuust, mon chevalier, sauve-moi...

Elle tituba et alla se pendre à son cou. Ebarth et son compagnon en profitèrent pour relever l'homme au nez cassé et se regrouper.

— Il ne va pas s'en tirer comme ça !

— Tous ensemble, écrasons-le !

— Ouais ! Tous ensemble ! Tous ensemble ! Un ! Deux !

Mais au lieu de s'élancer, ils s'arrêtèrent net. Une énorme masse couverte de poils roux venait de se dresser au-dessus de Lanfeust. Les bras croisés, Hébus contemplait la scène. Il vrilla ses yeux rouges dans le regard des pêcheurs :

— T'as besoin d'un coup de main, mon ami ?

— Non, pas vraiment. Ah si, ça t'ennuie de me tenir ça une seconde ? (Le jeune homme lui abandonna Cixi dans les bras avant d'ajouter :) Il faut que je retourne discuter avec ces messieurs. Nous échangions poliment quelques points de vue, mais nous rencontrons quelques divergences. Ils sont persuadés que les marins possèdent plus d'expérience et d'agilité que les paysans en certains domaines...

Lanfeust se baissa pour éviter un jet de bouteille, tandis qu'un premier marin se jetait sur lui. Il le cueillit d'un crochet au plexus. L'homme s'arrondit autour de son poing avant de retomber lourdement.

— Note que j'apprécie ton aide, Hébus...

Le jeune homme saisit un tonnelet et l'écrasa sur la tête

d'un second adversaire avant de le balayer d'un croc-en-jambe.

— ... mais j'aime bien...

Il esquiva de justesse un coup de dague qui sabra l'air. Ebarth avançait, les yeux exorbités.

— ... régler mes petites affaires...

Lanfeust tourna sur lui-même et balança sa botte en avant.

— ... tout seul !

Son coup de pied atteignit le dragonnier en plein visage. Ebarth voltigea dans la nuit de Jaclare et alla s'écraser devant Hébus. Le troll avança distraitement un pied et broya la main qui tenait le poignard.

— Couché, toi.

Lanfeust jeta un œil de l'autre côté du brasier. La fête battait toujours son plein. Personne n'avait rien remarqué.

— Ah ! lâcha-t-il, voilà qui est mieux. Ces discussions au coin du feu, c'est fou ce que ça détend.

Le jeune homme s'épousseta au milieu des corps gémissants. L'honneur des paysans était sauf. Le troll plaça Cixi en travers de son épaule comme un vulgaire sac de légumes.

— L'aube est bientôt là. On lève le camp ?

— Nan ! pleurnichait Cixi... Veux encore m'amuser. Lâche-moi... Sale brute...

— Chut, le sac. Je parle à Lanfeust.

— D'accord, on y va. Inutile de s'attarder ici plus longtemps. C'est une jolie bourgade, mais certains spécimens ne sont pas apprivoisés.

Les deux compagnons quittèrent le quai pour regagner la place. Ils se retrouvèrent face à un groupe mené par Khast et Nicolède. L'échevin en personne conduisait le cortège.

— Je vois que votre assistant s'est trouvé des petits camarades, dit-il au Sage.

— Par les vents ! Regarde, Thyrm, fit le capitaine dragonnier. Notre frère Ebarth est encore avec ces mauvais garçons. Il ne peut pas s'empêcher de se faire remarquer. J'ai l'impression qu'il s'est pris une sacrée correction. Grand bien lui fasse ! Ces jeunes oublient trop souvent la discipline. Allez, debout maintenant !

Ils se penchèrent pour secouer les corps recroquevillés des marins pendant qu'une foule de curieux commençait à se rassembler. C'Ian et Nicolède en profitèrent pour entraîner leurs amis à l'écart. Ils longèrent le rivage entre les allées de filets suspendus et débouchèrent sur un quai moins fréquenté. Une fois au calme, ils installèrent Cixi au creux de ballots de toile rêche entassés devant la coque d'un caboteur. Puis ils s'assirent par terre. Le moment était venu de souffler et de faire le point.

— Ma sœur va bien ? demanda C'Ian. Elle est toute pâle.

— Ce n'est rien, répondit Nicolède. Une bonne nuit de sommeil et il n'y paraîtra plus. Quant à toi, Lanfeust, tu es certainement un garçon très courageux, mais j'aimerais que tu ne te fasses pas trop remarquer, tout de même.

— Vous avez raison. Je me suis laissé emporter.

— Avant la bagarre, j'ai discuté avec un marchand qui redescend vers Eckmül. C'est son navire qui est amarré là. Il appareille dans quelques heures.

— C'Ian est exténuée et sa sœur ronfle déjà comme un bûcheron des Monts Loquaces. Ne devrions-nous pas en profiter pour monter discrètement à bord ? La nuit s'achève, les pêcheurs cuvent leur vin. C'est le moment ou jamais. Je pourrais aller discrètement récupérer nos affaires, si vous voulez.

— Je suis très ennuyé. Je me pose des questions. Mes serments m'interdisent de laisser ces pauvres gens si la situation est pour eux dangereuse… Est-elle vraiment critique ?

Une voix surgit derrière eux.

— Crémortaille ! Vous comptiez nous quitter ?

Le capitaine Khast arriva sur le quai suivi par l'échevin et les hommes de la milice de Jaclare. Certains soutenaient les victimes de la rixe. Ebarth sautait derrière eux à cloche-pied, le visage ensanglanté. Les soldats entourèrent la petite troupe et pointèrent leurs hallebardes. Le capitaine Khast prit la parole :

— Messire Nicolède, votre jeune assistant était tout à l'heure en légitime défense, cela je ne le conteste pas. Mais il faut que nous éclaircissions un point délicat. On raconte que votre fille aurait tenu d'étranges propos…

Un marin estropié se mit à beugler en les montrant du doigt :

— Ce sont de gros menteurs ! La petite copine du rouquin a dit qu'ils allaient partir d'ici ! Tous, même le Sage !

— Abfolument ! renchérit Ebarth.

— Ce n'est pas ma petite copine, contesta Lanfeust.

— Je ne suis pas gros, ajouta Hébus.

Nicolède se résigna.

— Messieurs, je vais être franc. Je ne suis pas celui que vous attendiez. J'ai tenté de vous le dire plusieurs fois mais vous ne m'avez pas écouté. En fait, nous devons nous rendre à Eckmül dans les plus brefs délais. Notre mission est d'importance…

— Pas aussi importante que la survie de notre communauté, coupa l'échevin.

Le silence se fit. Pour la première fois, il faisait montre de son autorité. Nicolède comprit pourquoi on l'avait désigné, lui, et aucun autre, pour prendre la tête de Jaclare. Chacun s'était tu et l'écoutait respectueusement. Y compris Ebarth et ses marins éméchés. En quelques instants Thyrm avait repris l'attitude d'un éminent chef de clan.

— Je suis désolé, maître Nicolède, mais vous n'irez nulle part. N'y voyez aucune sanction personnelle. Je ne puis tout simplement pas sacrifier mon village. Avec vous ici, notre destin demeure incertain. Mais sans votre présence, nous n'avons aucune chance. Des femmes, des enfants et des vieillards comptent sur moi. Jaclare n'est pas qu'une communauté de mécréants éthyliques...

Il posa sur Ebarth un regard sans appel. Son frère rentra les épaules et se tassa sur lui-même.

— Bien, dit le capitaine Khast. Maintenant que les choses sont claires, plusieurs hommes vont vous accompagner pour veiller à votre sécurité.

— Nous sommes vos prisonniers ? dit Nicolède.

— Nullement. Vous êtes nos invités. Vous logerez gratuitement à l'auberge le temps qu'un Sage remplaçant arrive d'Eckmül, comme prévu. En attendant, vous êtes ici chez vous.

Le troll leva un bras.

— Je leur fracasse le crâne ?

— Non ! dit Nicolède. Ces gens ont raison. Ils défendent leurs familles. Les combattre serait un crime. Nous devons nous résoudre à trouver une autre solution.

Le ciel avait pâli. Au loin, trois croissants d'argent coulaient dans la mer du Ponant : les lunes de Troy s'en retournaient derrière l'horizon pour laisser poindre l'aube.

— Bon, soupira Lanfeust. Si j'ai bien compris, on reste et on se bat ?

— Huk ! Huk ! Huk ! Moi ça me va tout à fait comme plan.

— Qui vous parle de se battre ? dit l'échevin. Nos guetteurs surveillent les collines. Rien ne bouge pour l'instant. Et c'est heureux, car un lendemain de fête serait vraiment le pire des moments pour...

— ALERTE ! ALERTE !

Un homme de la milice courait entre les tables jonchées de cadavres de bouteilles. Il interpellait les gens et secouait les corps endormis.

— DEBOUT ! RÉVEILLEZ-VOUS !

— Que se passe-t-il ? héla l'échevin. Venez, nous sommes ici.

Le milicien galopa jusqu'à eux, manquant à plusieurs reprises de culbuter sur un obstacle. Il s'arrêta devant Khast, hors d'haleine.

— Mon capitaine... Les brigands, ils arrivent...

— Par les vents ! Encore une escarmouche ? Qu'on selle nos dragons !

— Non... Mon capitaine... Pas une escarmouche... Ils sont des centaines... Des légions... C'est la forêt tout entière qui s'avance ! C'est... C'est la fin !

14

La sentence était tombée. L'événement tant redouté depuis des semaines par les habitants de Jaclare allait finalement se produire.

En ces heures matinales, le bourg aurait dû s'éveiller paisiblement : les marins appareillant sur leurs caboteurs, cramponnés aux plats-bords pour les plus ivres d'entre eux ; femmes et enfants parcourant joyeusement les rues, riant du désordre au lendemain de la fête ; chacun s'activant, les yeux encore ensommeillés. Mais au lieu de cela la terreur s'était rabattue comme un couvercle sur la petite communauté.

De toutes parts les cors de guerre résonnaient. Ils ricochaient sur les collines abruptes qui dominaient Jaclare. De nombreux timbres se répondaient. Puis les échos s'interrompirent. Un grondement sourd monta. Le son du fer contre le fer, le martèlement des armes entrechoquées. Une clameur qui ne cessait d'enfler jusqu'à devenir un raz-de-marée dévastateur. La forêt vibrait et l'air lui-même semblait frémir.

Pourtant, les brigands demeuraient invisibles. Dissimulés par les arbres recouvrant les pentes, c'était à peine si l'on pouvait deviner les mouvements de leurs troupes. Le terrain découvert autour de la ville restait désert. Ce procédé, classique chez les compagnies mercenaires et les hordes barbares, était bien connu : laisser l'imagination des futures proies s'enflammer au son de leur tumulte guerrier. Mais c'était la première fois que de simples malandrins l'utilisaient. Et cela n'augurait rien de bon.

En contrebas, dans les rues du port, toute activité s'était arrêtée. Les chiens hurlaient à la mort tandis que les enfants se mettaient à pleurer. Sur les visages, la peur creusait des rides profondes et agrandissait les regards. Une tension presque palpable submergeait peu à peu les cœurs les plus courageux. Chacun restait pétrifié, songeant aux alarmantes nouvelles rapportées par les dragonniers ces derniers temps : des Monts Loquaces aux Monts Sombres, les brigands passaient des alliances. Sous l'impulsion de chefs inconnus, ils se préparaient à la guerre. Un jour ils lanceraient un raid meurtrier sur Jaclare.

Ce jour était venu.

Brusquement les accords barbares se turent. Un millier de poitrines exaltées prirent alors le relais, braillant d'atroces hurlements sanguinaires. Les bandits massés dans les sous-bois rugissaient d'une même voix. Ils sonnaient l'hallali pour terroriser leurs prochaines victimes avant le massacre...

— Gottferdom ! dit Hébus. On a croisé pas mal de coupe-jarrets dans la forêt, mais je ne pensais pas qu'ils étaient si nombreux. Si j'avais su, j'en aurai tué un peu plus. Comment ils ont fait pour se reproduire si vite ? Il n'y a que des mâles !

Les nuages envahissaient le ciel. Chargée d'embruns saumâtres, une brise marine traversa le village, charriant quelques ballots d'herbes sèches. Personne n'osait bouger. Les villageois étaient pétrifiés par le hurlement ininterrompu des brigands. L'échevin surprit le reflet de son propre visage dans une flaque d'eau. Son teint était aussi livide que les os blanchis d'un squelette.

— Capitaine Khast, vous devriez... Je...

Il ne parvenait pas à donner ses ordres.

« Une ville fantôme, songea Lanfeust avec effroi. On dirait une ville fantôme peuplée de morts encore debout... »

Il jeta un coup d'œil à Hébus. Le troll promena son regard parmi les gens abattus, hocha la tête et lui renvoya un sourire déterminé. Il avait compris.

Satisfait de cet accord silencieux, le jeune homme grimpa d'un bond sur un chariot abandonné là par un homme terrifié :

— Holà ! Peuple de Jaclare, cria Lanfeust d'une voix puissante, allez-vous vous laisser massacrer sans rien faire ?

Quelques visages se tournèrent vers lui, essayant d'oublier le vacarme dans les collines.

— Où sont donc les fiers marins ? Les grands capitaines, qui d'habitude dirigent ce port ? ajouta-t-il en levant le poing.

Un petit attroupement se formait aux pieds de cet étranger charismatique hurlant dans la tempête qui s'annonçait.

— Allons, continua-t-il en désignant le rempart de fortune qui encerclait Jaclare, je vois d'ici que vous vous étiez préparés à cet assaut. Est-ce le moment de baisser les bras ? Tous vos efforts auront-ils été vains ?

— Non, laissa échapper à sa grande surprise un vieil homme aux traits burinés par le soleil.

— Allez-vous permettre à ces Sans-Magie de piller vos terres ?

— Non, déclarèrent quelques adolescents enflammés par ce discours improvisé.

— Allez-vous les laisser brûler vos maisons ? Manger vos femmes et violer vos troupeaux ? Hum... et inversement ?

— NON ! répondirent d'un seul cri tous ceux qui assistaient à la harangue.

Sauf un qui glissa :

— Enfin nos troupeaux, c'est surtout des poissons.

— Bon... Eh bien, heu... Aux armes les Troyens ! Formez vos bataillons ! Marchons ! Marchons ! conclut Lanfeust un peu décontenancé en pointant son épée vers le ciel.

Comme sous l'effet d'un puissant sortilège, les spectateurs sortirent alors de leur léthargie. Tous s'éparpillèrent, distribuant ordres et recommandations, secouant ceux qui étaient encore sous l'emprise de la peur. Jaclare venait de s'éveiller.

— Alors là, fit Hébus, tu m'en as bouché la dent creuse.

— Lanfeust, mon amour, tu as été magnifique ! dit C'Ian en lui déposant un baiser sur le front. Quand je pense que Cixi a tout raté, la pauvresse !

Cette dernière ouvrit à demi un œil entre deux ronflements.

— Hhhmm ?... Gne grosses fesses ?... Z'exagérez... Hic... Ai pas une once de gras... Hic... L'est aussi ferme qu'un melon ffflflflflfl...

Lanfeust restait encore étonné par l'effet de ses propres

paroles. Il rougissait, embarrassé par cette avalanche de compliments. Mais une petite lueur venait de s'éclairer au plus profond de lui-même, un feu sacré qui forgeait les âmes les plus valeureuses. Nicolède posa une main calleuse sur son épaule :

— Allons, beau parleur, passons aux actes à présent, glissa-t-il empli de fierté. Va donc faire le tour de cette ville afin de voir comment elle compte se défendre.

Laissant les jeunes femmes aux bons soins de leur père, Lanfeust et Hébus se dirigèrent vers la périphérie du village. Comme ils l'avaient constaté en se promenant la veille, un certain nombre de dispositifs de défense avaient été mis en œuvre. Certes, les habitants du port, pour la plupart de modestes marins ou de laborieux paysans, ne connaissaient rien à l'art du combat. Mais ils faisaient preuve d'un courage et d'une détermination solidement forgés par les caprices d'une mer imprévisible et d'une nature revêche.

Depuis quelques semaines, hommes, femmes et enfants s'affairaient sous les directives d'un ancien milicien devenu doyen du village : Oncle Tchïn-Tchïn. Il avait hérité de son surnom en raison d'un penchant prononcé pour la bière d'algue fermentée, mais cela ne l'empêchait pas de conserver les idées claires. Son « ... AAAaaaarde à vous ! » et ses coups de tatane étaient célèbres de génération en génération. Beaucoup de mâles arrière-trains en conservaient d'ailleurs un souvenir ému, des années après avoir servi dans la milice.

Oncle Tchïn avait conçu une astucieuse défense en deux temps, « au cas où la racaille tenterait de s'introduire dans le poulailler », comme il disait.

À l'extérieur, dans les broussailles, les pêcheurs avaient installé de vastes filets hérissés de centaines d'hameçons. Camouflés sous un épais tapis de végétation, ils étaient destinés à briser l'élan des premières charges et à entraver les mouvements de l'ennemi...

Le second dispositif était la « muraille » : un rempart de bric et de broc qui ceinturait la ville. Sous les directives d'Oncle Tchïn, rien n'avait été laissé au hasard. Tables, lits et armoires, solidement cloués ensemble, formaient la barricade. Et tous les miroirs que l'on avait pu dénicher étaient disposés face au levant afin que la réverbération aveugle les assaillants. En guise de porte, les charpentiers du port avaient fixé d'épais vantaux sur les côtés d'un chariot, recouverts d'une tenture où étaient cousus de nombreux grelots, pour prévenir en cas d'infiltration nocturne. De part et d'autre, des cuves de cuivre remplies d'huile chauffaient lentement aux flammes de braseros artisanaux.

Oncle Tchïn pouvait être fier. En dépit d'un aspect pour le moins surprenant, sa grande muraille semblait prête à affronter les hordes de pillards. Quant à savoir combien de temps elle tiendrait, nul n'avait réellement envie de le savoir.

— Regardez, dit l'échevin, on dirait que mes braves concitoyens se sont réveillés.

Perché sur l'approximatif chemin de ronde qui serpentait au sommet des barricades, il avait rejoint Lanfeust et Hébus. Tous les trois observaient l'incessant va-et-vient de la population. Depuis l'allocution du jeune homme, la ville semblait gagnée par une incroyable frénésie. Les uns couraient dans un sens, les bras encombrés, croisant les autres, courant en sens inverse, et tout aussi encombrés. Ce qui n'était pas sans poser d'inévitables problèmes lors des rencontres entre les uns et les autres. En fait, il ne se passait pas une seconde sans que ne retentisse un fracas de ferraille renversée ou de céramique brisée.

— Les cris des bandits se sont arrêtés, fit remarquer Lanfeust.

L'échevin hocha la tête :

— Je crois que nous avons droit à un court répit. Ils attendent sans doute que le soleil soit pleinement levé pour y voir plus clair, et disposer d'une journée entière pour nous massacrer.

— Ce n'est pas très optimiste, ça, releva Hébus.

Lanfeust sortit l'épée offerte par Gramblot et commença à l'aiguiser.

— Non, mais cela va nous servir, dit le jeune homme en faisant tourner la lanière ornée d'anneaux plombés. Ces idiots pensent qu'ils ont le temps parce que Jaclare est désemparé. Mais les habitants sont déterminés et leurs pouvoirs magiques sont revenus. Les malandrins risquent d'avoir quelques surprises. Regarde ça, Hébus : d'abord, je chope le brigand du bout de la lame...

Le jeune homme pointa son épée sur une cible imaginaire.

— ... Et paf, je lui fracasse la tête avant qu'il ne se rétracte !

Il ramena son coude d'un mouvement sec qui fit claquer les anneaux plombés en avant.

— Intéressant. Reste à savoir si cela va suffire, conclut l'échevin.

Sur les quais, des vieilles femmes ramassaient de fines lamelles de viande et de poisson séchés. Elles les disposaient dans des fûts de chêne en les arrosant de sel. Hébus observa leur manège, intrigué :

— Beurk ! Quelle drôle d'idée d'enfermer le manger dans

des boîtes ! Elles ont peur qu'il s'échappe ou quoi ? En plus, ça ne doit pas être très pratique à consommer...

— Mais non, sourit Lanfeust, elles sont en train de les préparer pour une longue conservation.

— Eh bien moi, je préfère la nourriture élevée en plein air, délicatement écrasée par mes soins avec ma propre massue, ajouta Hébus. J'te dévore ça sur place en deux coups de dents, sans matière grasse ni chipotage.

Lanfeust haussa les épaules et observa le devenir du « manger en boîte ». Les fûts, une fois scellés, étaient chargés à bord des caboteurs qui attendaient dans le port. Tout ce qui flottait était paré à appareiller avec femmes, enfants, belles-mères, aliments et bagages.

Lanfeust aperçut C'Ian héler un solide marin afin de l'aider à transporter Cixi, qui avait sombré dans une inconscience alcoolisée. Elle la déposa avec précaution, puis s'empressa d'aller aider les femmes à rassembler leurs enfants.

Pendant ce temps, Nicolède s'était installé sur la place du village. Son arrivée à Jaclare permettait de nouveau l'utilisation de la magie et il avait entrepris de recenser les pouvoirs utiles dans la population. Avec l'aide du capitaine Khast, il s'attela à constituer les différents groupes de défenseurs.

Ainsi, le moindre habitant capable d'enflammer un poulet ou de faire pleuvoir des braises fut envoyé sur les remparts, aux côtés des rares initiés au tir à l'arc ou à la fronde. Ceux qui pouvaient faire apparaître des poulets à la braise furent nommés responsables du ravitaillement.

Ebarth le dragonnier rassembla les gens aptes à faire pousser des arbres, des ronces ou n'importe quel obstacle, car on murmurait que les brigands disposaient d'un petit contingent de pétaures de combat. Ils prirent position ensemble le long des fortifications afin de briser l'élan d'une charge trop violente. Malgré leurs protestations véhémentes, ceux qui pouvaient faire éclore des petites fleurs des champs ne furent pas enrôlés.

Toute personne, enfin, en mesure de déclencher des démangeaisons, jaillir des hémorroïdes, accélérer le transit intestinal, ou causer un quelconque désagrément, vint grossir les rangs des marins armés de lourds grappins. Il n'était pas dit que les habitants de Jaclare se rendraient sans combattre.

Lanfeust s'était assis, profitant de la chaleur des braseros sous les cuves d'huile bouillante, tandis qu'Hébus se faisait griller un petit en-cas. Il songeait au combat qu'il avait mené dans la forêt, à la férocité des brigands. Il ne se faisait pas beaucoup d'illusions sur l'issue de l'affrontement à venir.

— Si seulement j'avais encore l'épée d'Or-Azur. Je pourrais balayer cette menace d'un simple regard, ruminait-il entre ses dents.

— Slurp. Qu'est-ce que tu dis ? Slurp, demanda Hébus en se léchant les doigts.

— Rien, rien. Je songeais que nous devrions rester près de la porte tous les deux, répondit Lanfeust, je pense que c'est là qu'ils vont concentrer leurs attaques.

— Possible. Dis, ça ne sera pas trop mal vu si j'en croque un ou deux après la bataille ? ajouta Hébus, l'œil pétillant.

Souriant à cette dernière remarque, Lanfeust se détendit un peu. Mais l'accalmie fut de courte durée. Les sous-bois commençaient à s'agiter. Un silence pesant s'abattit sur Jaclare.

— Le calme avant la tempête, murmura un vieil homme.

De nouveau, les visages se tendirent. Tous les regards étaient rivés vers l'ombre des sous-bois.

— LES VOILÀ ! ! !

Relayé par des centaines de gorges nouées d'angoisse, le cri d'alarme fusait à travers Jaclare comme une traînée de poudre. Le tocsin retentit. Les hommes se ruèrent à leurs postes de combat. Chacun vérifiait son arme tandis que le sifflement des frondes emplissait l'air. Une jeune femme attisa les flammes des braseros, portant au rouge les cuves où bouillonnait l'huile. Le souffle court, le front inondé de sueur, tous fouillaient du regard la pénombre des feuillages.

— Là ! hurla l'un des guetteurs en désignant une silhouette qui émergeait de la forêt.

D'un geste, l'échevin Thyrm indiqua aux dragonniers de se tenir prêts. Les deux frères sautèrent sur leurs montures qui renâclaient d'impatience : elles sentaient que le sang tacherait bientôt leurs monstrueuses mâchoires. Les reptiles étendirent leurs ailes tandis que Ebarth et Khast vérifiaient leur harnachement.

Au-delà de la barricade, une curieuse silhouette progressait à grande vitesse vers Jaclare, soulevant un impressionnant nuage de poussière. S'agissait-il du début de l'attaque ? Non, plus probablement d'un égaré ou d'un fuyard. Un cavalier, subissant des ennuis, courait vers la tenture aux grelots. Son nom ? Il ne pouvait pas le signer à la pointe de l'épée, étant donné qu'elle était rangée à sa ceinture. Mais c'était sûrement un héros.

Soudain, derrière lui, à quelques coudées à peine, une poignée de mercenaires montés sur des fauves bleutés surgirent à leur tour de la forêt. Ils poursuivaient le cavalier. Et, à en juger par le nombre de projectiles pointus lancés dans sa direction, il était clair qu'ils n'avaient pas l'intention de lui offrir des fleurs. Ou alors tressées en couronne mortuaire...

Sur les remparts, chacun retenait son souffle, suivant avec une passion subite cette chasse cruelle. Car il paraissait évident que le cavalier n'était pas un allié de ses poursuivants. Et comme ces derniers étaient visiblement des gens malintentionnés, le poursuivi devenait à son tour un ami. Un ennemi de leurs ennemis en quelque sorte. Bref, tout Jaclare était suspendu au sort de cette silhouette encore imprécise au milieu de son nuage de poussière.

Le cavalier, quant à lui, éperonnait sa monture sans ménagement. Il dévalait les pentes herbeuses qui dominaient le port à vive allure. Bondissant, sa monture décrivait d'incroyables trajectoires pour éviter les obstacles et se maintenir à distance. Mais les fauves qui portaient les brigands, excités par la fin qu'ils sentaient proche, gagnaient inexorablement du terrain. Le soleil se reflétait sur les canines démesurées. Fouettés par leurs maîtres, les carnassiers rugirent. Le gibier faiblissait.

Brusquement, deux équipages parvinrent à la hauteur du cavalier. Ils se placèrent de part et d'autre de ses flancs. L'un des brigands se leva en selle. Il laissa les rênes attachées au pommeau. Debout, il amortissait les chocs de la course en fléchissant ses genoux. Puis il bondit, lançant en avant ses mains dardées de crochets acérés. Alors qu'il allait planter ses redoutables lames dans la monture du cavalier, ce dernier se retourna. Et d'un majestueux coup d'épée, décapita son assaillant.

— Yeepee ! ! ! lancèrent d'un même élan tous ceux qui guettaient sur la « muraille ».

Même Hébus commençait à s'enflammer pour cette palpitante course-poursuite :

— Il est pas mauvais, le bougre, hein Lanfeust ? siffla-t-il, admiratif.

— Ouais, répondit le jeune homme, mais j'ai bien l'impression que si personne n'intervient, il risque de finir dans un autre estomac que le tien, regarde !

Le cavalier multipliait les prouesses, zigzaguant pour tenter de semer ses poursuivants. Il se rapprochait de plus en plus vite des fortifications de Jaclare. Bientôt, il serait sauf. D'ailleurs on commençait même à distinguer les contours de la créature qu'il chevauchait : une sorte de dragon bipède, puissant, tout en muscles et en dents.

— Kikinou ! lâcha soudain Lanfeust au grand étonnement de tous.

— Kikinou ? Ce type est obligé de vivre en portant un nom pareil ? dit Hébus en haussant un sourcil. Il est encore plus héroïque que je le croyais...

— Mais, non, précisa le jeune homme, lui c'est le chevalier Or-Azur ! Kikinou, c'est sa monture...

— HHHIIIIIRRRKKKK !

Le cri avait résonné comme un glas sinistre. Un hurlement de souffrance et d'impuissance : le dracosaure venait d'être mortellement touché. Vacillant, il tenta de poursuivre sa course, le flanc inondé de sang. Puis il s'abattit, et mourut. Le monde comptait désormais un Kikinou de moins.

Le chevalier, violemment éjecté, continua de dévaler la pente en roulant. Lanfeust le distinguait bien sous son chapeau à plumes, à présent. Or-Azur possédait une allure qu'on ne pouvait confondre avec aucune autre.

Les mercenaires ralentirent leurs montures, un large sourire aux lèvres. L'un d'entre eux sauta de son fauve, le conduisant vers le cadavre encore chaud du dracosaure. Et, tandis que le carnassier éventrait d'un coup de dents cette proie offerte, le brigand leva le poing vers le ciel.

De son côté, Lanfeust avait suivi du regard la trajectoire d'Or-Azur. Ce dernier tentait de se relever à une centaine de coudées de la « muraille ». Empêtré dans les filets de défense, il ne parvenait pas à retrouver une position verticale stable.

— Il faut y aller, déclara le jeune homme à son compagnon.

— Attends une seconde, répondit Hébus, regarde ce qui arrive par-là ! dit-il en désignant la lisière des bois qui dominaient Jaclare.

Des dizaines, non, des centaines d'ombres se détachaient des arbres. Chaque taillis, chaque buisson semblait prendre vie et s'extraire des frondaisons pour partir à l'assaut. On aurait dit que la forêt tout entière se soulevait pour avaler le port.

Soudain, dans une assourdissante clameur, les ombres se mirent à courir, brandissant sabres et haches, révélant leur véritable nature à la lueur d'un soleil crépusculaire : près d'un millier d'hommes et de créatures se déversaient sur les pentes verdoyantes. L'heure du massacre avait sonné !

Plus bas, le chevalier, enfin debout, s'époussetait d'une main distraite avec son chapeau. Hypnotisé par ce fascinant spectacle, il restait sidéré, incapable de la moindre initiative. Ses poursuivants, quant à eux, s'étaient arrêtés, attendant que la vague mortelle les rejoigne.

Sur les fortifications, tous se taisaient, murés dans d'intimes réflexions. La plupart luttaient pour ne pas s'enfuir en hurlant, d'autres esquissaient une ultime prière. Quelques-uns seulement se préparaient au corps à corps. Plus personne ne s'intéressait au sort d'Or-Azur.

La marée hurlante poursuivait sa progression. De plus en plus rapide. De plus en plus proche. Les cris se confondaient avec le fracas des armes entrechoquées, les feulements avec les chants cadencés des conducteurs de pétaures. Conduisant la horde, quatre de ces gigantesques créatures, entièrement caparaçonnées de cuivre et d'acier, portaient de lourdes nacelles hérissées de lames tranchantes. À l'intérieur, beuglait un chœur martial d'une vingtaine d'hommes lourdement armés.

Sur le visage des assiégés, la stupéfaction avait laissé place à la terreur puis à la résignation : envolées les paroles de Lanfeust, oubliés les exploits éphémères du cavalier ! Les défenses de Jaclare paraissaient bien dérisoires devant une telle offensive.

— Concentrez-vous sur les pétaures ! hurla l'échevin.

Debout sur le rempart, Thyrm lançait des bordées d'ordres afin de tirer ses hommes de leur stupeur.

— Archers, à vos postes ! Que tous ceux qui possèdent un pouvoir utile se préparent !

Petit à petit, il parvenait à insuffler une énergie nouvelle parmi les défenseurs. La « muraille » elle-même semblait plus haute tout à coup, plus solide.

— Ebarth ! Khast ! Ne décollez pas avant mon ordre ! Vous n'interviendrez que lorsqu'ils seront sur nous !

Le chevalier Or-Azur avait tiré son arme et reculait à pas mesurés. Hors de question de chuter de nouveau en cet instant. Malgré sa prudente retraite, l'épée au clair et le plumet au vent, il ne manquait pas d'un certain panache.

La horde accéléra sa marche. Sur la muraille, les vibrations produites par le pas lourd des pétaures faisaient des ronds à la surface de l'huile bouillonnante. Les cordes des arcs étaient tendues à se rompre. Lanfeust regarda Hébus. Le troll lui renvoya un sourire énorme.

— Allons-y ! dirent-ils dans un même élan tout en sautant du haut de la barricade.

Lanfeust se reçut avec souplesse, Hébus en laissant un trou au sol. Puis les deux compagnons se précipitèrent sur le champ de bataille en vociférant.

Le chevalier n'était qu'à quelques dizaines de coudées à peine. Mais de l'autre côté, les premiers rangs de la horde étaient presque sur lui. L'un des pétaures lui fonçait droit dessus. Or-Azur faisait face, campé sur ses deux jambes. C'était bien un pur produit des baronnies d'Hédulie : il allait se faire écraser par le monstre mais ne bougeait pas.

— Huk ! Huk ! Huk ! Décidément, Troy est tout petit ! On se croise sans cesse ! lâcha Hébus en dépassant le chevalier.

Or-Azur, surpris, marqua un temps d'arrêt.

— Mais que...

— Suivez-moi, chevalier. Nous n'avons aucune chance de survivre en restant là, s'écria Lanfeust en le tirant par la manche.

— Mais... Mais qui êtes-vous ? Et que fait cette bête sauvage ici ?

— On verra plus tard, Or-Azur ! Hâtez-vous ! insista Lanfeust.

— Dites donc, brave gueux, vous voilà soudain bien familier. Nous nous connaissons ?

Son front aristocratique se creusa d'une ride de réflexion, puis il ajouta :

— Ah ! Oui ! L'amuseur de la forge de Glinin... Eh bien, figurez-vous, mon bon, que je poursuivais ma mission en traversant les Monts Sombres, lorsque je fus pris en chasse...

— Plus tard, plus tard...

— GGRRIIIIKKK !

Le hurlement sidéra les deux hommes. Regardant dans la direction du pétaure de combat, Lanfeust et le chevalier écarquillèrent les yeux. Là, à quelques foulées devant leurs pieds, la monstrueuse créature venait de se figer. Dans un craquement assourdissant, l'animal se scinda en deux, libérant une impressionnante quantité de sang. La nacelle, lourdement chargée, s'effondra en arrière et écrasa ses occupants dans sa chute. Le monceau de tripes et de boyaux qui s'était échappé du pétaure se mit à remuer :

— Ma foi, c'hest touchours bienvenu... miom chomp... un pancréas de pétaure bien frais pour le goûter, déclara Hébus en s'extirpant du tas de viscères fumants.

Pendant que Lanfeust essayait de récupérer le chevalier, le troll s'était glissé sous l'animal et l'avait tout simplement éventré à grand renfort de griffes et de dents. À présent, il se léchait les doigts tandis que les volées de flèches sifflaient autour de lui. Le gros de la horde était presque sur eux.

— Hébus ! Arrête de t'amuser ! On va se faire massacrer si on ne file pas ! cria Lanfeust.

Les trois compères repartirent vers la muraille en courant sous les projectiles, lances, flèches et poignards des brigands.

Les deux dragons de Jaclare avaient pris leur envol. Ils multipliaient les passages en rase-mottes, ouvrant de larges blessures dans les rangs ennemis. Mais les archers mercenaires s'organisaient rapidement. Un escadron se concentra sur leur secteur du ciel, et le cribla de flèches. Les frères Wadhalla durent augmenter leur altitude de survol. Khast poussa un juron. Ils ne pourraient plus attaquer aussi facilement, maintenant.

Un petit détachement monté sur de grands fauves se sépara du reste de la troupe assaillante pour atteindre la porte. Le commando était visiblement chargé d'éliminer toute résistance à ce niveau. Les grelots de la tenture tintinnabulèrent dès le premier assaut, mais les assiégés n'eurent pas besoin de ce signal pour savoir que l'heure était critique : les fauves étaient d'une redoutable efficacité. Tous ceux qui passaient à leur portée se faisaient happer. Les fauves abattirent les défenseurs près de la porte, puis l'un d'eux sauta sur la muraille. Il commença à égorger tous les hommes sur le chemin de ronde, et s'apprêta à sauter à l'intérieur.

Hébus et ses compagnons étaient enfin parvenus au pied de la fortification, tandis que les brigands atteignaient les filets de défense. Les combats faisaient rage. Tout n'était plus que cris et massacres.

— Dépêchez-vous de grimper ! ordonna Lanfeust.

— Si vous pouviez demander à votre ami à la forte pilosité de m'aider à monter, nous y serions plus vite ! répondit Or-Azur.

Alors que le troll s'apprêtait déjà à propulser leur noble

invité d'une délicate poussée pédestre dans le bas des reins, Lanfeust perçut un éclat à la ceinture du chevalier. La poignée de son épée.

— L'Ivoire du Magohamoth ! lâcha-t-il, comment ai-je pu l'oublier ? ! Chevalier ! Donnez-moi votre épée, vite !

— Ah non ! Ça ne va pas recommencer, répondit celui-ci. Je vous ai déjà dit que je ne m'en séparerais ja... Gloups.

— Toi, tu fais comme on te dit, intervint Hébus en saisissant le chevalier par la cape, l'étranglant à moitié.

Profitant du soudain changement d'avis d'Or-Azur en apesanteur, Lanfeust se saisit de l'arme. En quelques bonds, il se hissa sur les fortifications. Il leva l'épée vers le ciel tandis que ses cheveux se dressaient. Une couronne rousse striée de deux mèches sombres auréolait son visage.

Une tornade de flammes se forma autour de la lame, grossissant à chaque seconde. Les traits de Lanfeust s'étaient crispés en un rictus destructeur. Tandis que le phénomène atteignait d'impressionnantes proportions, le jeune homme visualisait les bourrasques de feu qu'il allait lâcher sur les brigands. Une grande confusion s'abattit soudain de part et d'autre. Il allait se passer quelque chose d'exceptionnel. Lanfeust, transfiguré par l'effort, fixa ses adversaires. Puis il déchaîna le Pouvoir.

Le Pouvoir Absolu.

Des langues de feu jaillirent de la tornade, s'étirant au travers des rangs ennemis, brûlant, emportant les hommes comme des fétus de paille. Des dragons de flammes se matérialisèrent, crachant leur haleine infernale, soufflant le meurtre et la destruction. Nul ne pouvait échapper à cette malédiction flamboyante.

Tout le pied des montagnes était embrasé. Aussi loin que

portait le regard, un océan de flammes dévorait les corps des assaillants. Seul le village de Jaclare, préservé au cœur du cyclone de feu, échappait au brasier.

Certains brigands étaient emportés à des hauteurs vertigineuses. Les corps se consumaient dans une horrible odeur de chairs calcinées. D'autres se fracassaient, projetés à des centaines de coudées contre les arbres. Quelques-uns, enfin, s'empalaient sur les hautes branches. Sur les remparts de fortune, les défenseurs de Jaclare retenaient leur souffle, ébahis par la puissance déchaînée. Lanfeust restait immobile, en transe, l'épée levée focalisant les ondes de puissance.

Durant d'interminables minutes, la Mort emporta la horde, hommes et montures confondus, dans une implacable danse écarlate au rythme des hurlements et du souffle des flammes. La plupart des assaillants avaient rendu l'âme. Un vent violent emportait leurs cendres vers le large. Quelques corps tournoyaient encore en hurlant, haut dans le ciel. Lanfeust baissa doucement l'épée, et tout s'arrêta.

Le garçon glissa à genoux, épuisé. La lame des Or-Azur s'échappa de ses doigts. On ne percevait plus que les derniers cris de ceux, encore saufs, qui retombaient après avoir été projetés dans les airs. Des cris qui se terminaient, chaque fois, par un grand bruit écœurant lorsqu'ils s'écrasaient. De l'armée mercenaire, il ne restait plus que des centaines de cadavres.

Sur la « muraille », les hommes de Jaclare restaient silencieux. Un sentiment étrange flottait, un mélange d'admiration et de crainte vis-à-vis de ce déchaînement de pouvoir. Une sorte de respect superstitieux qui poursuivrait longtemps Lanfeust dans cette région. Imperceptiblement, les regards convergèrent vers lui. Le jeune homme restait hébété, contemplant le massacre dont il était responsable.

Lorsqu'il reprit la parole ce ne fut que pour balbutier quelques mots :

— Ben... Voilà..., articula-t-il avec peine.

— Tu n'avais pas le choix, dit Nicolède avec gravité. Tu as sauvé la vie de centaines d'hommes, de femmes, d'enfants innocents.

— Mais, je...

— C'est incroyable, déclara l'échevin qui arrivait à grands pas, je n'avais jamais entendu parler d'un pouvoir aussi puissant.

— Parsamborgne ! renchérit Or-Azur. C'était un joli tour, et je n'ai pas trouvé le truc. Je dois bien avouer que vos charlataneries semblent parfois de quelque efficacité.

Lanfeust demeurait muet, contemplant avec horreur le charnier.

— Bon, reprit Nicomède en se tournant vers Thyrm. Je pense que votre problème est résolu à présent. S'il reste des brigands dans les montagnes, ils éviteront désormais Jaclare. Vous n'aurez plus besoin de nos services avant longtemps. Si vous êtes d'accord, nous embarquerons donc pour Eckmül tout à l'heure. (Puis, rivant son regard dans celui d'Or-Azur.) Quant à vous, puisque nos routes se croisent à nouveau, chevalier, j'aimerais que vous nous accompagniez.

— Il me semble vous avoir déjà dit que... Gloups...

Une grosse patte velue venait de saisir le col de dentelle de l'aristocrate.

— Les désirs de mes amis ne sont pas contestables, conclut Hébus.

ÉPILOGUE

Le caboteur longeait la côte, ridant délicatement la mer paisible. L'air sentait bon l'iode et le bois huilé. Dans le ciel safran glissaient des bancs fragiles d'ampélocanthes aux ailes rayées. Nicolède songea qu'ils ressemblaient à des cétacés migrant vers les pays chauds à travers les hautes couches de l'atmosphère.

Accoudé à la poupe, le Sage regardait s'éloigner les dernières falaises de schiste brun. Leurs piliers majestueux plongeant dans la mer du Ponant s'érodaient un peu plus à chaque lieue. Un ultime détour et ils disparurent pour de bon, remplacés par de vertes collines. Le caboteur venait de quitter le territoire maritime de Jaclare.

Dans quelques heures, le paysage côtier prendrait un aspect plus monotone. Des champs herbeux succéderaient aux forêts basses. Routes et villages se multiplieraient. Des paysans les héleraient de la côte en agitant leurs chapeaux de paille. Et un beau matin, ils accosteraient finalement le long des docks bruyants et surchargés d'Eckmül, la ville éternelle, à des lieues et des lieues de là.

— Et voilà, dit Nicolède, cette aventure est déjà derrière nous. Dans moins de trois semaines, nous atteindrons la cité du Conservatoire.

Accoudée au plat-bord, Cixi s'éveillait doucement. Elle tenta de se redresser sur ses jambes.

— Oula... Quel soleil ! J'ai un de ces mal de tête, moi... Mmm, où sommes-nous ? La fête est déjà finie ?

— Oui, et tu as manqué un sacré spectacle, dit C'Ian. Les garçons ont guerroyé vaillamment. Mais nous sommes déjà partis depuis plusieurs heures...

— Guerroyé ? Je me souviens seulement que Lanfeust s'est battu pour moi. J'en déduis donc qu'il a été victorieux. Où est-il à présent, que je le remercie comme il convient ?

— Il est sur le pont avant, juste au-dessous de nous. Mais Cixi, je te rappelle que Lanfeust est *mon* soupirant...

Indifférent aux sempiternelles disputes des deux sœurs, le jeune homme gardait le regard fixé sur le large. À ses côtés se tenaient Hébus et le chevalier Or-Azur, poils dans la brise et plume au vent. Nicolède quitta le château arrière du caboteur et descendit l'échelle de bois qui conduisait sur le pont.

Il s'approcha de Lanfeust :

— Tu es bien songeur. À quoi penses-tu ?

— Une chose m'intrigue. Comment se fait-il que nos pas croisent sans cesse ceux d'Or-Azur ?

Le chevalier haussa les épaules.

— L'explication est simple : je me rends également à Eckmül.

— Quoi ? ? ? s'exclamèrent les compagnons. Et vous ne pouviez pas le dire plus tôt ? Nous aurions pu voyager ensemble depuis Glinin.

— Peuh ! Une personne de mon rang n'a pas à partager ses secrets avec des roturiers. Je suis en mission, moi. Pas en promenade.

Lanfeust se tourna vers Nicolède.

— À propos de promenade, je songeais à ce pouvoir si absolu.

— C'est un sujet complexe. Je tentais de trouver la paix dans la contemplation de ce paysage majestueux, mais l'énigme de ton pouvoir ne cesse de me titiller. J'ai hâte de connaître l'avis des vénérables Érudits du Conservatoire.

— En fait, je me demandais juste si je ne pourrais pas plutôt nous transporter instantanément jusqu'à Eckmül. Trois semaines de voyage, je trouvais ça un peu long.

— Ah... ? Euh, eh bien, ma foi, cela vaut la peine d'essayer...

— Merci, maître Nicolède ! dit Lanfeust avec enthousiasme. Assistant ? Épée, s'il vous plaît.

Hébus souleva Or-Azur du sol.

— T'as entendu ? Allez, exécution ! Huk ! Huk ! Huk !

— Mais certainement, répondit l'aristocrate en tendant l'épée de mauvaise grâce. Vous me le demandez avec tant de courtoisie.

Lanfeust brandit la lame vers le ciel et se concentra une fois encore. Dans son poing flamboyait l'ivoire du Magohamoth. Les mèches rousses du garçon se soulevèrent.

— Eckmül... Je veux nous transporter à Eckmül...

Un vent mauve se leva. Des langues iridescentes enveloppaient déjà le jeune homme. Dans le ciel, les oiseaux épouvantés s'éparpillèrent.

— ... Eckmül... Ça va marcher...

Lanfeust transpirait à grosses gouttes. Il n'y voyait plus rien. Autour de lui, un tourbillon d'énergie colorée s'était emparé du navire.

— Ça va marcher, ça va marcher, ça...

— ... va pas la tête, non ? ! ?

— Pardon ? dit Lanfeust, dont les idées n'étaient pas encore tout à fait claires.

— Je dis que vous êtes complètement siphonnés !

La voix provenait de plus bas. Dix-sept toises plus bas exactement. C'est-à-dire la distance entre le bastingage du navire et l'esplanade sur laquelle il venait d'apparaître.

Totalement empêtrés, Lanfeust et ses compagnons étaient suspendus dans la toile et les cordages. Les uns et les autres tournèrent leurs têtes en tout sens. Le spectacle qui les entourait était pour le moins surprenant : le caboteur gisait couché sur le côté, au beau milieu de la grand place d'un marché. Partant de là, des venelles tortueuses s'étiraient vers l'intérieur d'une ville grouillante d'activité. Un peu partout des gens sortaient aux fenêtres, riant ou hélant les passants. Chacun commentait le spectacle de cette arrivée extraordinaire.

— Huk ! Huk ! C'est rigolo, comme façon de voyager.

— Je ne vois pas ce qu'il y a d'amusant. J'ai votre orteil gauche dans ma narine droite.

— Cessez de râler une seconde, Or-Azur ! dit Nicolède.

— Dis donc, Lanfeust, ajouta Cixi, je te signale que le port est par là-bas. Regarde ça toi-même. Si, si, tire un peu sur la corde qui enserre ta tête et ta jambe droite, tu devrais l'apercevoir aussi. Ton pouvoir m'a l'air, heu, très intéressant. Mais à mon avis, il va te falloir encore un petit peu d'entraînement avant de le maîtriser parfaitement...

— Hep ! Vous, là-haut ! Vous m'entendez ? avait repris la voix tout en bas.

Lanfeust inclina la tête. Sur le sol dallé de la place, un marchand barbichu trépignait de rage.

— Oui, vous tous, là ! Ne faites pas semblant de ne pas comprendre. Avec votre navire, vous êtes couchés sur mon étal ! Vous avez tout écrasé ! Vous me devez trois cent cinquante dragons d'argent et je ne compte même pas l'amende de cent dragons de cuivre que vous allez devoir payer pour le stationnement illégal !

— Cent dragons de cuivre pour stationnement illégal ? s'ébahit Nicolède. Aucun doute, Lanfeust, tu as réussi. Nous sommes bien à Eckmül... Maintenant, heu, si quelqu'un voulait bien nous aider à descendre...

FIN

Composition JOUVE - 53100 Mayenne
N° 32948b

Impression réalisée sur CAMERON par
BRODARD ET TAUPIN
La Flèche
En août 2003

Dépôt légal imprimeur : 19877 – Éditeur : 37757
20-16-0869-6/01 – ISBN : 2-01-200869-0

Loi n° 49-956 du 16 juillet 1949 sur les publications destinées à la jeunesse.
Dépôt août 2003